Mei Yumi's Fairy Tales from Lapland

Fairy Tales from Lapland in English, Finnish, French, and Japanese

Hjosui Publishing

Mei Yumi's Fairy Tales from Lapland

Author of original tales: Anne Pajuluoma
Translation and writing: Mei Yumi

Publisher: Hjosui Publishing   Japan
Printing: CreateSpace

Cover picture: Mara Goddet
Cover design: CreateSpace   Studio Aotsu
Editing service: Aira Enaka   Fredlyn Chung   Nicole Adaniya

This book is published on the basis of the 1998 contract, renewed in 2003 and effective until otherwise agree between Anne Pajuluoma and Mei Yumi. The original title is Metsän Kätkössä ©Anne Pajuluoma 1986.

Copyright ©Mei Yumi & Hjosui Publishing 2016
All rights reserved.
ISBN-13: 978-1532862991
ISBN-10: 1532862997

August 2016

Mei Yumi's Fairy Tales from Lapland

Congratulations Emma on being one of the top 50 ambassadors to win the all expenses trip to the Nordic Circle! An awesome accomplishment! Well Done!

Much love

Marie-Claire xx

©Mei Yumi & Hjosui Publishing 2016
ISBN-13: 978-1532862991
ISBN-10: 1532862997

Contents

Fairy Tales from Lapland ---------------------------------- 6

Sadut Lapista --76

Contes de Fées de Laponie -------------------------------143

ラップランドの妖精の話 -------------------------------218

Translator's Notes --280

FAIRY TALES FROM LAPLAND

Contents

Preface   Mei Yumi's Fairy Tales from Lapland

1   Moving of Lapland tonttu
2   Topi tonttu's difficult situation
3   Peikko-troll granddfather's teachings
4   Storytelling around a blazing fire
5   Departure to a larger landscape
6   Frightening moments for the mouse family
7   Spring Storm
8   Reeta mouse had the flu
9   A new house
10   Wedding
11   When Ressu and Pieta became friends
12   When Simo frog got an eternal friend
13   When Tii is looking for happiness
14   Dark hearts of human beings
15   Peikko children's night adventure
16   When Mörri peikko sulked
17   Help from friends
18   When Miki mouse got lost from his mother
19   The moment of fear
20   When the moon exudes old silver
21   Forest tonttu Nöpö

Postscript   Mei Yumi's Fairy Tales from Lapland

PREFACE

Mei Yumi's Fairy Tales from Lapland will tell you secrets about how to find friends and how to be happy.

» When I touch a flower, I am not merely touching that flower, I am touching infinity. It isn't the outer physical contact. It's not an earthquake, wind or fire. It appears in the invisible world. It is that silent, small force. It is that still small voice that calls up the fairies. »

George W. Carver

» The tonttu's trace is small, it does not show up just about anywhere. Quiet and weightless, the tonttu walks down the road, and you can hear it in your heart. »

Anne Pajuluoma

A road to the fairy tale world.

The Swan family lives
in reeds in the pond
Common Snipes fly but
Siberian Jays stay on the ground.
Goblin in his arms
carrys a fairy
like a frail flower
the Fairy of Summer.

The whispers of trees in wind
the mist rises in a swamp
the devil's path towards the treasure
passes through the forest.
Will-o'-the-wisps blaze
dancing deep into the forest
The golden steep gate, but,
is slightly open.

When the path can be found
towards the fairy-tale forest
when the call can be heard
to the sprites' country.
The fairy tale can be found at the time
when its tone sounds to you
in your heart you will hear its
silent call.

*1   Moving of Lapland Tonttu

An icy winter darkness spilled into the arms of the forest. On the face of the moon rested the silence. The stars were sparkling in the dark sky like the twinkling of lanterns. It was a cold Midwinter night. The full moon of the mysterious light delineated dark shadows on the snowfield. Trees fell asleep in the snow beddings. And the whole inhabitants of the forest were sleeping in their peaceful night dreams. Only the guard owl now and then whistled audibly to tell that the entire life in a small forest on the riverbank was guarded. Any surprising dangers could not happen.

Thus, the boreal owl, Ramu now settled on the top of the high tree in the middle of the forest, and relaxed while searchingly looked at the snowy landscape. All appeared peaceful. It was a good Fox Moonlight; however, Thomas-fox remained in his den. Similarly, Santeri-bear, who was sleeping in a secluded den for a long winter sleep. Besides, Jesse-hare did not go out to enjoy the nightlife as he did many times so far. Because the temperature read -40 degrees C on a thermometer, so it was the best choice to stay in the warmth of the den. But, all of a sudden, Ramu noticed a strange movement on the snowfield.

» Oh, Sameli-weasel is coming again over to his favorite place. »

Ramu thought by himself and looked the other way without investigating it. In the meantime, still strange things happened !

On the snowfield, a small bearded tonttu-uncle was busily moving, and it was none of the weasel. The uncle wore the pointy-toed Lappish nutukka-shoes and clothes made of fabrics woven by the beard lichen, naava. In an instant, it built a shelter out of twigs for itself, and then, set fire to the dry tree branches as a campfire in front of his shelter. Thereafter, it sat down to take rest on a carpet made of coniferous twigs, and groped in its backpack and dug out something to eat. Just then, Ramu spotted the outdoor fire burning.

» What on earth ! », he cried out loudly and spiked his eyes on the fire. With no moment of hesitation, the boreal owl flew directly to the outdoor fire at the front of the shelter without taking notice of the surprise of the tonttu.

» Aah, ⋯⋯ and I thought that this forest is uninhabited, because it is so peaceful, here. »

The tonttu spoke up, and simultaneously watched the bird with green eyes as if he examined it.

» No, this is not the uninhabited forest. Here are my people, but no others. »

The owl replied and continued the words, slightly panting breath because of this strange situation. » This is prohibited in our forest. The fire should not be burnt outdoors. The fire can be kept in a fireplace and lantern candles inside the homes only, besides, under supervision. Because we must protect our forest in every way. If the forest is destroyed, for example, by a mishap caused by your campfire, then, anyone of us would no longer have a home. »

» That's what it is, but I will take care of this campfire, so, do not worry anymore. I intend to sleep under the open sky as I am on my journey, and thus, the outdoor fire is something that I need very much. »

The tonttu replied calmly, and then, bit a piece of soft nettle bread while pouring the boiled jäkälä-lichen tea from a small sooty kettle in a wooden teacup with a flower pattern, and began to slurp his tea as it was too hot.

» Eat something, you too ! Take this mushroom cheese, at least. »

The tonttu encouraged the boreal owl with a smile, and handed out a piece of cheese. Ramu willingly tasted it, and then, moved to sit next to the tonttu with gusto out of curiosity. Soon they were like old friends. ⋯⋯ Thus, the night passed in the comfort of talking and eating snacks, in the warmth of the fire like a hiking where hikers warm themselves around an open-air fire. At the time that the night advanced, the boreal owl could hear about many stories which the tonttu or Uncle Nilla told. Nilla also told to Ramu about himself and the reason why he was travelling. The story was told later to all the rest of the forest inhabitants, and it was like this :

Uncle Nilla was an old house-tonttu, who had lived as a hermit far in Lapland, in Pehkosenkuru Valley between the rivers such as Lemmenjoki and Vaskojoki, in a self-made house in the wilderness. In a brook tributary at his hometown, Nilla rinsed gold dust every summer and lived happily in his own peace and the scenery of Jäkäläpää-Alpine, Valkovaara-highland, and Skietsimätunturi-mountain. However, everything had suddenly changed.

The tourists had found secure peace in the clean and bare beautiful nature and the wilderness in Lapland, where the urban noise and rush had not yet reached. The tourists began to arrive in Lapland more and more, even from abroad. In addition, the forests began to be lost when landowners felled trees with a chain saw all over the large area, which became almost barren.

The pollution from all over the world flowed into the lakes and fruitful hills through the rivers which were linked to each other like chains. Excavators and snowmobiles also invaded the forest and wilderness.

All this was too much for the tonttu. Thus, the peace-loving Uncle Nilla left his beloved forest home in sad feeling, and went in search of a new place to live in such a forest which was still peaceful and where no persons had yet contaminated the nature or ruined it.

In this way, Nilla was already on its way travelling for several weeks. His search did not finish at Hiidenvaara in Kuusamo. While walking on a reindeer path, Nilla came across with a maahinen-gnome uncle, Kitkan Viisa, who was born in the old Swamp-island there. He invited the tonttu as a guest, and attracted him to stay there in the vast swamp land together as his mate. Even if it was still pretty peaceful to live in, but, a trace of human destruction would be seen thereafter. The outskirts of Hiidenvaara had already been deforested so that no more than a little forest was left only on the top of the mountain. Was it its turn to be damaged? Tonttu did not want to stay and look at the upcoming damage here. So, he said goodbye to the maahinen gnome uncle, and began his journey again.

As a farewell gift from the maahinen, Nilla got a bottle of boiling water from the Iivuori, which is so special that it will protect him against all types of human diseases as soon as he sips it. Besides, it will give him such a strength which would enable him to continue cheerfully even on a much longer trip.

Uncle Nilla then finally arrived at a small lakeside forest, from which he could see the great Blueberry Mountain further to the East on the other side of the lake, which resembled his homeland rounded-ridge mountain, tunturi in Lapland. At that time, however, he did not know the direction that Lannanmaa was located in, indeed. But, soon, he felt that the forest was at least peaceful and comfortably homelike. In addition, the tunturi-like Blueberry Mountain was visible. Thus, Uncle Nilla decided to remain there to live in, and the boreal-owl also had nothing against it. On the contrary, it was nice to get such resident into the woods, who appreciated and protected the genuine life.

In this way, the Lapland tonttu got a new home at a shady place in a still clean and peaceful forest, at a natural-made hut lined with moss and close to the boreal owl, Ramu's nest tree. He once again experienced the same peace in wilderness as the time when he lived in Lapland. He listened to the sonority of the great silence as well as to his own thoughts. In the winter evening, he sat in the twilight under the candle light of the lantern in his warm living room, and remembered his past days while looking at the gold nuggets which he found from the mountain stream.

Only things that Uncle Nilla missed were Siberian jays and the invisible spirit, etiäinen of Lapland. Otherwise, he was satisfied with his life.

..₀ * 2 Topi tonttu's difficult situation

The winter forest. There, the trees are like brides, with ice pearls on veils. As if the frosty forest spends in the wedding, it is wrapped in silver snow.

It's January, and the cold frosty night is coming up. The Northern lights were blazing, and the frosted beads radiate like small dots on the snowdrifts. It is also the time of the full moon. Foxes are dancing in the moonlight. The moon's pallid and icy light shine from between trees, drawing on the snowdrifts dark shadows, forest-like images of peikko-troll's, and frighteningly weird reflections. The spruce branches will not move, the forest is sleeping in the polar night dreams. Somewhere near, however, a boreal owl is hooting to the stars, and a hare is jumping around urgently toward his familiar nest.

But, what strangeness the owl's eyes has noticed ? Under the thick spruce in the snowdrifts, the forest-tonttu, Topi sits, who looks at the night in the cold darkness. A tear glistens on his cheek and his chin beard trembles, thus, it is clear that Topi-tonttu is crying. The owl flew from his nest of the adjacent spruce to the place where the tonttu sits, and asked.

» What is wrong with you, as you're sitting in the cold at this time, shedding tears like bubbles from your eyes. Is there anything that happened at the house of tonttu, the tonttula ? »

» I do not know. I have not been there for the whole day. How unhappy I am! I cannot find the way to the tonttula, when it was a blizzard all day long, and the path was blanketed under the snowdrifts. I went to my cousin's house from my village, and at this point, my path disappeared in the snowdrifts. After all, I wondered what can I do now. »

The tonttu speaks unclearly as his mouth was numb in the cold.

» Do not grieve, my friend! Climb on my back and sit down. Then, I will fly and bring you to the house of tonttu very soon. Because I know, of course, the way to there, in any weather, even at night. »

The owl said comfortingly. So, Topi-tonttu overcame his grief and got back safely to the tonttula.

The owl is the guardian of the forest inhabitants. The smart and wise rescue bird.

Human beings, protect and secure, you too, the natural environment, as it would be home of all the many inhabitants of the forest, of your friends.

...₀ * 3   Peikko-troll grandfather's teachings

The stars declared for peace from the higher place. The winds were humming on the forehead of the sky, as the angels' organ. In the twilight branches, the wild swans' leaving song shimmered. The moon light moved in ripples in the flowing brook, where the stars were floating. On the stream bank, stones with hair-like moss looked at the swinging reflections of the brook. Stones reflected their figures in the glass like maahinen-gnome daughters before marriage. Under the arched roof of the forest, trees spoke in a whisper. A horned owl cried invitingly to the stars. It was the nightly sleeping time.

In semi-darkness in the rock cave, the old peikko sat down near the blazing fire, and told bedtime stories to his grandsons, Hömmö, Tuiskutukka and Höpönassu. At the same time, he taught the wisdom of life, so that the peikko children would learn from their childhood to live a right life, and appreciate the most beautiful things in life.

» Listen to your heart's voice, in all. It will always lead you in the right path. Then, you will not go astray to an illusory path. And protect the nature – our beloved home forest – in due course, your children will be able to live a secure life here in the pure and beautiful woods, like we do now. Avoid human beings, however! They cannot be trusted. The human beings are covered with the deceitful tissue. We, natural creatures and animals do not even detect such a mask. »

» Listen, Grandfather, what can I do if I have an evil mind », Hömmö asked, then.

» Forget about it, then it will cease to exist. Nothing more», the old peikko said gently with a smile and continued : » Life is a great travel. Like a path. It will take you through the many miracles and wonders, and finish in the end there, at the star forest. Remember, grandsons, that you'll always be yourself. In all! And also, please be helpful, kind and honest, because evil always gets paid. And also, avoid conflicts, and avoid following bad things in general, but, do not disregard the lonely and weak, because they just need a warm friendship more than others. Please remember also to give and ask for forgiveness every time when it is even remotely appropriate. And "thank you" is the word to be used earnestly. It brings with it a satisfaction, and heart's goodness and glory. Please keep in mind that the value of a friend depends only on the brightness of her or his heart. »

» Grandfather, what is the love, indeed ? »

Tuiskutukka then asked and yawned at the same time, sleepily.

» The love is to become to like others very much, as I am fond of you now. It is the largest and most beautiful thing in the whole life. The love is superior to the time and distance and is measured by its height and depth. »

Grandfather said quietly as if he said to himself, and at the same time, he thoughtfully looked up to the cave's small window at the dark blue sky, where the Milky Way shined, like a light fog into the silence. Höpönassu already was drowsy, despite that, he also wanted to ask him something; so he devised a special question in his mind, and presented it to Grandfather.

» Listen, Grandfather, is 'Far' a long way ? »

» Well, it is, of course ! 'Far' is such a long journey, therefore, even if you walk all throughout your life, you nevertheless will not get to the destination, because 'Far' is an infinite journey. But, sometimes the longest journey may be close ! Depending on exactly what the issue is. For it, which is not closed, all the winds are load-bearing. »

Grandfather answered suggestively, and rose from his chair and walked over to the stove, and then, he began to make the evening tea.

His storytelling was over tonight.

..₀ * 4 Storytelling around a blazing fire

The moon rose from behind the forest. Its peak shine hurled its light to the frosty silver snowdrifts. Along the lakeshore path, the forest-mouse family spent pleasantly the cheerful night at home at the bottom of the decayed stump. There, the mother mouse just served for her family the evening food like honey bread, dried wild berries, herbal tea and birch sap soup. On the burl table, a candle was burning in the clay pot. It dimly glowed to brighten the room. The family's babies, Sanna and Maija, already fell asleep in the night slumber. After eating the evening food, the mother began to wash the plates, the father plaited a basket, the grandma continued to weave and the grandpa mouse began chatting nicely with the older children in the family, Tuhina, Kaisa, Himmu, and Juuso, by the fireplace at the lounge.

» Grandpa, is the moon made just with the real cheese as Kaisa insists », asked Himm mouse.

» Yea-h, I have not been there, but at least it's a great lamp, which it illuminates the dark night in the sky », said the grandpa.

» Do mice live there ? », asked, in turn, Juuso.

» Maybe mice live also on the moon, only we cannot see it, when the moon is so high », explained the grandpa with a smile and swung Himmu on his knees.

» Listen, Grandpa, why do the stars fly ? », then asked Tuhina.

» Oh, of course, for the reason that they, too, would sometimes move from one place to another, as we have moved three times already », replied the grandpa.

» How do you know, Grandpa, so much about all sorts of things », wondered Juuso.

» Hm, I guess the reason is that I am already so old. All the old know a lot and are wise, and when you have lived so long, you have had time to see and experience many things like pleasures as well as sorrows », said the grandpa calmly, deep with a sigh.

» Grandpa, does the wind cry ? », then, Kaisa devised a question and asked.

» Yes, the wind also cries. The wind does not have any haltija-sprite, but it has feelings as we do. Often, I have listened to the wind's melancholy song, and if it is really sad, it knows to rain. And always it has been true », replied the grandpa in a low voice.

» Listen, Grandpa, is it possible that a hobgoblin travels on our home path ? », asked in turn Tuhina.

» I do not think that they would come here. Yes, they, rather, thrive in the frosty wilderness and dark rocky lands », said the grandpa with a twinkling smile around corners of his mouth.

» Grandpa, is the thunder an angry uncle ? », asked Juuso.

» It is, and it is really angry! At that time, it is best to stay in hiding when the grumpy old uncle passes through over our forests, so that no one will come into mutilation by his fiery sword », said the grandpa seriously.

» Listen, Grandpa, is the wings of moon fairies woven in moonlight ? », then, Himmu asked while turning his hand around the grandpa's neck.

» Perhaps, I cannot clearly say about that part. But their wing structure is fragile, as fragile as the frost vail on the surface of the water », said the grandpa with a smile.

» Why do the forest fairy, Emilia is so beautiful ? » Juuso asked slightly embarrassed while clearly admiring Emilia.

» Hmm, because she is so kind. All the kind-hearted are beautiful in their own way. Because the inner beauty always appears in a smile and in the eyes like a mirror. The heart glow permeates everything like the light of the sun », explained the grandpa calmly, while watching the fire embers fading.

At the same time, the mother mouse came and gently put an end to the night, since it was already the time to sleep. Thus, the whole family crawled into their beds. Suitably tired.

After a while, the sleep weighed the eyes of mice closely. In the same way, the night was going off like a lantern. Only the moon passed in the night, and eventually turned toward a path of faint light.

..₀ * 5   **Departure to a larger landscape**

It was a night in the heart of the winter. In the jet black world without the sun rising, the blue white frost veil rested all over. The landscape was like a frozen diamond garden. In the furnace of heaven, Uncle North was burning the fire. He threw vertical pines into the fireplace so that the sky was scorched like a huge campfire. The northern lights, Aurora Borealis, changed their figures like statues of light, and their scat singing were heard high above like Angels playing the organ.

In the hidden place in the wilderness, the exhausted old spruce was going to fall down forever. Its breath was already heavy and longing for rest. In the moonlight, frost pearls were sparkling like silver jewelry accessories in beams on the aged tree's beard lichen, naava. The aged closed its eyes and sighed deeply. Deserted and stagnant atmosphere gained power. In the proximity, the frost bear's nails clenched. The aged tree's life's flame's embers was fading and passed away in the end. The ice kantele-harp played by a maahinen-gnome sounded far. The stars' curtain closed.

Peikko-troll children Homelo, Nuppu and Hömppänä sat in the room in the twilight, wetted their clothes with tears. Their beloved old grandmother was dead ; she fell asleep just all of a sudden, and no longer woke up. It seemed to the children to be so weird and scary, because they had never experienced anything like that in their home so far ! Father and mother also mourned.

Besides, grandfather, too. He sat on the mossy wooden chair on the cottage side, and wept looking at the fire on the fireplace. Bright tear beads went by on his wrinkled cheeks like thin streams, and his gray beard jaw trembled at the vigorous movement. The grief was deep. The death of familiar people was always the sorrowful matter.

Due to the miraculous power, however, grandfather's tears changed finally to smiles. Because he felt all of a sudden, that it was not the last respects, but is just a goodbye to see once again. The death was just like a travel to another world, where life goes on. And high above the other side of the stars is the country where every one of us will travel once on Angel's wings and where we will meet once again.

The peikko-troll grandfather thought so, and got over his grief with the help of his thoughts faster than ever expected. Other family members also could hear the grandfather's marvelous idea about the death. Since then, the end of the life was no longer scary for them, and not a bottomless sorrow. But, the life belongs to a natural occurrence : the parting, which would not last forever.

..₀ * 6   Frightening moments for the mouse family

It was a bright night in winter. The dark blue space was dazzlingly beautiful. The Milky Way was flaming blue, red, silver, and gold. And the stars fairly glistened like jewels. Also the big full moon shone above the forest. Its silvery light had a white snow glow like a fairy tale. It was silent. The blue twilight prevailed everywhere. The forest slept and also the inhabitants.

A mouse family spent a peaceful night in a warm home hollow in the tree stump near the country border. The home was lined with moss and grasses, tree barks, resin and clay. There was also a small window, and the door was suitably hidden under the snow.

Suddenly, in the middle of the night, the smallest of the family felt thirsty and awoke. He rose up from the warm moss bed and went to wake his mother, at the same time, he glanced out of the window. Oh no, he was startled ! The little mouse in fact saw a large strange dark shadow, which was quietly creeping forward across the frozen surface of the forest pond, and just towards them.

» Mother », cried the mouse pup in terror.

» Wh-what is that ? », he continued with his small muzzle trembling in shock. The mother and father mouse awoke quickly and came right away to look out the window at the winter night.

» Is it a hobgoblin ? », asked another mouse pup scaredly, who peeked out of the window at the darkness carefully from behind the mother. Finally, the whole mouse family was awake, and they saw, from the small window of their home, the dark shadow moving outside and coming closer towards their home.

» What is it ? », repeated the pups.

» I do not know yet », said the father mouse in a whisper.

» Be quiet, children », said the mother mouse.

The dark shadow, a strange creature approached already on the forest path. Soon it would be close to the forest inhabitants living area.

» Oh, loathing, what is it really ? », whispered the mother

mouse and put her face on the shoulder of the father mouse.

» It appeared to have four feet, at least, and how it looks so large », the father mouse whispered in a low voice.

» Will it come towards us ? », the smallest mouse asked while crying in the throat.

» No. It won't come. Go sleep now. »

The mother mouse said and tried to be calm, sending six little children back to the moss beds to sleep in.

» It does not show up here. It came to a halt. Now, now it turns back. It goes towards the pond. It goes away ! It goes away ! Did you hear me, children, the danger is over. So, now, let's sleep. »

The father-mouse said with relief and went to beside the mother under the cottonsedge to sleep. But sleep did not turn out at all. All they oversaw, and he thought himself about the strange walker until the morning.

During the day, then, the mother-mouse heard in the grocery store in the forest that many others had seen the scary creeper. The old forest ranger owl had been keeping the eye on the course of event closely throughout the night. And he soon recognized it as the cat Jaska living in the human being's house in the forest, who, for some reason, left for the night outing in a small grove of trees. But apparently he felt so cold in the freezing temperatures that he went back to his home, in the middle of everything. Truly, he must have had thought of bad things in his mind. Otherwise, he would not have come at night, besides creeping like that in secret. Hazards, therefore, were relevant to every forest inhabitant equally. Fortunately, the bird-guards were so vigilant also at night that the warning came timely if a great danger threatens. The owl was also watching closely in step with the moves of the unknown object all the time. If the cat had started an offensive movement, the owl would have informed the danger to the army of ravens to begin the self-defense attack against the perpetrator. This is how the peace is maintained and an occurrence of harmful incidents is prevented. So, despite the dangers, this forest is safe to live in.

*7 Spring Storm

After the continuous snow cover and also the otherwise rigorous winter, spring has arrived in the North. It is always a cheerful and expected time for both human and animal lives. Because the spring is a messenger of the summer.

But the spring could sometimes be quite the whimsical and scary season of turmoil, especially for small dwellers in the forest. So it was. The ancient small lakeside forest, the hideout forest had been hit by a spring storm. Elderly trees howled like wolves, when the strong storm winds spread their knotty fingers against the sky. The shaking gusty winds bestirred the forest crisscross like angry vortices. Trees collided with each other in the strong winds. And soon the winds loosed everything and blew them around like a fan, throwing them back and forth wildly and swirling them in the air. This continued almost all morning until the tempest felt it enough and went on its whistling journey ahead.

On the heels of the storm winds, the Uncle Storm and Thunder also moved. He opened the trapdoor of the floor of his cloud house toward the forest beneath, and threw many barrels of water down on the Earth. The cloudburst roared like a waterfall. In this way, the final snow pits melted from paths, from stone holes and from the deep water under mossy molds. Thus, brooks were born like mushrooms after the rain, the rain lasted throughout the day. It knew the evil.

It was not until in the next morning, the forest dwellers ventured out of their homes, when the storm rain was over and the Sun was shining again in the clear blue sky. But, what an abomination! Their forest home was quite in an upheaval. Accidents also had happened : the burrow inhabitants were injured, children and adults disappeared, legs sprained, wing feathers were lost, besides, many burrows were under the flood waters.

But always the attentive birds' army was already on the move. Notices were circulated quickly. Larger animals immediately began the rubble removal work, which the smallest animals were not able to do. However, all dwellers did something, and then, rescue work became enough for them to continue their normal life forward again. The forest dwellers were like one big family, where both delights and sorrows were shared together among themselves. Certainly, they could endure sorrows better when they had friends to comfort them nearby. So now as well, they felt easier to endure the damage caused by the storm, because they did not have to be alone in the middle of all the chaos, but all the forest dwellers had the same experiences, in one way or another.

Nearly a week went by in the grubbing-up and repair work before the forest dwellers' life was again virtually unchanged. And in the meantime, without notice, it was the time when plants like cottonsedge and lady's mantle were in full bloom.

The blooming summer !

*8 Reeta mouse had the flu

The rain wept quietly on the forehead of the sky. It was pale as the languishing ice. The swamp sprites wove veils with mist for the sake of their own veil world. A raven stood on a pine treetop, and on the rock covered with the lichen-jäkälä, a mourning cloak butterfly slumbered in lethargy in the capsule made of the beard lichen, naava.

Moment by moment, the shadows changed directions. Through the shadows, the light fell from somewhere far away covering the shadowy places. The rain let up. The Sun came out from behind the cloud. And all of a sudden, in the brightness of the glorious spring light, from the hideout on the rocky lands – from the winter burrows – fairies rose up from the light ripples. Flowers also raised their delicate stems, and opened up their faces to the sun. But the winter peikko-trolls, which had been brought by the freezing winds, fled with their moss fur coats in tattered frenzy to their dens in the boulder fields.

In the distance, ruffs wooing cries resounded from dawn to dusk on the edge of the cranberry swamp in the forest. The wood mouse Reeta listened to the sounds of spring from her bed, because Reeta had a bad flu. She with a runny nose coughed almost constantly. She also had a fever and her head and throat ached. She felt bad and tired, despite that, Reeta thought that it was horrible to keep lying in bed all day long, day after day, when it would have been so nice to play outside with the children of other animals right now. Besides, they had found so exciting a playground ahead of the path of maahinen-gnome's.

Reeta had been laid up already for three days under the spruce beard moss blanket on the peat moss bed, with cotton-sedge socks on her feet and in pajamas woven with slivers of the butterfly-wing-like white flower, hillankukka of the thin five petals. Grandma made all these for her. Reeta became ill after falling down together with Juha mole into the water filled ravine while running in race with Juha. Fortunately, Santtu beaver was nearby, heard the cries for help, rushed to the rescue and raised the children safely. Juha got only a runny nose, but Reeta fell ill seriously.

Her mother mouse cried already worried about her, because her fever remained still so high. Grandma and Grandpa tried to soothe the mother, but in vain. Other children in the family were also frightened and remained quietly alone. At last, the father mouse decided to seek help. But, after all, the Eurasian eagle owl doctor went on medical visits to the other end of the forest, and would not come back until tomorrow. So, he had no choice other than to ask for help from the hairy elderly wise hermit, Saara squirrel, who lived in the large old spruce along the old path of Maahine gnome.

» No problem, although her illness seems to be grave, for now. » Saara said to the father mouse and continued. » When the moon face has a hazy veil, Reeta will be healthy. Here you are, give five drops of medicine of this bottle to Reeta in the morning and in the evening. In addition, let her eat honey, resin crumbs, pollen cakes and blueberry gruel, and let her drink tea of lichen jäkälä and heath flowers at short intervals. »

The father thanked the squirrel and ran home as fast as his

paws allowed. The medication was started immediately. The next day, already, Reeta's fever began to wear off and her energy gradually returned.

On the following day, Reeta's friends came to see her with flowers and small gifts. Selma-hedgehog came with Juha mole, Samu lizard, Hanna chaffinch, Kalle snail, and Aki tit. After them, there came Emilia butterfly, Tiina glow worm, Inca frog, Siiri grasshopper and Pörri bee. A part of fairies also wanted to visit Reeta for greetings, whose names were : Curly Hair Tilitukka, Moon Daughter Kuutar, Dew Pearl Kastehelmi, Starflower Metsätähti and Haze Wing Usvasiipi. And finally, peikko-troll boys Hömmö and Tuisku.

The following night, the moon face shrouded a hazy veil, and purple flowers of the treasure grapple broke out in bloom in the yard.

In the morning, Reeta woke up refreshed and in good cheer. She felt pretty good. In the foretelling, therefore, Saara squirrel accurately told of Reeta's recovery from the flu. After eating breakfast, Reeta wore clothes warmly and went at first to Saara squirrel's dwelling to give her thanks for the medicine, which healed Reeta so quickly. Thereafter, she headed to meet her friends. And, what was born was the joy when Reeta was welcomed to play together with them. Thus, the summer reached properly the climax, when Reeta also was together again to share all the joys and also sorrows that the summer brought with it.

..₀ * **9** **A new house**

Early in the beautiful summer morning, a hedgehog family was already on the move. In a row, they ran quickly at short steps along the narrow mouse-path towards the forest pond, by-passing the amanita mushroom housing area, the ants building site, woodpeckers' apartment house, moles' excavation site, lizards' sports field, squirrels in the nursing home and the bees' honey factory. Sometimes, when they were thirsty, they drank fresh dewdrops from grass leaves.

The sun glowed hotly already. The sizzling heat seemed to come right on the day. This hedgehog family, mother, father and three children were looking for their new home, the former house had been already too crowded. And precisely in the vicinity of the forest pond, they heard, there was suitable places to live. Thus, as soon as they arrived there, they saw many other tenants already there. There was the mouse family, the two moles were found, besides, a lizard, a young couple of squirrels, a lonely old male hare, three shrews, two woodpeckers and a magpie which caught the summer cold. He sneezed and sniffed continuously, but was still curious and sociable.

In the end, the ultimate agreement to share the dwelling was made, which was satisfactory to everyone. And without any conflicts, all tenants found their own suitable home on the beach of the pond, under the watchful eye of the Eurasian eagle owl judge. The hedgehog family was also happy. They got a new home deep in the old stump, which was surrounded by the shrub of luxuriant ferns. At the foot of the stump, flowers of liverworts, starflowers, forget-me-not, and linnaea, which welcomed the hedgehog family to the new apartment. They nodded their graceful fine faces, whispered among themselves, and talked for a while with butterflies which landed on the flower petals. The summer day drew to the close. The evening fell silent in the arms of the night. The forest dwellers fell asleep on the summer night in peace.

⁎ 10 Wedding

The summer morning opened its solar eyes to a new day. The dew beads sparkled eagerly on the forest trails, in the grass, and on the petals of flowers like tears of the rain tomte.

The sizzling day was coming. For now, the air was broodingly heavy and the thunderstorm was foreshadowed. Everyone felt like doing nothing. Just remain in a cool shady place all day, and only in the evening, everyone started moving, when the worst of the heat would be over.

Just now, however, it was not time for being lazy, because in a small lakeside forest was the wedding of a young shrew couple. And the whole of the small dwellers of the forest were invited to the wedding. The preparations had already been under way for several days. Housewives had prepared a variety of dishes and drinks from the forest products, and were in great haste to carry the feast towards the root of the wild rose bush on the forest pond beach, where the festive banquet hall was made for the wedding. The festive table was a stump, on the top of which leaves of trees were nicely strewn and the wedding dishes were ready now.

When the wedding was about to begin, black clouds had time to accumulate in the sky. Thus, Ramu boreal owl, who also acted as a consecrated, hastened the start of the wedding ceremony. The wedding guests fortunately had arrived in good time and sat in the shade of the big wild rose bush, while looking at the bridal couple.

The groom stood on the podium of the tufted moss, which was decorated with flowers. The bride was a shy and sweet shrew maiden. She wore a pearly cobweb veil adorned with the sky blue forget-me-not flower wreath on her head. The veil was woven by the spider grandma Tilda and reached the ground. And as the bride flowers, she had a forget-me-not bouquet in hand. On the other hand, the handsome shrew groom had no other festive wearing than a forget-me-not flower which adorned his breast lapel.

The owl Ramu stood in front of the bridal couple with a solemn appearance, coughed, and then, his voice clearly started.

» Well …… dear friends ! Now that nature is at its most beautiful time, so is this bridal couple. I have now the pleasure to ask you, Joonas the son of Kullervo, will you love this Saila the daughter of Venla until you die ? »

The muzzle of the groom Joonas trembled a little, but he said, sacrificially.

» Yes, definitely I do ! »

After hearing his answer, Ramu owl asked the same thing also to the bride Saila.

» Yes, I do »

She replied with her voice trembling with excitement. Thereafter, Ramu declared that the bridal couple became husband and wife.

Hearing the declaration, all the guests with gifts rushed towards the new couple and wished them a happy and long life, as well as to have a lot of children. Then, they moved on to the festive table to dine. At first, however, they drank the honey mead-toasts in honor of the bridal couple, and a banquet speech was carried out. The speaker, of course, was Ramu owl. He stood up at the table and said.

» Well, so. Now that you, Joonas and Saila, start on the common path, remember that the love is like the sun, which shines at the painful time as well. Love is like a ⋯⋯ »

At that time, the lightning flashed ! Immediately after that, a huge thunder rumbled as if the sky would have been torn in half. The guests quickly gathered the festive foods from the table and left hurriedly running towards the forest tonttu, Tomera's cabin, where many small parties and important consultations were held before as well, because the hut was large and comfortable. Just at the time that the guests had time to enter the room, the downpour began. » It knows happiness », cried the mother of the bride and shook her daughter gently against her chest. So, finally, the wedding was properly celebrated. The eating and drinking plentiful. The program had a wide range of performances. Tomera recited poems, fairies showed dances, peikko boys took care of the music, and in between times, hedgehog children such as Untamo, Talvikki, a mole child Ylermi, Milla sparrow, Venla wren, Taru flog, and Jade butterfly entertained the wedding guests with their choral singings.

So passed the day celebrating the wedding couple. Only in the evening after the lightning storm, they left for their homes to sleep. The day had been wonderful. So thought also Joonas and Saila, which now started their life together in their own little house, as the neighbor of the old pair of forest mouse, along the lakeside path, in the bottom of the mossy stump.

⁎ 11   When Ressu and Pieta became friends

The forest was like an old fairy tale : the summer morning opened towards the ocean of light, the sun sprinkled the gold dust over the lake; linnea, wild rosemary, lily of the valley and wild roses smelled powerfully deep into the dewy ground. A resin-scented goblin menninkäinen has a morning jog with a blue fairy along the path in the meadow; a stream sprite puronhaltija is combing in the shade of the wild rush ; trees are talking about the news with each other, and the wind maiden tinkles bell-like flowers of campanula while passing by.

A small silky fur shrew cub, Ressu also left the home nest to admire the summer morning. He, however, could not go far away from the home stump, as his parents forbade it because the brothers of Ressu, Roope and Ville were drowned in the flooded creek during the spring flood time, when they went out, despite the forbiddance of their parents, for the adventure towards the shades in the forest. Now Ressu was the only child shrew in the family, so the parents' worry was quite understandable.

Ressu sat on the dewy grass in the home yard and admired the bright yellow dandelions as the shining sunlight, which were swaying quietly in the grass ocean in the mild summer wind.

» What a cute morning », he mused by himself, and sniffed the air, which wafted with thousands of summer scents. Even though Ressu was very curious and adventurous, he was, at the same time, was nice and quiet like a moss growing in the swamp, which prevented him from going his own ways, even if he wanted to see other places outside of the playgrounds in the home yard.

» I wish I was already a grown-up», Ressu hoped by himself, muttering, and bit a piece of sweet wild strawberry. At the same time, the mother shrew came out and said to Ressu that she goes to visit the hamster's shop, and that his father shrew has also already left for his errands, so Ressu now would be alone for a while. Mother still repeated the warnings, and Ressu promised to obey, to be good in his yard, without leaving.

When his mother left, Ressu lounged on the meadow and looked at the birds and butterflies flying high above him. Meantime he closed his eyes and imagined how it would be if he strolled alone along the strange forest paths, and what would be the human beings' land, which exists far behind the forest, about which Leo sparrow had sometimes told of bizarre things. While musing, Ressu heard suddenly quiet moans. The sound came from somewhere from the nearby. Ressu strained his ears and stood on his hind legs. Again the same sound ! At that time, Ressu forgot his mother's warnings and started running towards the sound. The sound was heard much closer. Ressu stopped at the big rock on the path, as he saw a little bird lying down at the foot of the rock. It was a Eurasian wren who uttered moans quietly.

» Oh my, anyone to help you ? »

Ressu exclaimed, and squatted on the bird's side. The bird looked surprised at Ressu, and sobbed.

» I am an orphan. My father was eaten by the hawk, and my mother has also disappeared. And when I left my nest, I fell down as I cannot yet fly. I am now dying due to my wing injury. Besides I am so hungry, and my whole body aches. »

Ressu felt great pity for the chick bird. He tenderly lifted the bird to stand up, support it and went carefully walking with the chick to home. Upon arrival home, Ressu led the bird to his bed, covered it warmly with his blanket, and at the same time, the mother shrew came back from her shopping. When the mother's first amazement passed, Ressu told her the whole story. And when the father came home in the evening, the parents decided to allow the wren to remain as their adopted child.

» Oh how wonderful », Ressu rejoiced. This is how he got his eternal playmate and sister, because the bird chick was a girl. Her name was Pieta. Pieta was also overjoyed with a new home and family. She healed with their care and attention, and her power to fly recovered in two weeks. In this way, her wing injury was any more than remains in memories. During the summer, their friendship increased largely, and therefore, they were able to make the joyful trips together even as far as the other side of the home forest.

That summer was a real adventurous summer for them !

..₀ * 12   When Simo frog got an eternal friend

At dawn, the lonely Simo frog sat on the shore of the pond in the summer forest, while looking at the water. It was quiet. Only a few birds were chirping from the branches of the trees. A gentle breeze caressed Simo softly, as calling him to play with them. But such a thing was not fun to Simo. He was very sad at that moment. Large tears dropping down his cheeks onto a leaf of a water lily. He felt so lonely. He thought that no one cared about him.

» What's up with you ? »

Suddenly, a curious voice asked from a nearby water lily. Simo was perplexed at the voice and looked into the water ; and he was delighted at the sight of another frog, which spoke only to him.

» I just ······ Errr, well ······ am sitting here ······, and that ······ I think. »

Simo said a little sensitively and dried up quickly the beads of tear from his eyes.

» Come over here in the water, it's a lot nicer here than sitting there and thinking. You do not look more than sad. »

Siru frog said, and called Simo pleasantly to jump into the water and swim together with her in the water. And Simo came. Only the sound of water was heard when he jumped skillfully into the water, next to Siru, in the middle of the flowers of water lilies. Simo felt good. The power of happy feelings tempted him to sing. So, he climbed up on top of the water lily leaf, and sang the frogs' croaking song so well as he only could. His shyness also was forgotten on the spot. Siru with a smile was seeing Simo singing. In her opinion, Simo has quite a wonderful voice. And, when the song finished, they went out together to swim from leaf to leaf of water lilies, while the sun climbed higher and higher to begin the new day.

Thus, Simo frog's woe changed suddenly into delight, when he got his lifelong friend. Loneliness was no longer a sad memory.

... * 13   When Tii was looking for happiness

It was a midsummer night. The forest pond reflected the sky, and the ferns bloomed. In the wild shrub rustling, a silky-fur shrew mouse boy sat in hiding. He was called Tii, and was listening, with his muzzle whiskers trembling, to the thrilling song sung by the bog spirit suonhaltija.

The wind was dreaming among flowers such as the hyacinth-like purplish red flowers of the dactylorhiza maculate ; white and pink flowers of the linnea ; blue flowers of the bog bilberry ; the black bearberry with white flowers like a lily of the valley ; white 7 petal flowers of the trientalis europaea; purplish red flowers of the heather; white 5 petals of Oxalis acetosella, and green moss of the bryophyte. The polyporaceae smelled of the anise. The trees were whispering in secret to each other in vibrating sounds of leaves. On the fern path, the will-o'-the-wisps were swaying as fairies and menninkäinen gnomes were dancing to the birch bark flute played by a green-eye old maahinen gnome. In the luxuriant basin, the brook was covered with yellow flowers of the marsh marigold, the crystal clear water flew gently splashing in its own curly march through the dark primeval forest. In the meadows, the scents of thousands of flowers floated, and the baptism veil sparkled over the sea-like grass. The old trees covered with the beard lichen naava, in their sensitive mind, were asking birds for the news. Through the spruce pillars, the midsummer night's clear light filtered to be faintly smoky blue like an old fairy tale.

Tii stepped slowly on to a path from the hiding place and looked curiously around him. In the middle of the peat moss and haircup moss, thousands of branches of the blueberry and cranberry rose in harmony with the heather, the linnaea, and the shrub willow. Lacy lichen covered surrounding rock and stones, stumps, and dried areas. Tii looked in every direction in order to ensure that no one saw him, and then, began running, away from his home nest scenery, along the brook's path, towards the great and unknown world.

The little Tii was on his journey of running away from home. It's because he was bored at home at his mother's continual comments and forbiddenings : » Eat with good manner ! Play with the caution that you will not stain your jacket ! Stay in the yard ! You should not go out of the home yard ! Be quiet ! Do not bully others ! Go to bed, quickly! Sit properly ! Do not talk back, always ! Obey your father and mother ! Speak in a beautyful language ! »

Thus, Tii decided once and for all to leave his safe home and parents, as well as siblings, and set out to find his own little nest somewhere that he could enjoy living in his own peace and at his own free will. At that time, no one would comment nor forbid anything to him. He would have his own freedom to live and to be just as he would like. At the same time, however, Tii felt a strange fear. The parting from his safe home atmosphere was also painful. He might never see his mother again, thinking like this, Tii stopped crying and slowed down his running to a walk. Then, he turned aside to the river shore and sat down on a small stone to rest. Next to him was a dewy plantago leaf, to which Tii stretched out his hand and drank fresh dew beads to quench his thirst. Suddenly, from among the grass, a weak voice was heard. And at the same time, an old hedgehog with eye glasses came leaning on a cane out of the grass. He was surprised a little when he saw Tii.

» Ahh, who are you ? », the old uncle hedgehog asked

curiously and continued his words. » I have not seen you around here before. Do you live somewhere near here ? »

» I - I am Tii. I ran away from home, as I want to be happy », answered Tii while being short of breath.

» So, there you are. Well, are you happy, now ? », asked the old uncle hedgehog.

» Of course, I am ! Or ...... at least, almost», answered Tii quietly and suddenly felt tears swell. The old uncle hedgehog looked at Tii precisely but gently, and then, said.

» I am already old, but I also have been young and wanted to see the world, like you do now. And once I left home. I went in search of happiness, because I thought that happiness lives somewhere else. I searched and searched for, but I could not find it. In the end, I realized that happiness is a good feeling and you can experience it at home, in the place where your loved ones are. So I returned and did not leave my mother's place again, until when I found my wife and we set up our own home. It is in this way that everyone needs to belong to something somewhere, otherwise it is not pleasant. As you are still a child, only at home, living with your parents, you feel happiest and safest, not somewhere else. While you are on a runaway journey, you do not belong to anything anywhere. At that time, dangers lurk and the freedom may be full of fears. But, now, I have to go. Otherwise, my wife Tilta will worry when she does not hear me return home from an outing. »

So, the old uncle hedgehog went away and Tii was left alone. Tii felt really miserable. He started to feel like crying and his stomach also growled. And, suddenly, he felt scared. More scared than at the beginning of his runaway journey. He did not feel the wonderful rosy scents anymore because of the loneliness. But, then he, however, remembered again mother's comments and forbiddenings, and so, he got a new courage to continue his journey forwards.

After the passage of a piece of the journey, Tii found the blueberry bog, where he excitedly stopped. As he was hungry, Tii devoured the juicy blueberries, and then, was tired and layed down on the moss. There, Tii fell asleep as well. But after some time, the shrew mouse got to experience something quite horrible.

Tii awoke, when a great bear grasped into his palm the blueberries from the shrub on the bog, where Tii was sleeping. Grrr! In the blink of an eye, Tii found himself among the blueberries on the bear's palm and saw himself going directly into the sharp teeth in the open mouth of the beast.

» Do not eat me, I'm Tii. »

The little shrew mouse squeaked in alarm. What a stroke of luck! In an instant, the bear shut his mouth and looked stupefyingly at his own palm, from which he was going to munch a bunch of sweet blueberries into his hungry mouth.

» I am not a blueberry, I am Tii. »

He still squeaked a shrill cry, and stumbled out from among the blueberries for better identification.

» Duh, what bug are you, your voice also like a mosquito ? »

The bear grunted, still astonished and looked closely shoving his nose into his palm at Tii who sat still in the middle of the blueberries and grasses. The poor Tii trembled with fear so that he could not even get his voice loud enough to be heard.

» I-I am Tii. Doo-do not eat me, the friendly hobgoblin, do you ? », he squeaked.

» Duh, I'm not the hobgoblin, but a bear. And I do not want to eat other than berries and honey. »

The bear said in very low and rough voice, and lowered the

shrew mouse onto the ground, and then, left there shaking his head from side to side, tramping on the weir in the stream forward.

Tii's heart was still throbbing. Suddenly, Tii remembered the wise words of the old uncle hedgehog. The old man was right, and the forest was a dangerous place for a pup to wonder alone. Thus, Tii decided to go back home, and look for his own nest and his luck when he would become older. At that time, I will certainly be more courageous and also stronger, thinking like this, Tii comforted himself and went walking along the path back to the home tree stump.

Half-way into his return journey, he encountered the old spruce with hanging moss, who cried complaining that no one wanted to live in his holes and branches. Here I would get my burrow now, Tii thought, however, moved on forward, driven by a powerful longing for his home.

» From where did you come and where are you going ? »

A crow cawed to Tii in the vicinity of his home.

» You do not need to reply to it, if you do not want to. »

A tassel-eared squirrel exclaimed swinging his tail from the second branch of the same tree, and looked happily grinning at Tii. He stopped and saw in the sun, the crow half-asleep and the squirrel nimbly speaking, and said.

» I looked for my happiness, but I could not find it. So, I returned. I live in the hole of the tree stump behind that big rock, with my parents and my brothers and sisters. »

» Did you look for your happiness ? », the squirrel was surprised and continued. »No need to look for happiness. It is there, wherever you are. For me, happiness is a warm den and a warehouse full of food for the winter. Everyone has his own happiness, and each is different. Happiness is not always the same, but it changes like the four seasons, with age from the beginning to the end. »

» For me, happiness is the sunshine, and a nap », said, in turn, the crow, and took more relaxed posture on the tree branch.

Tii was impressed with the words he heard in his mind, and then, scooted quickly. In an instant, he was in the home garden, and surrounded by brothers and sisters who were playing outdoor. His homecoming was jubilant for his family as for Tii himself. His mother was crying with joy, and Tii as well. The most important thing of all, however, was the fact that Tii learnt what happiness is, and where it exists.

..。 * 14   Dark hearts of human beings

In the August evening, a drizzling rain lit up. The falling rain drops sounded in the lakeside forest after the rain ······ In the hazy blue scenery as if veiled in the smoke, on the shore of the dreamy pond in the forest, two old crows relaxed on their shelter in the thick spruce. They sat on a branch of the tree tightly side by side, the cheek against the cheek, as if they were trying to enter the same dream. In the still deepening twilight, the glow-worm emitted rays of light like lanterns. They twinkled like little bedside lamps in the paths of the forest and on the grassland. The evening was gradually losing its brightness, and faded away in the end into the arms of the night.

A squirrel boy, Ossi could not sleep, even if he tried to keep his eyes closed. Next to him, other children of the family were sleeping : Noora, Viivi and Valtteri, as well as the father and the mother a little further. Ossi looked at them for a moment and then began thinking again. A wide variety of things that he had to think about was spinning in his mind, whether or not he would truly understand them. Because, in his mind, Ossi believed that the life was like the big and scary forest. But if he learned the paths to walk, then, he would not need to worry about losing his way. In particular, Ossi was now curious about the world of human beings, which was located far on the other side of the lake, somewhere behind Blueberry Mountain. Once, when his father told him about scary things, Ossi began weeping very soon. On that day, however, the father intended only to warn his children about human beings, as he himself had experienced scary moments because of human beings while the moon had circled many times.

Ossi wished, while thinking about his father, that no human beings, even accidentally, would enter astray their home forest. Once if that happened, then, the peace and security in the forest would be lost. Ossi shuddered just thinking about it. Then he remembered how his father had told about the utmost importance in the life that every natural animal has the right to live in freedom and in peace wherever it wants. The father squirrel once had experienced what was at the mercy of the human beings. And there, Ossi remembered again the moment of his father's horror.

Ossi repeated in his mind his father's life from the beginning so that he could get the clearest image as much as possible. The father had told his children that he had been born on the spruce in the yard of a human beings' home, where had been an old birdhouse. In the birdhouse, the father squirrel, therefore, was born with his sister. Human beings who had lived in the house also had children, a girl and a boy.

One day, the boy climbed the tree and took the squirrel children away from the nest, the squirrel parents went away to look for the food, and so, were absent from home. The boy left for the lakeshore with squirrels in his pocket, where his two friends waited. When the boy took the squirrels out of his pocket, a girl squirrel had already been dead from a great shock. The boy threw it in the water to feed the pike. Then, they took turns to hold the boy squirrel in their hands, and bullied it in a variety of ways with a laugh. The little squirrel was crying in agony, and twisted his body heartrendingly with all his strength to slip away from their tightly clenched fists. When his forelimbs touched the ground, he began wildly fleeing. He ran and ran so fast and was likely to faint, and at last, ahead was the pier and the lake. The boys were approaching him menacingly. He had no choice other than to dive into the water, otherwise the boys would have tied him up again. The squirrel jumped and beat the water to go forward. At the same time, the mallard Iisakki came swimming towards the squirrel from the reeds nearby. He quickly dived under the squirrel and lifted him on to his back to the surface of the lake. Then, he swam quickly towards the broad area of the lake and brought the boy squirrel farther to the other side of the lake, towards the lakeshore forest, onto the beach sand, safely. There, the mallard told the squirrel that he had helped animals out of the human beings' country, in the past as well. The boy squirrel could hear that the mallard also had an opinion that human beings were greedy and evil, even harsher than the predator. As the human beings destroy nature, kill animals, torture them in many ways and deprive of their freedom by closing them in cage. They do all of this just for fun and for their various needs. They do not know how to live in harmony with nature as they do not know how to live in harmony with their own people and other people. That is why the human beings do not understand the value of nature and its laws. That is why they will never understand animals.

In this way, the boy squirrel started a new life. He found foster parents and a new home. And finally, he got his own family and his own home.

Ossi now reflected all this with tears in his eyes. It had been an unlucky affair to the father. At the same time, Ossi wondered why the human beings are so evil towards animals. »The human heart is certainly as dark as night», he said it to himself, and at last, fell asleep deeply.

The morning light already illuminated the skyline delicately.

..。 * 15 Peikko children's night adventure

Once during the summer season, in the moonlight on August night, two small peikko-troll children, only the two alone, toddled their way along a quiet forest path. The flowers were fragrant, the air was warm and they felt really pleasant, as they could, for the first time, get into the night to explore the outside of the home yard towards the other side of the forest pond, without being accompanied by the grown-ups.

The brother and sister crept holding hands, their hearts slightly throbbing at an excitement. If a bogy or other strange moving creatures were coming towards them, and nastily scared good trolls, then, their tour, of course, would go spoiled. They should run to their home in the middle of everything, to the father and mother's place for safekeeping and hid in the dark under the blanket. Bogies fortunately did not appear. So they walked and walked, while listening and observing everything on both sides of the path, as much as possible because they had to see such things that did not exist around the home cave.

But they could not do that, after all ! In the middle of everything, the sleepiness surprised the curious peikko-troll children. In the middle of the first adventure, they became exhausted and went to sit under the spruce, where they fell asleep at once ; curled like bird chicks. And in the morning, the sun rose and waked the tousled adventurers in the sun rays. There they had to think how wonderfully it happened, and that the sleepiness came secretly to surprise them, the brave adventurer peikko trolls. So, peikko children decided to go on a new adventure soon after getting permission of the parents. Perhaps the next night already.

Or, at the time when they become a little bigger, and are ready to stay up all night in the glow of the silvery moonlight until the appearance of sunlight in the morning.

..。 * 16   When Mörri peikko sulked

The small lake forest woke up in the sparkling summer morning. The night had a tremendous thunderstorm, and after that, it started to rain heavily and soaked everywhere thoroughly. Luckily, however, it was summer. The blazing sun heat quickly dried up the traces which the rain had left.

Early in the morning, a forest fairy, Ameliini went for a morning jog towards the juniper shrub with a sprite haltija. They jogged side by side along the forest paths and stopped from time to time to talk with flowers along the way about the thunderstorm frenzies of last night. Fortunately, the thunderstorm had not done serious damage. Only a few rotten trees had fallen to the ground, one of which fell over a stream, and soon became a convenient bridge for the forest inhabitants to frequently cross over the stream.

A peikko-troll boy Mörri was also on the move. He wandered, with his hands in his pants pockets, down the path, and kicked rolling the pebbles away from him. When he reached the creek, he climbed up the fallen tree trunk over the creek and sat on it. He seated there, wrinkled his eyebrows and turned down the corners of his mouth while looking at the crystal clear stream running.

The summer morning was most wonderful. A thrush nightingale's flute-like beautiful singing stroked tenderly his ears. In the air, thousands of summer scents smelled. It was warm, and the crop of wild berries began already to be ripe for the picking. But such a thing did not interest Mörri even a little. His heart was full of the bitter feelings of disappointment, which completely covered everything else. Because Mörri felt that he had been thoroughly betrayed, furthermore, on his birthday. Namely, the father peikko troll had promised that, if possible, he will get a chip of a mirror, which Mörri desired for his birthday gift. Well, then, yesterday was Mörri's birthday, but his biggest desire remained unfulfilled. Because the father had not been able to acquire the chip of a mirror from the human world for Mörri, but gave him a self-made fishing rod, instead. At a sundry shop of a magpie Siiri's, the last chip of a mirror was sold a long time ago, and Siiri had not yet obtained new ones in place, even though he went to look for on the streets and yards in the human world.

Mörri did not care for the rod at all, but threw it angrily to the corner and ran out with tears in his eyes to the smoke blue summer night. He did not come back home for the night, but stayed and slept in his play den a stone's throw distance from home. Even the furious thunderstorm, which began at night, could not have Mörri return home. Gamely he crouched at the corner under the hay in the den at that night, and then, when the shining sun rose in the morning, he left hiking towards the creek. He decided not to go back home ever again. And now, while sitting on the tree trunk near the creek, his decision was only reinforced, the more he thought about it. Mörri decided that he will build his own house as soon as possible, when he first finds a suitable place to stay. His idea of his own house seemed to him to be a nice thought, and even drove away his bad feeling for a while.

Just when Mörri was about to leave, however, he heard the father peikko troll crying out from behind.

» You are here ! I have been looking for you everywhere. Your mother already went to your friends' houses to find you, but no one has seen you since yesterday. We began in earnest to worry about you as you did not return home in the morning. What are you mad at, my small Mörri ? »

» I'm not small anymore. »

Mörri snorted and, with the sulking look on his face, looked at his father. At the same time, the father understood the reason for Mörri's behavior.

» Poor little rogue, it indeed angers you that you did not get your desired chip of a mirror for your birthday present ? But don't you remember when I told you, that you can get it IF I, at first, could find such a thing from somewhere. I could not find it, so I am not to be blamed for it, Mörri my gold. »

His father said gently and sat down next to Mörri on the tree trunk, a lunch knapsack on his back and two rods in his hands. Mörri did not say a word, just continued to look at the creek's streaming with his mouth' corners still turned down, and his forehead frowning, without showing the slightest regret for his sudden burst of anger.

» Tell me why the mirror chip is so important to you ? », asked the father.

» Why not », said Mörri quietly and felt how his throat suddenly began to be convulsed strangely, and his eyes inevitably shed tears. In the same way, his small jaw began trembling and the flood of tears flushed his bad feelings out. With his face covered with his hands, Mörri was sobbing heartbreakingly on his father's shoulder. Gently his father pulled Mörri in his arms, stroking his fluffy hair, and consoled him, and then, wiped his son's tearful face to dry with his soft handkerchief.

» Do you feel relieved now ? », asked the father tenderly.

» Y-yes ⋯⋯ I suppose », said Mörri intermittently in a still trembling voice.

» Well, how about ⋯⋯ will you go with me now to fish ? I was just going over there to the lake shore, when all of a sudden I saw you here by the creek», said the father and continued. »And, you must be extremely hungry now. Fortunately, I have a meal. It is enough for us both. I have a little more lunch than usual, because I thought in advance that I would find you somewhere near here, or from beyond the creek. And it became so. »

After he wept just as he wanted to, Mörri became like another boy. The bad mood disappeared as if by a miracle. And it was replaced with a light and cheerful mood. Happily, he left with his father to fish the creek for the mother's fish soup ingredients.

On the riverside path, Mörri then apologized for his sudden burst of anger, and said that he would have wanted the chip of a mirror just because the woodpecker, Timo had once told him that he will see magic images when he looks into the mirror. The father, in turn, said with a smile.

» You will see only your own image when you see the chip of a mirror, no more wonder than that. You can see the same on the water surface. It is like a mirror, where you see your image in the same way as the human invented mirror. »

Mörri believed what the father told him. Thus, he did not speak of the mirror anymore, even a word. Besides, he no longer thought to build his own house, but thought that the home where he lived together with his father, his mother and his sister Minna was, after all, the very best place in the world.

* 17   Help from friends

The stream was happily gurgling through the forest in the brightness of the summer day. It began from the deep underground, where the crystal bright spring water incessantly flowed.

Along the forest paths and the creek, on the shores of the pond and the lake, and in the meadow, the splendor of flowers was most beautiful; the forget-me-not of 5 blue petals, the campanula with blue-purple or white bell-shaped flowers, the white oxeye daisy, the white 7-petal solitary starflower, the purple viola, the fragrant buttercup of yellow 5 petals ; the lavender-colored or white Jacob's ladder of cup-shaped 5 petals, the wood sorrel's 5-petal small white flowers with pink streaks, the bell-shaped pendulous white snowdrop, the white hare's-tail-like cottongrass, the paired pendulous five-lobed pale pink linnaea, the large bright yellow iris, the white racemes of lily of the valley, and others. The flowers spread their faces towards the sun, and sucked the sunlight power and warmth, and the soil moisture as their nutrition, in the same way as trees and other crops.

The forest inhabitants also were busy collecting their foods. For the long winter, a variety of food needed to be collected sufficiently in stockpiles. Thus, not only parents but also children left together to work early in the morning.

Nestori-squirrel also, even though he was already an old grandaddy, had a rucksack on his back looking for winter provisions for his wife and himself. He walked slowly forward, and once in a while, took rest and leaned against his stick, when his back became so tired while hunkering down in the shrub. Besides, Nestori's knee was still a bit sore. Once his knee had been stuck by a sharp twig and had been injured. At that time, at home, the squirrel grandma Karoliina had quickly prepared the resin and wrapped it in a plantago leaf, and fastened it to his knee with a cobweb bandage. Since then, Nestori still felt sore at his knee, and seemed to hobble when he walked. He dared not to prance around as before, but confined himself to walk slowly forward. Patiently, however, he was still finding the winter food, just like any others.

» I wish Karoliina also is able to be together with me now. It would have been so nice to walk together, like on a trip. But what can she do, when she had a headache in the morning, so she could not do anything but rest », Nestor said to himself and sat down on the tussocks of grasses for a moment. Fortunately, families happened to pass by and noticed Nestori's situation. They decided to help the old squirrels and gave a part of their crops of forest products for Nestori to take home. Oh, my, how he was surprised and rejoiced ! He became quite speechless and was moved to tears. Because, after all, Nestori could not have expected it at all, or even hoped that kind of help from anyone. He has never been treated so gently even if it would have been needed. Well, he lived at that time in another forest, where no inhabitants had been friendly like here in this forest.

When anyone with aspirations willingly imparted, Nestori squirrel found that his rucksack became pretty full, and besides, his spare basket became half full. So Nestori could not do, other than humbly thank the warmhearted forest inhabitants for their surprising help. Then, he left happily walking towards his home burrow, escorted by a few helpful friends.

* 18   When Miki mouse got lost from his mother

The big sad eyes looked somewhere, as tears sparkled on the cheek. It was a small forest mouse pup who was crying. He strayed from his mother while gathering berries. And now he was sitting in sorrow under a large red amanita mushroom with his muzzle whiskers trembling with shock and fear.

» Hello little one, what has happened to you ? »

The bright sound came from the nearby juniper bush. It was an alert forest-ranger bird, the tit named Titityy, who flew there to take a rest for a while, and now saw by chance this sad situation. The mouse looked up and saw through his tears at the great tit, who looked at him curiously from the juniper branch in the shrub.

» I ⋯⋯ I am ⋯⋯ quite lost, boohoo-boohoo. I cannot find my mother anywhere, boohoo. »

The small Miki-mouse said, and sobbed heartbreakingly, and his small body was convulsively trembling with sob. The great tit watched the mouse closely, and felt extremely pity for the stray pup. He needs to solve the problem, as soon as possible, Titityy thought.

» Calm down, now. Do not worry so much anymore, as I fortunately happened to be here. Well, let's make things clear from here. Tell me at first your name. »

The bird chatted with a soothing voice, and at the same time, thought the best way to solve this situation.

» I am Miki », answered the mouse pup.

» Well, where do you live ? », asked the tit to get more the information.

» N-not really I k-know», Miki said and began once again sobbing hard.

» Tell me now something else. What kind of place is your home located at ? »

The bird asked with patience. The little Miki mouse began to think it about. He pondered and pondered on it so that he forgot even his sobbing. Then, he answered.

» Our next door neighbor is a big tree, where many woodpeckers were building their apartment house nests, at least the mother said so. »

At that time, the great tit immediately understood where Miki came from. The bird sighed in relief and said.

» Wait now at this same place just in peace, I'll come back soon. »

Then, he suddenly took off and flew to a tree to another, from a stone to another stone, close to the forest pond, close to the woodpeckers new construction sites, and stopped to sit on the crown of a young pine while looking around. All of a sudden, his eyes saw something moving at the foot of the bush-like ferns. I wonder if the hedgehog family's cleaning day is going on, he wondered to himself. The hedgehog family lived at that location. Shall I visit them to inquire, they probably know where Miki mouse lives. The bird continued to think, and flew down to the foot of the fern bush. But, what did Titityy see ? A forest mouse in gray clothes sat crouching on the ground with a basket on her side, besides she was crying.

» Oh dear, it can't be. He can't be, my child. My Miki boy. Where are you ? Where did you disappear so suddenly, he can't, can't, can't be after all. »

She lamented aloud to herself, and so, she did not notice immediately the tit, who was listening and looking from the side at the mouse mother's grief.

» Did your child disappear ? »

Titityy asked and leaped to the ground in front of the mouse mother. The mother looked almost bewildered at the bird, and almost startled at this surprising arrival.

» Yes ...... that ...... my Miki boy got lost from me, while we were picking berries in the morning. I can't find him anywhere.

We were together at first, but thereafter Miki was not seen anywhere. Maybe he was absorbed in picking the berries and was not aware of his going a separate way. Children are like that. We have just moved here to this woods. These places are still unknown to us. This is how it happened. »

The mother mouse replied swiftly with her nose sneezing to the bird's query, and profusely wiping tears from her tired eyes. Titityy asked, then.

» Well, I see. But, Mother, why didn't you go at once to find Miki or ask someone to help you ? »

» I do not dare to, as I was afraid of my going astray. My sense of direction is not good. Besides, no one was seen, who would be able to help me. I was so lonely, and still I am. I only have Miki, no other children. And Miki's father has died. At the large forest over there, where we lived before, the great beast ate my husband. It was terrible! It was a big wild cat. That is why I moved with my child away from there as I was so scared to stay there. And now, he also has gone missing, perhaps he's dead already. Oh, poor Miki », the mother mouse groaned.

» He's not ! Calm down now, good mother. Miki lives. He is well and safe, and is very close to here. I saw him a moment ago. The best thing is that we go there right away before the day begins to darken. Follow me, mother. »

The bird said and suddenly took flight. The mouse mother looked at the bird in amazement, got up and went following the tit's flight. Along the paths, other small forest-inhabitants came scurrying towards her now. But the mother mouse did not have time to stop to greet anyone. She hurried to the place where Miki might be. The bird flew slowly from a tree to another, and from time to time, flew after the mother mouse to make sure that she could be running together below on the ground. And she surely could. All of a sudden, the amanita mushroom was in front. And the mother saw from afar her child, who still sat under the mushroom with his hay-braided small berry basket next to him. Miki also noticed who was coming.

» Mother », he cried shrilly.

» My little one », the mother replied out of breath, rushed to Miki and pulled affectionately her pup in her arms. » Aha. All is now well, dear Miki. Do not cry any more. You are probably very hungry already, and you seem to be tired. The best is that we go home quickly. »

The mother mouse said gently, and dried up Miki's crying face with her red squared apron. At the same time, Miki smiled. His eyes were shining like small stars. And his whole face was so happy and cheerful-looking, that Titityy had never seen such a contented-looking creature as this one. It was also a nice thing. And before the bird left to his nest, he still advised to the mice the fastest route to their burrow so that they would not go astray again.

» Thank you a thousand times », the mother mouse said to the bird, and then, went walking with Miki along the small path towards their burrow.

» See you soon again », Titityy hollered and then flew away with satisfaction towards his nest in a shady hole of the spruce. He also reported the incident to the head forest-ranger, the old and wise boreal owl.

* 19 The moment of fear

The empty moon eyes stared at the early autumn morning. The flowers were sleeping close to each other wrapped in forest blankets. A silky grey creek female sprite was sorrowfully watching the tree leaves floating in the air, because the long and cold winter was coming. The forest pond was covered already with a frost veil, which was still fragile as a butterfly wing's silver dust. And the trees became like brides in icy pearl veils. Along the forest paths and on the moss clusters tinted with ice crystals, lingonberries glowed like blood beads. The whole of nature burst into flames and was ablaze like the symphony of colors. It was the farewell party for the summer. Foliage changed in the autumn colors.

The Old Uncle Frost quickened his pace. He had to visit still many more places before the arrival of the snow sprite. In the lake-shore forest, he, from his large sack, sprinkled icicles and ice pearls like radiate lamés here and there, which made the landscape shimmering like the fairy world. Even on the small windows of the mice house, the ice-flower paintings were created with chilled opaque coatings by hoarfrost brushes.

The forest inhabitants were already equipped for the winter, well in time. Food warehouses were full, their houses were repaired and sealed. So the freezing winds could come any time over to the thick snow mantle. When the refreshingly cold autumn morning opened, forest inhabitants woke up for everyday life and work industriously.

Suddenly, the light shone in the middle of the morning twilight. It was clearly the light radiated from the candle lantern, and it came along the lakeshore path closer to the forest. There, the Great Sprite, who lived on the other side of the lake, deep in the Blueberry Mountain, was coming in the most urgent steps with the lantern in his hand, to talk to the ranger owl. In the Ramu owl's base, the reason for his unexpected visit would be found out very soon. Because the Great Sprite had come to warn him of the big danger. In the forests, the best time from the North would come also for the lonely and very ill-natured weird hungry-wolf Ärjy. And he came at the best time from the North and wandered in to the forests. And according to the message brought by the birds, he was clearly coming this way. So, the Great Sprite asked Ramu to inform of this emergency to the entire forest inhabitants, and then, left to go on his trip ahead, towards the next nearby forest.

Ramu thanked the sprite of his warning and quickly convoked by whistle signaled the bird army to his base. Just when the birds arrived, Ramu told of the situation and ordered a one week night curfew to the forest. The birds understood the crisis and went out right away to notify the forest inhabitants to stay at home. Tomera tonttu, when he heard it, of course, quickly said, » Do not fear the one single wolf », however, he promised to comply with the curfew obediently.

Three days had passed since the Great Sprite's visit, when it happened. The dreaded Ärja-wolf first appeared in the lakeshore forest. It was nightfall when he like a large and intimidating dark shadow crept from the edge of the meadow into the forest. Fortunately, small inhabitants who complied with the curfew, returned home just a moment earlier.

Only a few guards birds remained outside, while watching the surroundings, hiding in the trees' shelter branches. Close to the centre of the forest, the hairy Ärjy wolf sniffed the ground along the paths and the fringes. He scraped the ground and dug up here and there with his strong paws, the stumps, the moss bog and the hay tussock, as well as bushes and hollows in the rocks. As nothing to eat was found, he snarled, growled and sniffed furiously, while whispering, the burningly red eyes aglow glared angrily. It was obvious that he was hungry. Thus, he was searching for small rodents and also hares for food. But in vain!

The willow tit, Tiiu first spotted Ärjy and emitted a shrill whistle. In an instant, all the birds were up to the task and began to loudly twitter a warning. The sounds rang out throughout the forest and were heard as far as small inhabitants' homes. It was known at once to be on the alert and as quietly as possible at home burrows so that the wolf's attention would not arise. The greatest danger lurked close to the shrews' family, near the burrow of which the beast most violently looked for prey to eat.

But what made Ärjy stop digging ? However, it happened, most happily. Because, all of a sudden, the wolf raised his head, strained his ears, sniffed the air, howled three times and went away like a lightning running rapidly by leaps along the forest path, back to the North.

» The crisis has passed », birds chirped. So the inhabitants came out of their homes with a sigh of relief. The tormenting moments were over, at least for a while. They felt joy and decided to have festivities, which were held on the next day at the tonttu Tomera's large peat cabin in the cave protected with a giant rock boulder. And the Great Sprite was the guest of honor.

That evening the autumn lanterns disappeared, and the snow storm turmoil filled the sky and the earth. Winter had arrived again in the northern forests and meadows.

..。 *20   When the moon exudes old silver

It was Christmas Eve. A girl, 8-year-old Sanna was with her parents in a small mountain village in Finnish Lapland to spend Christmas holidays at a hundred-year-old log house of Sanna's grandparents. Sanna's mother was therefore a Sámi. It was always the joyful season for Sanna, when she spent days in the countryside at her grandfather and grandmother's place, away from the large city, in the country of reindeers and the surrounding mountainous wilderness.

Grandpa and Grandma were Sanna's dearest people; especially Grandpa, who told Sanna exciting stories of Lapland by the crackling fire of the fireplace every night, and drove her by snowmobile in winter, and then took her for trekking in the wild in the summer.

On Christmas Eve, up in the dark sky of the Polar night, thousands of stars ignited. The northern lights and a full moon were blazing to celebrate the Christmas atmosphere. Trees also were like brides with frost pearl veils. In the snowdrifts in the yard of -40 ° c below zero, toasts were ablaze in the darkness like the polar night aglow with white holes.

After a sauna bath, the feasts were eaten, and Christmas gifts were given, and the night was still long, but Sanna still was not sleepy at all. She sat on the floor, on the bearskin, and looked at the pictures from the large book of Kalevala, which she received as a gift from Grandpa. The living room was full of scents of herbal tea, coffee, Christmas dishes and pastries, a Christmas tree, hyacinths, and candles. In Sanna's mind, Christmas was mysterious and intriguing like an old fairy tale.

» When the moon exudes an old silver and the stars walked down in the snow crystals, then, on the shoulders of those which exist, the northern lights are humming like the angelic organ. The frosty ice harp tinkles in the winter cavity, then, the camberwell beauty butterflies slumber in the frosty dream under the old tree's beard-lichen cover. The trees with armful owl pups on the branches are also talking in a whisper. At times as such, anything can happen, especially in the Christmas night », Grandpa said to Sanna in their talks, between the two people. The fire was burning in the fireplace and in clay pots on the rustic dining table, besides, candles in the lanterns were radiating subtle lights, which were fading in the Christmas night. Sanna's mother chatted with Granny at the table, and father was reading the People of Lapland newspaper. Grandpa sat in his rocking chair while looking at Sanna and giving soft strokes to his reindeer dog, Sameli. Suddenly, Sanna stopped browsing the book and said to Grandpa appealingly.

» Tell me, Grandpa, moreover something nice. Tell me, for example, about a house tonttu, a gnome maahinen, a wizard in the swamp, suonoida. Also a sprite etiäinen to notice people an abnormal happening to come, a wild idol seita, a sprite tunturin-haltija in a gentle shaped mountain, or fairies. Oh, please. »

Grandpa stroked his white beard, looked at Sanna with a smile and said.

» Well, now, I will tell you, for a change, about what I saw last fall, when I was wandering over the Sau-Kaalep-Wizard's highland. The trees' green lanterns were asleep, and the fairies also were sleeping in the winter shelters. It was time for the snow fall. The lake was frozen underneath, and the north wind had blown filling the wide swamp with frost pearls. Wild Geese, aythya, snipe, swans, and swamp birds had already migrated. The flowers were sleeping below the frosty cover. It was the time of the full moon.

Well, at the time of the supper, I sat on the twigs laid like a mat in front of the fire, eating the box lunch. Suddenly on my shoulder, a Siberian Jay came flying, and said, "Look towards the Cranberry swamp," and then he flew away. I looked towards it, and what did I see ! In the light of the moon at the wide swamp, I saw the white moon reindeer, the black bear and the silver wolf, who were dancing close together as if they were bewitched. At the same time, the cloud covered the moon, and when it came up again, the Cranberry swamp was silent. The moon reindeer and his friends disappeared. »

Grandpa's story was like a miracle to Sanna, especially the moon reindeer. She only wished to see sometime something like that. It surely would be possible when she was with Grandpa, Sanna thought and sleepily yawned. She would have wanted Grandpa to tell another story more, but instead, Grandpa took Sanna in his arms, and brought her to the small cabin prepared for her to sleep. Grandpa wished her beautiful dreams. And he promised to talk more stories to Sanna next evening again.

Sanna was lying on her bed while waiting for her sleep, and looked out of the window at the winter night. The sky glittered like a diamond tree garden. The top of the Finnmark, Ruija flashed. And the old upright red pine trees were burning to the heavenly song when the Old Uncle North burned the night fire. They brightened above the wide swamps and gentle-shaped mountains in a variety of shades. Further away, an Arctic fox drew cursive lines like a calligraphy on the snowy swamp, and the winter crystal rose like glacial pearls under his frozen steps, the willow grouses rested side by side on the snowdrift. The young spruces stood like guards on the border of the forest, the owl bathed on the snowdrift splashing the snow, and the moon drew silhouettes on the snow marble. On the Orresokka area and icy fields of the Hirvas-Lassin Karhuvaara, bloodthirsty hordes of wolves were looking for preys, the eternal wind was humming the timeless songs, and the sunless Polar night in the midwinter was aglow in the frost flames.

When she was finally asleep, Sanna got to experience something quite amazing. It was so real to the touch that Sanna did not know whether it was a dream or not. Because, all of a sudden the white moon reindeer shining in silver appeared from somewhere in her cabin, and asked the girl to ride on his back. Sanna looked at the reindeer in wonder, but she was not afraid. And, when the moon reindeer promised to bring her back, Sanna encouraged herself in her mind, and she, in her night pajamas, rode on the back of the moon reindeer.

» Where will you take me ? », asked Sanna.

» You'll see soon », said the reindeer.

In a blink, the familiar room disappeared like mist, and Sanna saw only the space around her, and the flashing stars. They flew across the Milky Way, and through the nebulae, in the speed of thoughts, and then, landed on the country of the northern lights haltijas. The moon reindeer brought Sanna there to the silver mountain to the Moon Castle, where the hero, Väinämöinen, the old Sage and the Minstrel of the national epic, Kalevala, lived.

Väinämöinen: » Oh, maiden virgin, the pearl white daisy, did you come from the wind cottage ? »

Sanna: » I did not come from there. I came from the Earth, from the distant Pohjola, the Nordic country. »

Väinämöinen: » Oh, from there ! From people's juniper-flavored low huts, from the boring dark vocals country. Did you yearn for the eternal, and come with your will to live here ? »

Sanna: » I came just for a visit, to ask for your wisdom. »

Väinämöinen: » You are always welcome. We welcome visitors to the lands of stars. Listen, therefore, what I am talking about, and hide the treasures in your heart : ascend always towards the top of the tree crown, rise like a star over the night. Do not take the furious hand. Do not bow to the wicked. Stay away from the contemptuous gleam in the eye. The snow in the heart will melt, repeat the prayers on your lips. Be flexible like a young stalk, then, you will not be broken under the storm and in the insane frost lands. The life will be consistent with your values. »

Sanna: » It's bright, here, isn't it ? The lights sparkle everywhere. »

Väinämöinen: » Now, after all, the sky has the door of a spectrum of seven colors, one above another, thousands of stars, residences in the Eternal Land. Secondly the Earth is below, under the veil of the Polaris. There are the wind-swept stone face, ice and snow covered paths. Heavy is the journey of walk. »

Sanna: » My home, however, is there. »

Väinämöinen: » My silver, my daughter, my fairy that a sleep brought to me, the Earth is so far away as below all. The traces of the wind on every face and chords of sorrow on the lips, until the angels call will ring. Then, the sky will touch your heart, and abundant stars will flourish on the paths, and at that time, you are ready to ascend. »

Sanna: » How can I find always the right way so that I may not get lost ? »

Väinämöinen: » The star of the eye, my beauty, sniff the headwind, where is your way to go onward. Listen to the prayer of the wind, the deep speech of the trees. View everything with your soul's eye. Obey your clear heart. Be firm like an iron lock, be as cold as a pearl towards the wicked call. Go always on the main street of the light, the night wizards will run away to the shoulders of the day. Do not seek advice from the most acute lips. Do not live in a dark domicile of wickedness. Look always for your own flock in the same way as a birds' nest in the trees, the nobleness which glows in your heart. Avoid the false network and the people whom the wrath inhabited. Remember whoever opens his heart, the doors open in all directions, and also the book cover to the mansions. »

Sanna: » From where will I find my happiness ? »

Väinämöinen: » My flower of the moon soul. It's probably not the wilderness lands where your life will be happiest. The fireside at your home is the worthy place for you to live. Only if you have a sunny heart, the nest full of cottonsedge, a peace lantern on the window, a flowery smile on your lips, so will be the frost in other countries, wolves at the peikko-trolls' heels, tongues of serpents within their flock, and storms in a frenzy. And a cooperation is important as written in the Ancient Book : In the lovely summer night, fragrant flowers in the meadow, you will encounter your groom, your peer like twin flames. At that time, the winds also soothe your heart's kernels. »

Sanna: » The wise and good Väinämöinen, where can I find friends who have a heart of the same resonant with me ? »

Väinämöinen: » My silver, my bird ! Listen to the water waves, look at the cloud's paths. Maidens of the atmosphere are lovely, the most appropriate for making a song. When the moon is like a fire in the evening, the fire at night is like a lighthouse. At that time, the daughter of the wind is in her cottage; the water nymphe is on the beach; the forest nymphe is on the path; flower fairies are in their meadows; the summer night in twilight. The same resonances are close to each other. And remember ! Flee from the wizard songs from the wilderness, detour the swamp bride's veil land. Do not fall into the maahinen gnomes' forest, and avoid the gaze of the frost spirit. Keep away from the destructive forces, the evil roots on the witchcraft lands. Because, in the black heart's abyss, poisonous snakes of the largest war would bite. The peace does not rove in the dark, nor moaned with bloody lips.

What you learnt here is like a treasure, the torch of learning towards the path of life, and the flame in your heart to light up brightly. Read sparks of the Holy Kalevala, when you desire ardently the Eternal, or when your cheeks are embroidered with tears and your heart full of stones makes strange noises. »

Sanna beautifully knelt down, and thanked Väinämöinen for his advice. At the same time, the moon reindeer appeared again at her place. A visit to Väinämöinen at his residence was finished. At the departure time, Sanna was already sitting on the back of the moon reindeer, and Väinämöinen fitted a silver ring to the girl's finger as a souvenir, and there was a round moon stone as an ornament. And when Sanna took a close look at the stone, she saw there the living image of Väinämöinen, which looked fragile through the patterns of the northern lights, like the frost veil on the film of water. Sanna was quite fascinated with the gift. But she did not have time even to thank him, because quickly everything was covered in a silvery mist. And they flew again through the sparkling stars, through the aurora waterfall, along the moon bridge back to Earth, and to Sanna's Grandpa's house.

At the same time, Sanna opened her eyes and noticed in wonder that she was lying in bed. The moon reindeer was nowhere to be seen, nor Väinämöinen as well. But the ring ! The ring was still on her finger as a sign of her visit to Väinämöinen in the Moon Castle. But, afterwards, Sanna came to know about this wonder: the ring was so special that its original appearance could be seen only by those who truly believed that Sanna had been a guest of Väinämöinen. To other people, the ring looks like just a bauble and the stone also was simply a plastic bead.

At the morning coffee table, Sanna told her wonderful visit to the family, and showed them the ring as proof. People around smiled amusingly at Sanna, as if they smiled at a child's dream and her fancy talk, but only Grandpa did not. When he saw her ring, he knew that the trip of Sanna was real. Because he saw the silver ring in the same way as Sanna, and, on the stone, as if the mirror, the most vivid face of Väinämöinen, which radiated profound wisdom. Grandpa looked at Sanna, and nodded with a smile, suggesting that he knew her story to be true. Sanna understood immediately what he meant, and rejoiced in it.

Since then, Sanna and Grandpa had the common treasure, and through it, their access to the world of mysteries.

..₀ * 21   Forest tonttu Nöpö

The December blue twilight already covered the day below, as the sun was hibernating during the winter polar night. In a small forest, a peaceful feeling prevailed. Only once in a while, a hare moved, went somewhere and came back soon to his warm burrow.

An old boreal owl had just taken his late breakfast, when he had a quick look at the weather outside and noticed below on the ground some movement. Something red came into view for a short moment, and light was flickering in the middle of the snow.

» Stay still ······ it's around ······ how is it now ······ so that ······ in the name of the law. »

The owl emitted a sudden shriek from his nest's window.

» Hoo-hoo, what creature are you ? »

He went on as frighteningly as possible, while trying to make himself look impressive and powerful as a lawman, while bristling up his feathers.

» Ah ha, I really got scared ! I am an elf, Nöpö-tonttu. I moved here with my family, with my wife and two children yesterday to your small forest. Before we lived in a large forest, which is a two-day trip from here. But it began to be too noisy without peace and frightening, and hunters and lumberjacks' machine monsters deranged forest wild animals, besides those intruders caused pollutions. So, we needed to move. We met a blue tit by chance. He went to the forest a week ago where we had lived. He told us that there is a warm dugout suitable for us downstairs on his home tree. So, then, we decided to move. And we are here now, and it feels nice. Still another family of peikko trolls is coming from there, probably tomorrow. »

Nöpö tonttu told the boreal owl happily.

» Ahaa, I see, such the case, ahaa »

The owl answered a little bewildered. He had never met in his life before such a type of creature as the forest tonttu. It was like a human being, but so small of the smallest and still was competent in the animal language.

» What are the peikko trolls like, or what were they even then ? »

The owl mused to himself, at the same time, watched Nöpö tonttu carefully. The tonttu seemed to be already in a hurry, and said to the owl.

» We will have a kind of small house-warming party in our new house tomorrow. I will invite inhabitants of this forest there to the village. Please come, too, I will welcome you as soon as you come. »

And then, he went away, whirling only the snow. His red hat like a Christmas hat, his white gray bushy beard and a small candle lantern were swinging bustlingly to his running rhythm. The tonttu went on the snowy terrain towards the hedgehog family home.

» Ahaa, the house warming party. Tomorrow ! In the tonttu family's burrow …… hmmm ……, I will think about it. »

The boreal owl muttered to himself and retreated back to his nest hole to have a nap.

» They will not be out there without me. I am the lawman of this forest. And where I am, the order is always maintained. Anyway, I have to go, as I am in such a post. And, certainly, the peikko-trolls also will come there tomorrow. Who knows how our forest children will get excited. I have to go there. That's true! That's it! Hoh-hoo after all ……, I suppose food will be offered there, otherwise I won't (yawn) go to the village at all. A variety of creatures exist here. The animals now are real, and the human beings still I understand, however, who knows the tonttu elves and peikko trolls, I cannot guess what my old eyes still see as the time passes. …… Hoo-hoo, whew, I'm exhausted now …… (yawning) »

The owl drowsily muttered to himself, and fell into light sleep.

-End-

POSTSCRIPT

Fairy tales from Lapland

I will tell you about fairies of Finland. People in Finland enjoy experiencing of a variety of fairies in their daily life.

Etiäinen is a folkloristic beliefs in Lapland, the name also comes from the Lappish. The etiäinen is an unseen sprite which floats in the air. It foretells a family when an incident is likely to occur to their home so that they can prepare themselves for it.

Haltija is a good sprite. It lives in a certain place, and arranges things to happen where it lives or keeps seeing how the things are going there. The suonhaltija lives in a swamp, and the tunturihaltija in mountains. The saunahaltija lives in a sauna. The revontulihaltija is a fairy of aurora. While aurora appears, the revontulihaltija's humming and scat singing is resounded beautifully in the sky.

Henki is a haltija-like spirit. The hallanhenki is a spirit of frost.

Keiju is a lovely fairy of one to two inches in size, and has translucent and glittering wings on their back which allow them fly quickly around in the air. The kukka keiju is a flower fairy, which protects its flower heartily.

Maahinen is a sprite of the woodland. There are male and female. Maahisukko is clearly a male. It has long green hair and a green wrinkled face. It has a scary figure with long nails. It is often seen crouching close to the ground.

Menninkäinen is a sprite of the land, larger and heavier than the maahinen. It lives underground and protects the underground treasure. It has a bear-like look, and often sings songs.

Mörkö is an imaginary monster, black or brown in color. Children are frightened of it.

Neiti is a nymph inhabiting the water or woods, She is nice, sentimental and gentle ; the size of which is about 59 inches tall almost like an adult human. She has long fair blond hair, wears a long gown glistening like a water. It can love a human and have a child with him. When the neiti is somewhere near, a likeable scent can be perceived and a pleasant melody can be heard.

Noita is a witch who is believed to have supernatural abilities like a queen who appears in the story of Snow White. It does good and evil things. A great part of the noita is female. The suonoita is a specter which live in a swamp.

Peikko lives underground or in a cave. There are large and small peikkos as seen in a Moomin peikko family created by Tove Marika Jansson, the author of the Moomin books for children.

Tonttu is a fairy of a thumb size or a boot size. Sometimes they have a long beard. The joulutonttu works as a Santa Clause's assistant who makes Christmas gifts for the children in the world. The kotitonttu resembles Japanese folkloristic beings, the *zashiki'warashi* and *yashiki'warashi*, a child spirit which lives in a house. The house where the *zashiki'warashi* live is considered to bring happiness.

Virvatuli is a ball-like fragile flame like will-o'-wisp or jack-o'-lantern, which resembles Japanese *onibi* or *kitsune'bi*. The *onibi* are the spirits of humans and animals, and often, of the people who hold grudges. The *kitsune'bi* literally means fox' flame. The virvatuli often comes along with the tonttu.

Finally, Kiiltomato, Naava, and Seita exist in reality in the Lapland.

The kiiltomato is a light insect. Imagine a cold fluorescent caterpillar on a dark night. The kiiltomato exists also in Japan.

The naava is leafless and like filament, and a genus of long hair-like pale grayish-green lichens, which anchor on bark or twigs like tassels. The same moss, usnea, is also seen in Japan and called the beard moss, *hige'goke*, or *saru'ogase*. In winter, the naava anchored on the bark and twigs of old trees are frozen by frost and ice-like pure white tassels. The trees sleep like old men with white beard. The tonttu wears clothes made from woven naava cloth.

The seita is the Sami worshiped special-shaped stones, old rocks, or statue-like trees.

Let's talk about Kihovauhkone and Näkki.

Kihovauhokone is similar to a Japanese imaginary creature, *kappa*. The *kappa* is depicted to look like a child-size human with reptilian skin of green to yellow or blue in color. It has a carapace for its back, a beak for a mouth. The top of its head is flat, hairless, and wet, which is called a plate, *sara*. When the *sara* ever dries out, the *kappa* loses its power and dies. It has also webbed hands and feet. It inhabits ponds and rivers, and swims swiftly like a fish. It quickly comes out of the water and bites the bottoms of people who happen to walk along the river or pond. It is fond of eating the bottoms of people and sometimes those of horses. Another favorite food of the *kappa* is cucumbers.

Kiho as Kihovauhkone may refer to the mythology of the Tuamotu archipelago, where Kiho-tumu is the supreme god.

According to Finnish Dr. of Archtecture Martti I. Jaatinen, » Kiho means such a person who is a boss in some way, and considers himself better than others. The word, however, has a slightly negative role. The Finnish verb 'kihota' means raising and is used as follows : Sweat rises in the face. Profit rises to the head, which means 'victory becomes proud,' more than it would have been warranted. Kiho, shy or skittish, is the one that easily gets scared and starts to behave uncontrollably, runs away, or on a rampage. Vauhkonen is the person of which such a thing constantly takes place. »

As a whole, Kihovauhkone can be understood as one that constantly makes something absurd, without any self-control. Here it is such a fairy-tale creature. Kiho gives additional significance, which is still wore (grazy) than an ordinary Vauhkonen.

Näkki is a mythical creature. It is a malicious spirit or a guardian which inhabits rivers, ponds, wells, and the like. It appears formless : a chunk covered by aquatic plants, or resemble a lizard or a frog. It often teases people, and may even abduct someone. Sometimes it may be a handsome young man or a beautiful maiden, and seduces an unsuspecting passerbyer to the depths of the water.

Here is a story of Kihovauhkone and Näkki.

This is the memory of a Finnish author in the early 1900s. Juhani Aho, in his childhood, approached the lakeshore without his parent's permission. But, soon, he became scared and went running back home.

» A bevy of large fish with red fins swam up there from the depths. They are so tame that swim splashing to the beach. Their backs rise out of the water. It looks like they would strive for land. They are, perhaps, children caught by Näkki. I have heard that Näkki catches children if they go alone to the shore without permission, and take them to his Castle and change them into fish. Suddenly they jump up violently again and disappear. Did they go to tell my father about my coming alone here? I quickly ran away from the pier ...... That has been thoroughly Kihovauhkone, who is a human. When it reaches land, it does not turn back, but runs straight down to the bottom, and rises on the other side towards the land. It has webbed fingers and toes. It's well known to all the fishes. Kihovauhkone has been in Näkki's Gold Castle and saw a Church-ship-long pike from there. Kihovauhkone will ride on the back of the pike when it is in a hurry. »

[Ref: Juhani Aho, Do you remember – Muistatko -? 1920, 2015, pages 32 – 33]

Fairy Tales from Lapland

SADUT LAPISTA

Sisältö

Esipuhe

1 Lapin tontun muutto
2 Topi-tontun tukala tilanne
3 Peikkovaarin opetuksia
4 Tarinointia takkatulen loimussa
5 Lähtö suurempaan maisemaan
6 Hiiriperheen pelottavat hetket
7 Kevätmyrsky
8 Reeta-hiiren flunssa
9 Uusi asunto
10 Häät
11 Kun Ressu ja Pieta tulivat ystäviksi
12 Kun Simo-sammakko sai ikioman ystävän
13 Kun Tii etsii onnea
14 Ihmisen pimeä sydän
15 Peikkolasten yöseikkailu
16 Kun Mörri-peikko murjotti
17 Ystävien apu
18 Kun Miki-hiiri eksyi emostaan
19 Pelon hetkiä
20 Kun kuu tihkui vanhaa hopeaa
21 Nöpö-metsätonttu

Jälkikirjoitus

ESIPUHE

Mei Yumin Sadut Lapista kertoo salaisuuksia siitä, miten löytää ystäviä ja miten olla onnellinen.

» Kun kosketan kukkaa, kosketan äärettömyyttä. Tämä kosketus ei ole fyysinen. Sitä ei ole maanjäristyksessä, tuulessa tai tulessa. Se ilmenee näkymättömässä maailmassa. Se on tuo hiljainen pieni ääni, joka herättää keijut henkiin. »
George W. Carver

» Tontun jäljet pienet on, ne eivät näy juuri missään. Hiljainen ja painoton, tontun kulku tiellä on, sen kuulee sydämessään. »
Anne Pajuluoma

Polku sadun maailmaan

Joutsenperhe asustaa
lammen kaislikossa
taivaanvuohet lentää vaan
kuukkelien maassa.
Menninkäinen sylissään
kantaa keijutyttöään
niin kuin kukka hentoinen
On keiju kesäinen.

Puiden kuiskeen tuuli tuo
suolla usva nousee
hiiden polku aarteen luo
metsän halki kulkee.
Virvatulet liekehtii
tanssii metsän uumeniin
Kultajyrkän portti vaan
on hieman raollaan.

Milloin polun löytää voi
satumetsän teille
milloin kutsun kuulla voi
haltijoiden maille.
Silloin sadun löytää voi
kun sen sävel sulle soi
sydämessäs kuulet sen
tuon kutsun hiljaisen.

...o * 1   Lapin tontun muutto

Jäinen kaamoshämärä valui metsän syliin. Kuun kasvoilla lepäsi hiljaisuus. Tähdet kipinöivät yönmustalla taivaalla, kuin tuikkivat lyhdyt. Oli kylmä sydäntalven yö. Täysikuun salaperäinen valo piirsi hangille tummia varjojaan. Puut nukkuivat lumipeittojensa alla. Ja koko metsän väki nukkui rauhallista yöuntaan. Vain vartijapöllön silloin tällöin kuuluva puputtava vihellys kertoi, että pienen rantametsän elämä oli tarkoin vartioitua. Mitään vaarallisia yllätyksiä ei päässyt tapahtumaan. Niinpä Ramu-helmipöllö istuskeli nytkin metsikön keskellä olevan korkean kuusen latvassa ja tähyili levollisena lumista maisemaa. Kaikki näytti rauhalliselta. Ja vaikka oli hyvä kettukuutamo, pysytteli Tuomas-kettu kuitenkin pesäkolossaan. Samoin Santeri-karhu, joka nukkui suojaisessa pesässään pitkää talviuntaan. Eikä Jesse-jäniskään ollut nyt yöjalassa, kuten niin monesti ennen. Sillä pakkausmittari näytti -40C astetta, joten kotikolon lämpimässä oli nyt kaikkein paras olla. Mutta yhtäkkiä Ramu näki hangella outoa liikettä.

» Jaaha, taitaa olla Sameli-lumikko tulossa taas armaansa luota», mietti Ramu itsekseen ja suuntasi katseensa muualle sen kummemmin asiaa tarkistamatta. Sillä välin tapahtui kummia !

Hangella hääräsikin pieni partainen tonttu-ukko, eikä mikään lumikko. Ukolla oli naavasta kudotut vaatteet yllään ja lappalaismalliset nutukkaat jalassaan. Hetkessä se rakensi risuista itselleen laavun ja sytytti sitten kuivista puunoksista rakovalkean

laavun eteen. Sen jälkeen se istahti laavun havumatolle
huilaamaan ja kaivoi repustaan itselleen syötävää. Vasta silloin
Ramu huomasi rakovalkean loimun.

» Mitä ihmettä », se huudahti ääneen ja terästi katsettaan.
Hetkeäkään epäröimättä pöllö lensi nuotion luo ja suoraan
laavun eteen tontun ihmeteltäväksi.

» Ka, ... ja mie ko luulin, jotta tää lannanmaan mehtä onpi
asumaton, ko täällä on niin soman rauhallista », lausahti tonttu ja
katseli samalla tutkivasti lintua vihreillä silmillään.

» Ei tämä asumaton metsä ole. On täällä oma väkensä, mutta
ei muita », vastasi pöllö hieman hengästyksissään oudosta
tilanteesta ja jatkoi : » Tuo on kiellettyä meidän metsikössä. Tulia
täällä ei saa pitää, kuin vain kotien sisällä takassa ja kynttilä-
lyhduissä, siis valvonnan alaisena. Sillä meidän on suojeltava
metsäämme kaikin tavoin. Jos metsä tuhoutuu, vaikkapa nyt
tämän nuotion aikaansaamana, silloin meillä ei ole enää kotia
kellään. »

» Niinhän se on, vaan mie pijän kyllä huolta tästä valakiasta,
jojten elä sie huolehi ennää. Sillä jotta mie tarkenisin yöt nukkua
taivasalla reissussa ollessani, niin rakovalakia on silloin ihan
pakko sytyttää », vastasi tonttu rauhallisesti ja haukkasi sitten
palan mureaa nokkosleipää ja kaatoi samalla pienestä nokisesta

pannusta puiseen kuksa-koppiinsa hyöryävää jäkäläteetä, jota ryhtyi hörppimään lämpimikseen.

»Syö siekin jottain! Ota vaikka tätä sienijuustoa», kehotti tonttu hymyillen ja mursi juustosta reilun palan pöllölle. Ramu maistoi juustoa mielelläänkin ja siirtyi sitten uteliaan halukkaasti tontun viereen istumaan. Pian he olivat kuin vanhat ystävät- Niinpä siinä yö kului mukavasti jutellen ja eväitä syöden, rakovalkean lämmössä kuin retkellä konsanaan.

Yön hiipuvina tunteina pöllö sai kuulla monenlaista tarinaa tontun eli Nilla-Ukon kertomana. Myös oman tarinansa ja syyn vaelteluunsa Nilla kertoi Ramulle. Sen tarinan sai myöhemmin kuulla myös, muu metsän väki, ja se oli tälläinen.

Nilla-Ukko oli vanha kämppätonttu, joka oli asunut erakkona kaukana Lapissa, Lemmenjoen ja Vaskojoen välissä, Pehkosenkurussa, omatekoisessa erämaakämpässään. Siellä Nilla oli kesäisin huuhtonut kultaa purojen varsilla ja elellyt tyytyväisenä omassa rauhassaan, välillä Jäkäläpään, Valkovaaran ja Skietsimätuntureiden maisemissa samoillen. Mutta sitten yhtäkkiä oli kaikki muuttunut. Turistit olivat löytäneet Lapin

puhtaan ja karunkauniin luonnon ja sen erämaiden turvallisen rauhan, jota ei kaupunkien melu ja kiire ollut vielä tavoittanut.

Turisteja alkoi saapua Lappiin yhä enemmän ja enemmän, jopa ulkomailta asti. Lisäksi metsät alkoivat hävitä, kun metsurit kaatoivat puita meluavilla koneillaan laajoilta alueilta, kaljuiksi asti. Ja tuli kaikenmaailman saasteet vesistöihin ja marjamaille, kaivinkoneet ja moottorikelkat. Kaikki se oli tontulle liikaa. Niinpä rauhaa rakastava Nilla-Ukko jätti haikein mielin rakkaan kotikämppänsä ja lähti etsimään uutta kotipaikkaa sellaisesta metsästä, jossa oli vielä rauhallista ja jossa ei ihminen ollut vielä luontoa saastuttanut tai muuten tuhonnut. Näin Nilla oli nyt ollut muuttomatkallaan jo monta viikkoa. Vähällä oli, ettei sen etsiminen loppunut jo Kuusamon Hiidenvaaraan, jossa Nilla tapasi poropolkuja kulkiessaan vanhan Suonnansaaressa syntyneen maahisukon, Kitkan Viisaan, joka otti tontun vieraakseen ja houkutteli sitä jäämään sinne jänkämailleen seuraksensa asumaan. Olisihan siellä vielä ollut aika rauhallista asua, mutta jo sielläkin oli ihmisen tuhon jäljet näkyvissä. Hiidenvaaran ympäristökin oli jo paljaaksi hakattu, vain sen lähellä oli enää hieman metsää jäljellä. Koska oli sen vuoro? Sitä ei tonttu halunnut jäädä katsomaan, vaan sanoi hyvästit maahisukolle ja jatkoi matkaansa eteenpäin. Mukaansa Niilla sai lähtiäislahjaksi maahiselta pullollisen Iivuoren kiehuvan lähteen vettä, joka oli siitä erikoista, että kun sitä joi kulauksen, niin sai heti suojan kaikkia ihmisten sairauksia vastaan. Lisäksi se antoi voimaa, että jaksoi paremmin pitkiäkin matkoja taivaltaa.

Niin Nilla-Ukko oli sitten vihdoin saapunut pieneen jävenrantametsikköön, josta näkyi etäämpänä siintävä, järven toisella puolella oleva mahtava Mustikkavuori, kuin Lapin kotoinen tunturi. Nilla ei tosin heti silloin vielä tiennyt, missä päin Lannanmaata se oikein sillä hetkellä oli. Mutta metsä ainakin tuntui heti rauhalliselta ja mukavan kotoiselta. Lisäksi näkyi tuo tunturimainen Mustikkavuori. Niinpä Nilla-Ukko päätti jäädä

sinne asumaan, eikä pöllölläkään ollut mitään sitä vastaan.
Päinvastoin oli mukavaa saada metsään sellainen asukas, joka
arvosti ja suojeli aitoa elämää.

Näin Lapin tonttu sai uuden kotipaikan vielä puhtaan ja
rauhallisen metsän siimeksestä, läheltä Ramu-pöllön pesäpuuta,
luonnonluomasta sammalein vuoratusta majasta, jossa se sai
jälleen kokea samaa erämaakämpän rauhaa kuin silloin Lapissa
asuessaankin ja kuunnella suurta puhuvaa hiljaisuutta sekä omia
ajatuksisaan, istuskellessaan talvi-illoin kynttilälyhdyn hämyssä
tupansa lämmössä menneitä muistellen ja löytämiään
tunturipurojen kultahippuja katsellen.

Vain Lapin kuukkeleita ja etiäisiä Nilla-Ukko oli yhä ikävä.
Muuten se oli elämäänsä tyytyväinen.

...o * 2   **Topi-tuntun tukala tilanne**

Talvinen metsä. Siellä puut kuin morsiamia, jäähelmiä hunnuissaan. Kuin häitään viettäisi huurteinen metsikkö, lumihopeaan kietoutuneena.

On tammikuu ja kylmä pakkasyö tulossa. Revontulet leiskuvat, huurrehelmet kiiluvat hangilla. On myös täydenkuun aika. Ketut tanssivat kuutamossa. Kuun kelmeän jäinen valo loistaa puiden lomitse, piirtäen hangille tummat varjot, metsännäköiset peikonkuvat, pelottavan oudot kuvajaiset. Ei liikahda kuusen oksakaan, nukkuu metsä kaamosuntaan. Lähellä kuitenkin helmipöllö huhuilee tähdille, ja jänis loikkii kiireen tuntuisena pesälleen.

Mutta mitä kummaa pöllön katse huomaakaan? Tuuhean kuusen alla istuu lumikinoksessa Topi-metsätonttu, joka liikkumatta katselee yön kylmään hämäryyteen. Hänen poskellaan kyynel kimaltaa ja leukaparta vapisee, selvästi Topi-tonttu siis itkee.

Pöllö lennähtää pesältään viereisestä kuusesta tontun luo ja kysyy.

» Mikä nyt on hätänä, kun tähän aikaan istut siinä kylmissäsi, ja itku silmissä. Onko Tonttulassa tapahtunut jotain ? »

» En minä tiedä. En ole ollut siellä koko päivänä. Voi minua onnetonta! En löydä tietä Tonttulaan, kun tuo päivällä ollut lumipyry on peittänyt polut kinoksiin. Tulen serkun luota kylästä, ja tähän tieni katkesi, lumikinokseen. Voi sentään, miten minun nyt käy», sopertelee tonttu kylmästä kankeana.

» Älä sure, ystäväni! Kiipeä selkääni istumaan, niin lennätän sinut tuota pikaa Tonttulaan. Sillä tunnen toki tien sinnekin, joka säällä, yölläkin», sanoi pöllö lohduttavasti.

Niin Topi-tonttu pääsi surustaan ja turvaan takaisin Tonttulaan.

Pöllö on metsänväen vartija. Valpas ja viisas auttaja.

Ihminen, suojele ja auta sinäkin luontoa, että olisi koti kaikilla metsän monilla asukkailla. Ystävilläsi.

* 3 Peikkovaarin opetuksia

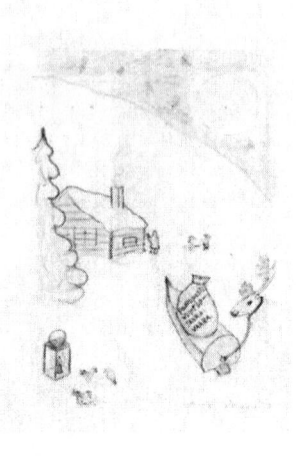

Tähdet julistivat korkeuksistaan RAUHAA. Taivaan otsalla humisivat tuulet, kuin enkelten urut. Hämärän oksilla väreili villijoutsenten lähtölaulu. Kuunvalo aaltoili vuolaassa purossa, jossa tähdet uivat. Rannan kivet sammalhiuksineen katselivat virran keinuvia kuvajaisia. Peilasivat itseään, kuin maahisten tyttäret häittensä alla. Metsän holvistossa puut puhuivat kuiskaten. Sarvipöllö huhuili tähdille. Oli itamakuun aika.

Kallioluolan hämärässä peikkovanhus istui takkatulen loimussa, ja kertoili iltasatuja pojanlapsilleen Hömmölle, Tuiskutukalle ja Höpönassulle. Samalla hän opetti elämänviisauksia, jotta peikkolapset oppisivat jo pienestä pitäen elämään oikein ja arvostamaan elämän kauneimpia asioita:

» Kuunnelkaa kaikessa sydämenne ääntä. Se ohjaa aina oikeaan. Silloin ette joudu harhapoluille. Ja suojelkaa luontoa – tätä rakasta kotimetsäämme – että aikanaan myös lapsenne saavat elää täällä puhtaassa ja kauniissa metsikössä turvallista elämää, kuten me nyt. Mutta välttäkää ihmistä! Häneen ei voi luottaa. Ihminen on teeskentelykudoksen peittämä. Me luonnon olennot ja – eläimet emme sellaista naamiota edes tunne.»

» Kuule vaari, mitä voi tehdä, jos on paha mieli », kysyi Hömmö sitten.

» Unohda se, niin se lakkaa olemasta. Ei sen kummempaa », vastasi peikkovanhus lempeästi hymyillen ja jatkoi : » Tämä elämä on suuri matka. Kuin polku, joka vie monien ihmeiden läpi ja päättyy lopulta tuonne ylös, tähtimetsään. Muistakaa lapset, että olette aina oma itsenne. Kaikessa ! Ja olkaa myös auttavaisia, kilttejä ja rehellisiä, sillä paha saa aina palkkansa. Karttakaa myös riitaa, ja yleensä pahaa seuraa, mutta älkää hyljätkö yksinäisiä ja heikkoja, koska he juuri tarvitsevat lämmintä ystävyyttä enemmän kuin muut. Muistakaa myös antaa ja pyytää anteeksi aina, kun siihen on vähänkin aihetta. Ja kiitos on sana jota tulee käyttää ahkerasti. Se tuo mukanaan hyvän mielen ja lisää sydämen hyvyyttä ja kirkkautta. Muistakaa, että vain sydämen hehku määrää ystävän arvon.»

» Vaari, mitä se rakkaus oikein on », kysyi vuorostaan Tuiskutukka ja haukotteli samalla unisesti.

» Rakkaus on sitä, että pitää jostain toisesta oikein paljon, niin kuin minä nyt teistä. Se on suurin ja kaunein asia koko elämässä. Sillä ei ole aikaa ei etäisyyttä siellä, missä rakkaudella mitataan korkeus ja syvyys », vastasi vaari hiljaa, kuin itsekseen, ja katseli samalla mietteissään luolan pienestä ikkunasta taivaan tummaan sineen, missä linnunradan valosumu himmeni hiljaisuuteen.

Höpönassuakin jo nukutti, mutta siitä huolimatta sekin tahtoi kysyä jotain; niinpä se keksi mielestänsä erikoisen kysymyksen, jonka se sitten esitti vaarilleen:

» Kuulepa vaari, onko kauas pitkä matka ? »

» No, on tietenkin ! Kauas on niin pitkä matka, että vaikka sinne kulkisi koko elämän ajan, ei sittenkään ehtisi perille, koska kauas on ääretön matka. Mutta, joskus voi pisin matka ollakin lähelle ! Riippuen ihan siitä, mikä asia on kysymyksessä. Sille, joka ei ole kiinni, kaikki tuulet ovat kantavia », vastasi vaari opettavaisesti, nousi sitten tuolistaan, käveli hellan ääreen, ja ryhtyi keittämään iltateetä.

Tarinointi oli siltä illalta ohitse.

..o * 4   Tarinointia takkatulen loimussa

Kuu nousi metsän takaa. Sen huippujen valkeus sinkosi valoa pakkasen hopeoimalle hangelle. Järvenrantapolun varrella metsähiiri-perhe vietti leppoista iltaa kelottuneen kannon uumenissa olevassa kodissaan. Siellä äiti-hiiri tarjoili juuri perheelleen iltaruuaksi hunajaleipää, kuivattuja metsämarjoja, yrttiteetä ja koivunmahlasoppaa. Tuvan pahkapöydällä saviruukussa paloi kynttilä. Se hohti himmeää kirkkautta ympärilleen. Perheen vauvat, Sanna ja Maija, uinuivat jo yöuntaan. Iltapalan syötyään, äiti ryhtyi tiskaamaan, isä punomaan heinäkoria, mummo jatkoi kutomistaan ja vaari-hiiri alkoi jutella mukavia perheen isompien lasten, Tuhinan, Kaisan, Himmun ja Juuson kanssa oleskelutilan takkatulen äärellä.

» Vaari, onko Kuu tehty ihan oikeasta juustosta niin kuin Kaisa väittää », kysyi Himmu-hiiri.

» Jaa-a, enpä ole käynyt siellä asti, mutta ainakin se on suuri lamppu, joka taivaalla valaisee pimeää yötä », vastasi vaari.

» Asuuko sielläkin hiiriä ? », kysyi vuorostaan Juuso.

» Ehkäpä asuukin, emme vain voi sitä nähdä, kun Kuu on niin kovin korkealla », selitti vaari hymyillen ja keinutti Himmua polvellaan.

» Kuule vaari, miksi tähdet lentävät ? », kysyi sitten Tuhina.

» Noo, tietenkin sen vuoksi, että nekin tahtovat joskus muuttaa paikasta toiseen, kuten mekin olemme tehneet jo kolme kertaa », vastasi vaari.

» Kuinka sinä vaari tiedät niin paljon kaikenlaista », ihmetteli Juuso.

» Hm, kai sen vuoksi, kun olen jo niin vanha. Kaikki vanhat tietävät paljon ja ovat viisaita, kun ovat eläneet niin kauan, että ovat ehtineet nähdä ja kokea monenlaista, niin iloja kun surujakin », vastasi vaari hiljaa, syvään huokaisten.

» Vaari, osaako tuuli itkeä ? », keksi sitten Kaisa kysyä.

» Kyllä tuulikin itkee. Tuuli on ilman haltija, ja sillä on tunteet, kuten meilläkin. Usein olen kuunnellut tuulen surumielistä laulua, ja jos se on ollut oikein surullista, on se tiennyt sadetta. Ja aina se on paikkansa pitänyt», vastasi vaari matalalla äänellään.

» Kuule vaari, voiko meidän kotipolulla liikkua mörköjä ? », kysyi vuorostaan Tuhina.

» Enpä usko, että ne tänne tulevat. Kyllä ne paremminkin viihtyvät korven hallojen ja kiveliön tummilla mailla », totesi vaari hymynpilke suupielessään.

» Vaari, onko ukkonen vihainen ukko ? », kysyi Juuso.

» On se, ja tosi vihainen onkin ! Silloin on paras pysyä piilossa, kun ilmojen Äreä-Ukko kulkee metsämme yli, ettei joudu sen tulisen miekan silpomaksi », sanoi vaari vakavana.

» Kuule vaari, onko kuukeijujen siivet kudottu kuutamosta ? », kysyi sitten Himmu pitäen kättään vaarin kaulalla.

» Ehkäpä, en oikein sitä osaa tarkoin sanoa. Mutta hauras on niiden siipirakenne, yhtä hauras kuin hallanhuntu veden kalvossa», vastasi vaari hymyillen.

» Miksihän metsänkeijut Emilia on niin kaunis ? », kysyi Juuso hieman hämillään ja selvästi Emiliaan ihastuneena.

» Noo, sen vuoksi, että hän on niin kiltti. Kaikki hyväsydämiset ovat kauniita omalla tavallaan. Sillä sisäinen kauneus näkyy aina hymyssä, ja silmien peilissä. Sydämen hehku läpäisee kaiken kuin auringon valo », selitti vaari rauhallisesti, katsellen samalla takkatulen hiipuvaan hiillokseen.

Samassa siihen tuli äiti-hiiri ja lopetti lempeästi tarinoinnin siltä illalta siihen, sillä oli jo nukkumaanmenon aika. Niinpä koko perhe kömpi vuoteisiinsa. Väsyttikin jo sopivasti.

Hetkisen kuluttua uni painoi hiirien silmät kiinni. Samalla tavoin iltakin sammui kuin lyhty. Vain Kuu kulki yössä, ja kääntyi lopulta himmeälle kotitielleen.

...o * 5 Lähtö suurempaan maisemaan

Oli sydäntalven yö. Kaamoksen sadunsininen huurrehuntu lepäsi kaiken yllä. Maisema oli kuin jäätynyt timanttipuutarha. Taivaan Ahjossa Pohjan Ukko poltteli tuliaan. Se heitteli Taivaanpiisiin pystyhonkaa niin tiuhaan, että taivas loimusi kuin valtaisa nuotio. Nuo revontulina leiskuvat valopatsaat humisivat korkeuksissaan kuin enkelten urut.

Korven kätkössä uupunut kuusivanhus oli vaipumassa ikiuneen. Sen hengitys oli jo raskas ja lepoa kaipaava. Kuunvalossa huurrehelmet kimmelsivät puuvanhuksen naavaisessa parrassa kuin säteiden hopeoimat korut. Vanhus sulki silmänsä ja huokaisi syvään. Autio ja pysähtynyt tunnelma sai vallan. Lähellä pakkasen karhunkynnet puristuivat yhteen. Puuvanhuksen elämänliekin hiillos hiipui hiipumistaan ja sammui lopulta kokonaan. Etäämpänä maahisten jääkannel helähti soimaan. Tähtien verho sulkeutui.

Peikkolapset Homelo, Nuppu ja Hömppänä istuivat huoneensa hämärässä itkua tuhertaen. Heidän rakas vanha mummonsa oli kuollut ; nukahti vain yhtäkkiä eikä enää herännyt. Se tuntui lapsista niin oudolta ja pelottavalta, koska sellaista he eivät olleet ennen kotinsa piirissä kokeneet ! Myös isä- ja äitipeikko surivat. Ja vaarikin. Hän istui tuvan puolella sammaleisessa puutuolissaan, takkatulen loimuun katsellen ja itki. Kirkkaat kyynelhelmet vierivät ohuena purona kurttuisia poskia pitkin ja harmaanpartainen leuka vapisi voimakkaasta liikutuksesta. Suru oli syvä. Läheisen poismeno oli aina surullinen asia.

Mutta kuin ihmeen voimasta vaarin kyyneleet vaihtuivat lopulta hymyyn. Sillä hän tunsi yhtäkkiä, että jäähyväisiä ei olekaan, on vain näkemiin. Että kuolema oli vain kuin matka toiseen maailmaan, jossa elämä jatkuu. Ja korkealla tähtien tuolla puolen oli se maa, jonne kerran me kaikki enkelinsiivin matkaamme ja jossa jälleen tapaamme.

Näin peikkovaari ajatteli ja pääsi sen avulla surunsa yli nopeammin kuin uskoikaan. Myös muut perheenjäsenet saivat kuulla vaarin ihmeellisiä ajatuksia kuolemasta. Siitä lähtien elämän loppuminen ei ollut heille enää pelottavaa, eikä pohjattoman surullinen asia. Vaan elämään kuuluva luonnollinen tapahtuma : ero, joka ei kestäisi ikuisesti.

...₀ * 6   **Hiiriperheen pelottavat hetket**

Oli kirkas talviyö. Sinisenmusta avaruus oli huikaisevan kaunis. Linnunrata loimusi sinistä, punaista, hopeaa, kultaa. Ja tähdet kimalsivat kuin jalokivet. Myös suuri täysikuu loisti metsän yllä. Sen hopeinen valo sai valkean lumen hohtamaan sadunomaisesti. Oli hiljaista. Sininen hämärä vallitsi kaikkialla. Metsä nukkui ja asukkaat myös.

Hiiriperhekin vietti rauhaisaa yötä lämpöisessä kotikolossaan, ontossa puunkannossa lähellä maan rajaa. Koti oli vuorattu sammalilla ja heinillä, puunkaarnalla, pihkalla ja savella. Siinä oli pienet ikkunatkin, ja ovi oli sopivasti piilossa lumen alla.

Yhtäkkiä keskellä yötä perheen pienin heräsi janon tunteeseen. Se nousi ylös lämpöisestä sammalvuoteesta ja lähti herättämään äitiään, samalla ulos ikkunasta vilkaisten. Ja voi sentään, että se säikähti! Pikku hiirulainen nimittäin näki suuren oudon tumman varjon, joka näkyi hiljaa hiipivän eteenpäin metsälammen jäätynyttä pintaa pitkin, ja juuri heille päin.

» Äiti », huudahti hiirilapsi kauhuissaan.

» Mi-mikä tuo on ? », se jatkoi, pieni kuono vapisten järkytyksestä. Äiti- ja isä-hiiri heräsivät heti ja nousivat äkkiä katsomaan ikkunasta ulos talviyöhön.

» Onko se mörkö ? », kysyi toinen hiiri-lapsi peloissaan, kurkistaessaan varovasti äidin takaa ikkunasta pimeyteen. Lopulta koko hiiriperhe oli hereillä, ja ne katsoivat kotinsa pienistä ikkunoista ulkona liikkuvaa ja lähenevää tummaa varjoa.

» Mikä se on ? », toistivat lapset.

» En tiedä vielä », vastasi isä-hiiri kuiskaten.

» Olkaa hiljaa lapset », sanoi äiti-hiiri rauhoittavasti.

Tumma varjo, outo olento lähestyi jo metsäpolkua. Pian se olisi lähellä metsänväen asuntoaluetta.

» Voi kauhistus, mikä se oikein on », kuiskasi äiti-hiiri

vavisten ja peitti kasvonsa isä-hiiren olkaa vasten.

» Neljä jalkaa sillä ainakin näkyy olevan, ja voi miten suurelta se näyttääkään», kuiskasi isä-hiiri matalalla äänellä.

» Tuleeko se meille ? » kysyi pikkuisin hiiristä itku kurkussa.

» Ei se tänne tule. Nukkumaan nyt», sanoi äiti-hiiri ja yritti olla rauhallinen peitellessään pesuettaan, kuutta pientä lastaan takaisin sammalvuoteisiin nukkumaan.

» Ei se näy tänne asti tulevankaan. Se pysähtyi. Nyt, nyt se kääntyy takaisin. Se menee lammelle päin. Se menee pois ! Se menee pois ! Kuulitteko lapset, vaara on ohi. Ja nyt nukkumaan.»

Isä-hiiri sanoi helpottuneena ja kävi äidin viereen niittyvillapeitteen alle lepäämään. Vaan eipä uni enää tullutkaan. Kaikki he valvoivat ja ajattelivat itsekseen outoa kulkijaa aamuun asti.

Päivällä sitten metsän ruokakaupassa äiti-hiiri kuuli, että moni muutkin oli nähnyt tuon pelottavan hiipijän. Metsänvartija pöllö-vanhus oli seurannut tilannetta tarkasti koko yön. Ja tunnisti sen heti metsän takana olevan ihmistalon Jaska-kissaksi, joka oli jostain syystä lähtenyt yölliselle retkelleen pieneen metsikköön. Mutta ilmeisesti sen tuli pakkasessa niin kylmä, että se palasi kesken kaiken takaisin kotiinsa. Tosin, pahat sillä taisi olla mielessään. Ei se muuten olisi yöllä tullut, eikä sillä lailla hiipien, kuin salaa. Vaaroja on siis metsän väelläkin. Mutta onneksi lintuvartijat ovat niin valppaita yölläkin, että varoitus tulee ajoissa, jos suuri vaara uhkaa. Ja pöllökin oli koko ajan tilanteen tasalla. Jos kissa olisi alkanut hyökkäysaikeisiin, olisi pöllö hälyttänyt korppi-armeijan pahantekijän kimppuun.

Näin rauha säilyy eikä pahaa pääse tapahtumaan. Joten, vaaroista huolimatta on tässä pienessä metsässä turvallista asua.

*7 Kevätmyrsky

Ennätyslumisen ja muutenkin ankaran talven jälkeen kevät oli saapunut Pohjolaan. Se oli aina yhtä iloinen ja odotettu aika, niin ihmisten kuin eläintenkin elämässä. Sillä kevät oli kesän airut.

Mutta kevät saattoi olla joskus varsin oikukas ja pelottavakin vuodenaika rajuine myllerryksineen, varsinkin metsän pikkuväelle. Niin oli nytkin. Ikivanha pieni järvenrantametsikkö metsänkätköineen oli joutunut kevätmyrskyn kouriin. Puuvanhukset ulvoivat kuin sudet, kun väkevät myrskytuulet levittivät niiden kyhmyiset oksasormet taivasta vasten. Riepottelevat kaarnatuulet kiisivät vihaisen puuskaisina pyörteinä metsää ristiin rastiin, törmäten välillä toisiinsa ja lennättäen viuhkana kaikkea irtonaista ympärilleen, viskellen niitä sinne tänne villisti ilmassa pyörittäen. Tätä jatkui lähes aamupäivän, kunnes tuulispäät saivat tarpeekseen ja jatkoivat viheltäen matkaansa eteenpäin.

Myrskytuulten kantapäillä liikkui myös Myrskysade-Ukko. Metsikön kohdalla se avasi pilvikotinsa lattialuukun, ja heitti monta tyynyrillistä vettä alas maan päälle. Piiskaava sade kohisi kuin koski. Näin viimeisetkin lumipälvet sulivat poluilta, kivien koloista ja sammalmättäiden syvänteistä. Niinpä puroja syntyi kuin sieniä sateella, sadetta kesti koko päivän. Se tiesi pahaa.

Vasta seuraavana aamuna metsän väki uskaltautui ulos kodeistaan, kun myrsky sateineen oli ohitse ja aurinko paistoi taas pilvettömältä taivaalta. Mutta voi kauhistus! Kotimetsä oli ihan mullin mallin. Onnettomuuksiakin oli sattunut: kotikoloja asukkaineen oli tuhoutunut, lapsia ja aikuisia kadonnut, jalkoja nyrjähtänyt, siipisulkia poikki, polkuja tukossa, pesiä tulvavesien peitossa.

Vaan aina valpas lintuarmeija oli jo liikkeellä. Sana kiersi nopeasti. Isommat eläimet alkoivat heti raivaustyön, johon pienimmät eläimet eivät pystyneet. Kaikki kuitenkin tekivät jotain, auttamistyötä kun riitti, että elämä pääsisi jatkumaan taas lähes normaalina eteenpäin. Metsänväki oli kuin yhtä suurta perhettä, jossa niin ilot kuin surutkin jaettiin yhdessä. Silloin varsinkin surut kestettiin paremmin, kun oli ystäviä lähellä lohduttamassa. Niin nytkin tuntui helpommalta kestää myrskyn aiheuttamat vahingot, kun ei tarvinnut olla yksin kaiken kaaoksen keskellä, vaan sen saman kokivat kaikki metsän asukkaat, tavalla tai toisella.

Lähes viikko siinä vierähti raivaus- ja korjaustöissä, ennen kuin metsän väen elämä oli taas lähes ennallaan. Ja sillä välin, kuin huomaamatta oli tullut niittyvillan ja kasteheinän aika. Kukkiva kesä!

..₀ * 8   Reeta-hiiren flunssa

Taivaan otsalle sade itki hiljaa. Se oli kalpea kuin riutuva jää. Suonhaltijoiden huntumaille haltijat kutoivat usvahuntujaan. Korppi ronkui männyn latvassa ja kiven jäkäläkasvoilla suruvaippa-perhonen uinui naavakotelossaan horrosuntaan. Hetki hetkeltä varjot vaihtoivat suuntaa. Niiden lävitse valo lankesi jostain etäisyydestä, peittäen hämärän alleen. Sade taukosi. Aurinko tuli esiin pilven takaa. Ja yhtäkkiä yltyvän kevätvalon kirkkaudessa, kivettyneen maan uumenista – talvikoloistaan –

nousivat keijut valon väreilyyn. Myös kukat nostivat hennon vartensa, ja avasivat kasvonsa auringolle. Mutta jäätuulien tuomat talvipeikot pakenivat routaiset sammalturkit riekaleina louhikkojen uumeniin. Etäämpänä suokukkojen soidinhuudot kaikuivat metsän reunassa olevalla karpalosuolla aamusta iltaan.

Reeta-metsähiiri kuunteli kevään ääniä vuoteessaan. Sillä Reetalla oli paha flunssa. Se yski ja niiskutti lähes yhtenään. Kuumettakin sillä oli. Ja pää sekä kurkku tuntuivat myös kipeältä. Mutta vaikka olo tuntui pahalta ja väsytti, niin siitä huolimatta Reetan mielestä oli kamalaa maata vuoteessa aamusta iltaan, päivästä toiseen, kun ulkona olisi ollut niin mukavaa leikkiä toisten eläinlasten kanssa juuri nyt, kun he olivat kerran löytäneet niin jännän leikkipaikankin maahisten polun päästä.

Jo kolme päivää oli Reeta maannut rahkasmmalvuoteessaan kuusennaavapeitteen alla, niityvillasukat jalassaan ja hillankukkien hahtuvasta kudottu yöpaita yllään : ne kaikki mummo oli hänelle tehnyt. Reeta sairastui siitä, kun putosi Juha-myyrän kanssa veden täyttämään syvänteeseen, juostessaan Juhan kanssa kilpaa. Santtu-majava oli onneksi lähistöllä, kuuli avunhuudot, riensi apuun ja nosti lapset turvaan. Juha sai vain nuhan, mutta Reeta sairastui vakavammin.

Äiti-hiiri itkikin jo huolissaan, kun Reetan kuume pysyi yhä niin korkealla. Mummo ja vaari yrittivät rauhoittaa äitiä, mutta turhaan. Perheen muut lapset olivat myös peloissaan ja pysyivät hiljaa omissa oloissaan. Vihdoin isä-hiiri päätti hakea apua. Mutta voi sentään, tohtori Huuhkaja oli sairaskäynneillä metsän toisessa päässä ja tulisi vasta huomenna takaisin. Niinpä ei ollut muuta vaihtoehtoa kun mennä pyytämään apua maahisten polun varrella isossa vanhassa kuusessa asuvalta erakolta, joka oli vanha takkuturkkinen tietäjä-eukko, Saara-orava.

» Ei hätää, vaikka nyt tuntuukin siltä », sanoi Saara isä-hiirelle ja jatkoi.» Kun Kuun kasvoilla on usvainen huntu, on Reeta taas terve. Kas tässä. Anna tästä pullosta lääkettä Reetalle viisi tippaa aamulla ja illalla. Ja syötä hänelle lisäksi hunajaa, pihkanmurusia, siitepölykakkua ja mustikkavelliä sekä vähän väliä juota teetä, jossa on jäkälää ja kanervankukkia.»

Isä kiitti oravaa avusta ja juoksi kotiin niin nopeasti kuin käpälistään pääsi. Lääkitys aloitettiin heti. Jo seuraavana päivänä Reetan kuume alkoi hellittää ja voimat hiljalleen palautua.

Sitä seuraavana päivänä tulivat sitten Reetan ystävät häntä katsomaan kukkien ja pienien lahjojen kera. Selma-siili tuli Juha-myyrän, Samu-sisiliskon, Hanna-peipon, Kalle-etanan ja Aki-tiaisen kanssa. Heidän jälkeensä siellä kävivät Emilia-perhonen, Tiina-kiiltomato, Inka-sammakko, Siiri-heinäsirkka ja Pörri-mehiläinen. Keijuistakin osa tahtoi käydä Reetaa tervehtimässä, kuten : Tilitukka, Kuutar, Kastehelmi, Metsätähti ja Usvasiipi. Sekä lopuksi peikonpojat Hömmö ja Tuisku.

Seuraavana yönä Kuun kasvoja verhosi usvainen huntu, ja Arteenkoura puhkesi Reetan kotipihassa kukkimaan.

Aamulla Reeta heräsi virkeänä ja hyväntuulisena. Olo tuntui ihan hyvältä. Saara-oravan ennuste flunssan parantumisesta piti siis Reetan kohdalla paikkansa. Aamupalan syötyään Reeta puki lämpimästi ylleen ja lähti ensimmäiseksi Saara-oravan luo kiittämään tätä lääkkeestä, joka paransi Reetan niin pian terveeksi. Sen jälkeen se suuntasi kulkunsa ystäviensä luo. Ja voi sitä riemua mikä syntyi, kun Reeta saatiin mukaan yhteisiin leikkeihin.

Niinpä kesä sai nyt tulla oikein toden teolla, kun Reetakin oli taas mukana jakamassa kaikki kesän tuomat ilot ja surutkin.

..o *9   Uusi asunto

Aikaisin eräänä kauniina kesäaamuna oli siili-perhe jo liikkeellä. Peräkkäin ne kipittivät pitkin kapeaa hiiripolkua metsälammelle päin, ohittaen mm. kärpässieniasuntoalueen, muurahaisten rakennustyömaan, tikkojen kerrostaloasuntolan, myyrien kaivostyömaan, sisiliskojen urheilukentän, oravien vanhainkodin ja mehiläisten hunajatehtaan. Välillä janon yllättäessä ne joivat raikkaita kastepisaroita ruohojen lehdiltä.

Aurinko hehkuikin jo kuumasti. Tuntui tulevan oikea hellepäivä. Tämä siili-perhe, äiti, isä ja kolme lasta etsivät uutta asuntoa, entinen kun oli käynyt jo liian ahtaaksi. Ja juuri metsälammen läheisyydessä kuului olevan sopivia asuinpaikkoja. Niinpä perille saapuessaan ne näkivät, että siellä oli jo muitakin asunnonetsijöitä. Oli hiiriperhe, kaksi myyrää, sisilisko, nuori

oravapari, yksinäinen jänis-vanhus, kolme päästäistä, kaksi tikkaa
ja kesänuhan saanut harakka. Se aivasteli ja niiskutti yhtenään,
mutta jaksoi silti olla utelias ja seurallinen.

Lopulta päästiin kaikkia tyydyttävään loppuratkaisuun
asuntojen jaossa, ja lähes ilman riitoja löytyi lammen rannalta
kaikille halukkaille oma sopiva koti, huuhkaja-tuomarin valvovan
katseen alla. Tyytyväinen oli siili-perhekin. Se sai uuden kodin
vanhan kannon uumenista, joka oli rehevän saniaispensaan
ympäröimä. Kannon juurella kasvoivat myös sinivuokot ja
metsätähdet, lemmikit ja vanamonkukat, jotka toivottivat
siili-perheen tervetulleeksi uuteen asuntoonsa. Ne nyökyttelivät
siroja kauniita kasvojaan, kuiskailivat keskenään, ja keskustelivat
perhosten kanssa, jotka laskeutuivat levähtämään kukkien
terälehdille.

Kesäpäivä läheni loppuaan. Iltakin hiljeni yön syliin.
Metsänväki nukahti kesäyön rauhaan.

* 10   Häät

Kesäaamu avasi aurinkosilmänsä uuteen päivään. Kastehelmet
kimmelsivät metsäpoluilla, ruohikossa, ja kukkien terälehdillä
kuin sateenhaltijan kyyneleet.

Oli tulossa hellepäivä. Jo nyt ilma oli hautovan raskas ja
ukkosta enteilevä. Tuntui kuin ei jaksaisi tehdä mitään. Olla vain
ja lepäillä viileän varjoisassa paikassa koko päivän, ja vasta
iltasella lähteä liikkeelle, kun pahin kuumuus olisi ohitse.

Vaan nyt ei kuintenkaan ollut aikaa laiskotteluun, sillä

pienessä järvenrantametsikössä oli nuoren päästäisparin häät. Ja koko metsän pieni eläinväki oli kutsutta häitä viettämään. Valmistelut olivat olleet käynnissä jo monta päivää. Perheenemännät olivat valmistaneet metsänantimista monenlaista syötävää ja joutavaa ja kantoivat niitä nyt kovalla kiireellä metsälammen rannalla kasvavan villiruusupensaan juurelle, johon oli tehty oikein juhlapaikka häitä varten. Juhlapöytänä oli kanto jonka päälle oli levitelty puiden lehtiä ja niiden päälle oli nyt hääruuat asetettu tarjolle. Juhlan vihdoin alkaessa taivaalle oli jo ehtinyt kerääntyä mustia pilviä; niinpä Ramu-helmipöllö, joka toimi myös vihkijänä, kiiruhti tilaisuuden alkamista. Hääväki oli onneksi saapunut jo hyvissä ajoin paikalle ja istui nyt ison villiruusupensaan varjossa hääparia katsellen.

Morsiuspari seisoi sammalmätäskorokkeella, joka oli koristeltu kukkasin. Morsian oli ujo ja suloinen päästäis-neito. Sillä oli päässään maahan asti ulottuva hämähäkkimuori Tildan kutoma helmiäisseittihuntu, jota koristi taivaansininen lemmikkikukka-seppele. Ja morsiuskukkinakin sillä oli käsissään pieni kimppu lemmikkejä. Sitä vastoin komealla päästäissulhasella ei ollut muut juhlavaa yllään kuin lemmikkikukkanen rintapieltä koristamassa.

Ramu-pöllö seisoi morsiusparin edessä juhlallisen näköisenä, rykäisi sitten äänensä selväksi ja aloitti.

» Niin ...... rakkaat ystävät! Nyt on luonto kauneimmillaan, niin kuin tämä morsiusparikin. Minulla on nyt ilo kysyä sinulta Joonas Kullervonpoika, rakastatko kuolemaasi asti tätä Saila Venlantytärtä? »

Joonas-sulhasen kuono hieman vapisi, mutta urheasti se sanoi.

» Kyllä varmasti rakastan! »

Vastauksen kuultuaan Ramu-pöllö kysyi saman asian myös

Saila-morsiamelta.

»Kyllä, rakastan minä», vastasi se ääni jännityksestä vapisten, jonka jälkeen Ramu julisti morsiusparin olevan nyt herra ja rouva.

Sen kuultuaan kaikki ryntäsivät onnittelemaan lahjojen kera tuoretta avioparia ja toivottivat heille onnellista ja pitkää elämää, sekä paljon lapsia. Sitten siirryttiin juhlapöytään aterioimaan. Aluksi juotiin kuitenkin hunajasima-maljat morsiusparin kunniaksi ja pidettiin juhlapuhe, jonka puhujana oli tietenkin Ramu-pöllö. Se nousi seisomaan pöydän ääreen ja sanoi.

»No niin. Nyt kun te Joonas ja Saila aloitatte yhteisen polun, muistakaa, että rakkaus on kuin aurinko, joka paistaa risukasaankin. Rakkaus on kuin ......»

Ja silloin leimahti salama! Ja heti perään kuului valtava ukkosen jyrinä, kuin taivas olisi revennyt kahtia. Äkkiä väki keräsi pöydältä hääruuat ja lähti kiireen vilkkaa juoksemaan kohti metsätonttu Tomeran tupaa, jossa oli ennenkin pidetty pieniä juhlia ja tärkeitä neuvonpitoja, tupa kun oli avara ja kodikas. Juuri kun väki ehti sisään, alko kaatosade.

»Se tietää onnea», huudahti morsiamen äiti ja puristi hellästi tytärtään rintaansa vasten. Niin päästiin vihdoin kunnolla juhlimaan. Syömistä ja juomista riitti. Ohjelmaakin oli monenlaista. Tomera lausui runojaan, keijukaiset esittivät tanssejaan, peikkopojat pitivät huolen musiikista ja välillä siililapset Untamo, Talvikki ja Eetu sekä myyräpoika Ylermi, Milla-varpunen, Venla-peukaloinen, Taru-sammakko ja Jade-perhonen viihdyttivät hääväkeä kuorolauluillaan.

Niin kului päivä hääparia juhlien. Vasta iltasella ukkosilman jälkeen lähdettiin omiin koteihin nukkumaan. Päivä oli ollut ihana. Niin ajattelivat myös Joonas ja Sailakin, jotka nyt aloittivat yhteistä elämäänsä omassa pikku kodissaan, vanhan metsähiiri-

pariskunnan naapurina, järvenrantapolun varrella, sammaleisen
kannon uumenissa.

*11   Kun Ressu ja Pieta tulivat ystäviksi

Metsä oli kuin vanha satu : kesäaamu aukeni valomereen, aurinko
huuhtoi kultaa järven yllä; vanamot, suopursut, kielot ja villi-
ruusut tuoksuivat väkevästi kasteisen maan syvänteissä, pihkan-
tuoksuinen menninkäinen oli aamulenkillä niittypolulla sinipiian
kanssa, puronhaltija suki hiuksiaan villikaislojen varjossa, puut
puhuivat uutisia toisilleen, ja tuulen tytär helisytti kissankelloja
ohikulkiessaan.

Pieni silkkiturkkinen päästäisen poikanen Ressu oli myös
lähtenyt kotipesästään ulos kesäaamua ihailemaan. Se ei
kuitenkaan saanut lähteä kauas kotikannon luota, sillä
vanhemmat kielsivät sen, koska Ressun veljet Roope ja Ville

olivat kevättulvan aikaan hukkuneet tulvivaan puroon, kun olivat kiellosta huolimatta lähteneet seikkailemaan metsän siimekseen. Nyt oli Ressu ainoa lapsi päästäisen perheessä, joten vanhempien huoli oli ihan ymmärrettävää.

Ressu istuskeli kotipihan kasteisessa ruohikossa ja ihaili voikukkien keltaisia säihkyaurinkoja, jotka ruohomeren yllä keinuivat hiljaa lempeässä kesätuulessa.

» Onpa soma aamu.»

Se tuumi itsekseen ja haisteli ilmaa, jossa leijui tuhansia kesä tuoksuja. Vaikka Ressu oli kovin utelias ja seikkailunhaluinen, se oli samalla arka ja hiljainen, kuin suossa kasvava sammal, mikä osaltaan esti sitä lähtemästä omilla teilleen, vaikka mieli tekikin nähdä muutakin kuin vain kotipihan leikkipaikat.

» Kunpa olisin jo iso poika», toivoi Ressu itsekseen mutisten ja haukkasi palan makeasta metsämansikasta.

Samalla äiti-päästäinen tuli ulos ja kertoi Ressulle, että hän lähtee käymään Hamsterin kauppapuodissa, ja että isä-päästäinen oli myös jo lähtenyt asioilleen, joten Ressu jäisi nyt hetkeksi yksin. Äiti kertasi vielä varoitukset, ja Ressu lupasi totella, olla kiltisti omassa pihassa, lähtemättä mihinkään.

Äidin lähdettyä Ressu loikoili nurmikolla ja katseli lintujen ja perhosten lentoa korkealla yläpuolellaan. Välillä se sulki silmänsä ja kuvitteli millaista olisi kuljeskella yksikseen pitkin outoja metsäpolkuja, ja millainen olisi Ihmisten maa, joka oli kaukana metsän takana, josta Leo-varpunen oli joskus niin kummia asioita kertonut.

Siinä loikoillessaan Ressu kuuli yhtäkkiä hiljaista valitusta. Ääni tuli jostain lähistöltä. Ressu terästi kuuloaan ja nousi takajaloilleen. Taas sama ääni! Silloin Ressu unohti äidin kiellot ja lähti juoksemaan ääntä kohden. Ääni kuului jo lähempää. Ressu pysähtyi polun varrella olevan ison kiven luo, sillä se näki, että sen juurella makasi kyljellään pieni lintu, peukaloisen poikanen, joka valitti hiljaa.

» Voi kamala, eikö sinua auta kukaan », huudahti Ressu, ja kyykistyi linnun viereen. Lintu katsoi ihmeissään Ressua, ja nyyhkäisi.

» Olen orpo. Isän söi haukka ja äitikin on kadonnut. Ja kun lähdin pesästä, putosin, kun en osannutkaan vielä lentää. Olen nyt siipirikko. Ja minun on niin kova nälkä, ja joka paikkaan koskee.»

Ressu tunsi valtavaa sääliä linnunpoikasta kohtaan. Se nosti hellästi linnun seisomaan, tuki sitä ja lähti varovasti kulkemaan poikasen kanssa kotiaan kohden. Perillä Ressu ohjasi linnun vuoteeseensa, peitteli lämpimästi, ja samassa tulikin äitipäästäinen ostoksiltaan. Äidin ensihämmästyksen mentyä ohi Ressu kertoi koko jutun. Ja kun isä tuli iltasella kotiin, päättivät vanhemmat, että peukaloinen sai jäädä heidän ottolapsekseen.

» Voi miten ihanaa », riemuitsi Ressu.

Näin se sai ikioman leikkisiskon, silla linnunpoikanen oli tyttö. Pieta nimeltään. Myös Pieta oli ikionnellinen uudesta kodistaan ja perheestään. Se parantui hellässä hoivassa lentokykyiseksi parissa viikossa. Näin siipirikosta ei ollut enää kuin muistot jäljellä. Kesän kuluessa ystävykset kasvoivat isommiksi, ja pääsivät sen vuoksi tekemään yhteisiä hauskoja retkiä jopa kotimetsän toiselle puolen.

Se kesä olikin niille oikea seikkailujen kesä !

...o *12   **Kun Simo-sammakko sai ikioman ystävän**

Aamuruskon aikaan istui yksinäinen Simo-sammakko kesäisen metsälammen rannalla veteen katsellen. Oli hiljaista. Vain muutama lintu äänteli puiden oksilla. Lempeä tuuli hyväili kevyesti Simoa, kuin kutsuen sitä leikkimään kanssaan. Mutta Simoa ei sellainen huvittanut. Se oli hyvin surullinen sillä hetkellä. Suuret kyyneleet vain vierivät sen poskilta lumpeenlehdelle tipahtaen. Se tunsi olevansa niin yksinäinen. Kukaan ei sen mielestä välittänyt siitä.

» Mikä sinun on ? », kysyi yhtäkkiä utelias ääni lumpeen-kukan läheltä. Simo katsoi ihmeissään veteen, ja näki ilokseen toisen sammakon, joka puhui, ja juuri hänelle.

» Minä vain ⋯⋯ tuota ⋯⋯ istun tässä ⋯⋯ ja tuota ⋯⋯ ajattelen », sanoi Simo hieman arantuntuisena ja kuivasi nopeasti kyynelhelmet silmistään.

» Tule tänne veteen, täällä on paljon kivempaa kuin siellä istuminen ja ajatteleminen. Eihän siitä tule näköjään muuta kuin surulliseksi. »

Siru-sammakko sanoi ja kutsui Simoa iloisesti kanssaan

veteen hyppelemään ja uimaan. Ja Simo meni. Molskis vain kuului, kun se hyppäsi komeasti veteen. Sirun viereen, lumpeenkukkien keskelle.

Voi että Simosta tuntui hyvältä. Onnellinen tunne vallan laulatti. Niinpä se kiipesi lumpeenlehden päälle, ja lauloi sammakoiden kurnutuslaulun niin hyvin kuin se vain osasi. Ujouskin unohtui siihen paikkaan. Siru katseli hymyillen Simon laulamista. Sen mielestä Simolla oli aivan ihana ääni. Ja kun laulu loppui, lähtivät he yhdessä uimaan lumpeenlehdeltä toiselle, auringon kiivetessä yhä ylemmäksi uutta päivää aloittamaan.

Näin Simo-sammakon suru vaihtuikin yhtäkkiä iloksi, kun se sai itselleen ihan ikioman ystävän. Yksinäisyys oli enää surullinen muisto.

...o * **13   Kun Tii etsii onnea**

Oli juhannusyö. Metsälampi kuvasteli taivasta, sananjalka kukki. Villipensaan kahisevassa katkössä istui silkkiturkkinen päästäisen poikanen, nimeltään Tii, ja kuuteli kuonoviikset jännityksestä väristen suonhaltijan ihmeelistä laulua.

Tuulin unelmoi maariankämmeköiden, vanamoiden, juolukoiden, riekonmarjojen, metsätähtien, kanervien, ketunleipien ja sammaleiden keskellä. Raidan tuoksukääpä tuoksui anikselta. Puut täydessä lehdessä suhisivat toisilleen salaisuuksiaan. Saniaispolulla tanssivat virvatulet, keijut ja menninkäiset vihreäsilmäisen maahis-ukon soittaessa tuohihuiluaan. Rentukoiden peittämässä purossa, rehevissä notkelmissa soliseva kristallinkirkas vesi vaelsi omaa kiemuraista kulkuaan halki tumman aarnimetsikön. Niityillä leijui kukkien tuhannet tuoksut ja ruohomeren yllä välkehti kastehuntu. Vanhat naavapuut herkistynein mielin kyselivät linnuilta kuulumisia. Kuusipilarien lävitse kesäyön kuulas valo siivilöityi savunsiniseksi hämäräksi saaden metsän hehkumaan himmeänä kuin vanha satu.

Tii astui varovasti polulle piilopaikastaan ja katseli uteliaana ympärilleen. Rahka- ja karhunsammaleiden keskellä kohosivat mustikan- ja puolukanvarvut sovussa kanervien, vanamoiden ja pajupensaisen kanssa. Pitsimäiset jäkäläpeitteet ympäröivät kiviä ja kantoja sekä kuivempia paikkoja. Tii katsoi joka suuntaan varmistuakseen, ettei kukaan nähnyt ja pinkaisi sitten juoksuun, pois kotipesän maisemista, pitkin puronvarsipolkua, kohti suurta ja tuntematonta maailmaa.

Pikku-Tii oli karkumatkalla. Se kun oli kyllästynyt kotona emon jatkuviin kieltoihin ja komenteluun :» Syö kiltisti ! Leiki varoen, ettet tahraa turkkiasi ! Pysy pihassa ! Kotipihasta ei saa lähteä mihinkään ! Ole hiljaa ! Ei saa kiusata toisia ! Nukkumaan ja heti ! Istu kunnolla ! Älä aina sano vastaan ! Tottele isääsi ja emoasi ! Puhu kauniisti ! »

Niinpä Tii päätti kerta kaikkiaan jättää turvallisen kodin ja vanhempansa sekä sisaruksensa ja lähti etsimään omaa pientä pesää jostain, jossa se saisi elää omassa rauhassa ja oman tahtonsa mukaan. Kukaan ei silloin komentelisi eikä kieltäisi. Vaan olisi oma vapaus elää ja olla ihan niin kuin itse haluaisi. Mutta samalla Tii tunsi outoa pelkoa. Ero kodin turvallisesta ilmapiiristä oli myös tuskallista. Näenköhän koskaan enää emoani, mietti Tii itkua nieleskellen ja hiljensi juoksunsa kävelyksi. Sitten se poikkesi puron rantaan ja istahti pienelle kivelle lepäämään. Sen vieressä oli kasteinen ratamonlehti, jonka puoleen Tii kurkottautui ja joi raikkaita kastehelmiä janoonsa. Äkkiä heinikosta kuului tuhisevaa ääntä. Ja samassa silmälasipäinen siilivaari tuli keppiinsä nojaten heinikosta esiin. Se hieman yllättyi Tiin nähdessään.

» Ka, kukas sinä olet ? », kysyi siilivaari uteliaana ja jatkoi.

» Enpä ole sinua täälläpäin ennen nähnytkään. Asutko jossain tässä lähellä ? »

» Mi-minä olen Tii. Lähdin kotoa pois, kun tahdon olla onnellinen », vastasi Tii hengästyneenä.

» Vai sillä tavalla. No, oletkos sinä nyt sitten onnellinen ? », kysyi siilivaari rauhallisesti.

» Olen tietenkin ! Tai ...... ainakin melkein, » vastasi Tii hiljaa ja tunsi äkkiä miten itku pyrki esiin. Siilivaari katsoi Tiitä tarkasti, mutta ystävällisesti ja sanoi sitten.

» Minä olen jo vanha, mutta minäkin olen ollut nuori ja halunnut nähdä maailmaa, kuten sinä nyt. Ja kerran minäkin lähdin pois kotoa. Lähdin etsimään onnea, kun luulin, että se asuu jossain muualla. Etsin ja etsin, vaan en löytänyt. Lopulta ymmärsin, että onni on hyvä olo ja sen voi kokea vain kotona läheistensä luona. Niin palasin takaisin enkä lähtenyt emoni luota enää, ennen kuin vasta sitten kun löysin puolisoni ja perustimme oman kodin. Se on sillä tavalla, että kaikkien täytyy kuulua johonkin, muuten ei ole hyvä olla. Kun on vielä poikanen, silloin vain kotona vanhempien luona on onnellisin ja turvallisin olo, ei muualla. Kun on karkuteillä, ei kuulu mihinkään. Silloin vaarat vaanivat ja vapaus voikin olla pelkoja täynnä. Mutta nyt minun täytyy mennä. Muuten Tilta-vaimo huolestuu, kun minua ei ala kuulua kävelylenkiltä kotiin.»

Niin siilivaari lähti ja Tii jäi yksin. Tii tunsi olonsa todella surkeaksi. Sitä alkoi itkettää, ja nälkäkin kurni vatsaa. Ja yhtäkkiä sitä alkoi myös pelottaa. Enemmän kuin karkumatkan alussa. Yksinäisyys ei tuntunutkaan enää ruusuisen ihanalta. Mutta sitten se kuitenkin muisti taas emonsa kiellot ja komentelut ja niin se sai uutta rohkeutta jatkaa matkaansa eteenpäin.

Kuljettuaan palan matkaa Tii löysi mustikkamättään, jonka luo se pysähtyi innoissaan. Nälissään Tii ahmi meheviä mustikoita vatsansa täyteen ja jäi sitten väsyneenä makaamaan sammaleille. Siihen paikkaan Tii myös nukahti. Mutta jonkin ajan kuluttua päästäisen poikanen sai kokea jotain aivan kauheaa. Tii heräsi siihen, kun suuri karhu kouraisi kämmenellään mustikkamätästä juuri siltä kohtaa missä Tii nukkui.

Viuuuh!

Silmänräpäyksessä Tii huomasi olevansa rähmällään karhuun kämmenellä mustikoiden seassa ja katsovansa suoraan pedon aukaistuun terävähampaiseen suuhun.

» Älä syö minua, minä olen Tii», parahti pikku päästäinen hädissään.

Mikä onni! Hetkessä karhun suu loksahti kiinni ja se katsoi hölmistyneenä kämmentään, jolta se aikoi juuri kumota kasan makoisia mustikoita nälkäiseen suuhunsa.

» En minä ole mustikka, olen Tii», vikisi Tii yhä hädissään ja kömpi paremmin esiin mustikoiden keskeltä.

» Höh, mikäs ötökkä sinä olet, äänikin kuin hyttysellä ? », murahti karhu yhä kummissaan ja tarkasteli kuononsa korkeudelta käpälällään mustikoiden ja heinien keskellä nököttävää Tiitä. Tii ressu vapisi pelosta niin, ettei se meinannut saada edes ääntään kuuluviin.

» O-olen Tii. Ä-älä syö minua kilt-ti mörkö, ethän », se vikisi rukoilevasti.

» Höh, en minä mikään mörkö ole, vaan karhu. Enkä minä tykkää syödä muuta kuin vain marjoja ja hunajaa », vastasi karhu römeästi, ja laski Tiin takaisin maahan, ja lähti sitten päätään puistellen löntystelemään puron vartta eteenpäin.

Tiin sydän jyskytti yhä villisti. Äkkiä Tii muisti siilivaarin viisaat sanat. Vaari oli oikeassa, metsä on vaarallinen paikka yksin vaeltaville poikasille. Niinpä Tii päätti lähteä takaisin kotiin, ja etsiä sen oman pesän ja onnensa vasta vanhempana. Silloin olen varmasti rohkeampi ja voimakkaampikin, lohdutti Tii itseään ja lähti kulkemaan polkua pitkin takaisinpäin kotikantoa kohden.

Puolivälissä matkaa se kohtasi naavaisen kuusivanhuksen, joka itkien valitti sitä, kun kukaan ei enää halunnut asua sen koloissa ja oksistoissa. Tästä minä saisin nyt sen oman asunnon, mietti Tii, mutta jatkoi kuitenkin väkevän kaipuun vetämänä eteenpäin.

» Mistäs tulet, minne menet ? », vaakkui varis lähellä Tiin kotipaikkaa.

» Älä vastaa sille, jos et tahdo », huudahti saman puun toisella oksalla istuva heiluhäntäinen ja tupsukorvainen orava, ja hymyili iloisesti virnistäen Tiitä katsellessaan. Tii pysähtyi, ja katsoi auringossa nuokkuvaa varista, sekä vikkeläpuheista oravaa, ja sanoi.

» Estin onneani, mutta en löytänyt. Niinpä tulin takaisin. Asun tuon ison kiven takana olevan kannon kolossa

vanhempieni ja sisarusteni kanssa.»
 » Etsit onnea ?» ihmetteli orava ja jatkoi.
 » Ei onnea tarvitse etsiä. Se on siellä missä itsekin on.
Minulle onni on lämmin pesä ja varasto täynnä ruokaa talvea varten. Jokaisella on oma onnensa, ja jokaisella se on erilainen. Koskaan onni ei ole aina samanlainen, vaan se vaihtelee kuin vuodenajat, iän mukana alusta loppuun.»

» Minulle onni on auringonpaiste, ja nokkaunet», vastasi puolestaan varis, ja otti kuusenoksalla yhä rennomman asennon.

Tii painoi kuulemansa sanat mieleensä, ja pinkaisi sitten vikkelään juoksuun. Hetkessä se oli kotipihassaan, ja ulkona leikkivien sisarustensa ympäröimänä. Kotiinpaluu oli riemukas niin kotiväelle, kuin itse Tiillekin. Emo itki ilosta, ja Tii myös. Mutta kaikista tärkeintä tässä kaikessa oli kuitenkin se, että Tii oppi tietämään mitä onni on, ja missä se asustaa.

* 14 Ihmisen pimeä sydän

Elokuun ilta päättyi tihkusateeseen. Hetkessä järvenrantametsikkö peittyi sateenhaltijan pisaraviittaan. Savunsinisen hämärän keskellä, unelmoivan metsälammen rannalla, tuuhean kuusen suojassa nuokkui kaksi vanhaa varista. Ne kyyhöttivät puun oksalla tiiviisti vierekkäin, kylki kyljessä, poski vasten poskea, kuin yrittäen päästä samaan uneen. Yhä tihenevän hämärän keskellä kiiluivat kiiltomatojen lyhdyt. Ne tuikkivat kuin pienet yölamput metsän poluilla ja ruohikoissa. Ilta hiipui hiipumistaan, sammuen lopulta yön syliin.

Oravanpoika Ossi ei vain saanut unta, vaikka se kuinka yritti pitää silmiään kiinni. Vieressä nukkuivat jo perheen muut lapset, Noora, Viivi ja Valtteri sekä isä ja äiti vähän sivummalla. Heitä Ossi katseli hetken ja jatkoi sitten miettimistään. Sen mielessä pyöri monenlaisia asioita, joita oli ihan pakko ajatella, että niitä oikein ymmärtäisi. Sillä Ossin mielestä elämä oli kuin suuri ja pelottava metsä. Mutta jos sen poluilla oppisi kulkemaan, silloin ei tarvitsisi pelätä eksymistä. Eniten Ossia nyt mietitytti Ihmisten maailma, joka oli kaukana järven toisella puolella, jossain Mustikkavuoren takana. Sillä päivällä isä oli kertonut siitä niin pelottavia asioita, että Ossia oli alkanut ihan itkettää. Isän tarkoituksena oli kuitenkin vain ollut varoittaa lapsiaan ihmisistä, koska hän oli itse joutunut kokemaan monia kuunkiertoja sitten pelottavia hetkiä ihmisten vuoksi.

Isää ajatellessaan Ossi toivoi, ettei heidän kotimetsäänsä ikinä edes vahingossa eksyisi ihminen. Silloin olisi metsän rauha ja turva mennyttä. Sellainen ajatus Ossia alkoi ihan vapisuttaa. Sitten se muisti, miten isä oli sanonut pitävänsä tärkeimpänä elämässä sitä, että jokaisella luonnon eläimellä on oikeus saada elää vapaana ja rauhassa siellä missä se tahtoo. Isä-orava kun oli kokenut mitä on olla ihmisten armoilla. Ja siitä Ossi taas muisti isän kauhun hetket.

Ossi kertasi mielessään isän elämää ensin alusta asti, että saisi kaikesta mahdollisimman selvän kuvan. Isä oli kertonut lapsilleen syntyneensä ihmisen kotipihassa olevassa kuusessa, jossa oli ollut vanha linnunpönttö. Siinä pöntössä isä-orava siis syntyi siskonsa kanssa. Talossa asuvalla ihmisellä oli ollut myös lapsia. Tyttö ja poika.

Eräänä päivänä poika kiipesi puuhun ja otti oravalapset pesästä pois, oravanvanhem- pien ollessa ruuanhakumatkalla. Poika lähti oravat taskuissaan järvenrantaan, jossa odotti kaksi

113

hänen poikakaveriaan. Kun poika otti oravat taskistaan, oli tyttö-orava jo kuollut suuresta järkytyksestä. Poika heitti sen veteen hauen syötäväksi. Sitten pojat pitivät poika-oravaa vuorotellen käsissään ja tekivät sille kaikenlaista kiusaa naurussasuin. Pikku-orava itki tuskissaan ja riuhtaisi lähes viimeisillä voimillaan itsensä irti kovakouraisista käsistä. Ja kun sen käpälät tavoittivat maan, se aloitti hurjan pakojuoksun. Se juoksi ja juoksi, näännyksiin asti, kunnes vastaan tuli laituri ja järvi. Pojat lähenivät uhkaavasti. Niinpä sen oli pakko hypätä veteen, muuten pojat olisivat saaneet sen kiinni. Orava hyppäsi ja alkoi räpiköidä eteenpäin. Samalla läheisestä kaislikosta ui sitä vastaan heinäsorsa Iisakki. Se sukelsi nopeasti oravan alle ja nosti pintaan noustessaan oravan selkäänsä. Sitten se lähti nopeasti uimaan kohti aavaa ja kuljetti poikasen kauas järvenranta-metsikön rantahiekalle asti turvaan. Siinä sorsa kertoi oravalle, että se oli auttanut ennenkin eläimiä pois ihmisten mailta. Oravanpoika sai kuulla, että sorsankin mielestä ihminen on ahne ja paha, jopa julmempi kuin petoeläin. Sillä ihminen tuhoaa luontoa, tappaa eläimiä, kiduttaa niitä monella tavalla ja riistää niiltä vapauden sulkemalla eläimiä vankeuteen, ja tämä kaikki vain huvin vuoksi, ihmisten erilaisten tarpeiden vuoksi. Ihminen ei osaa elää sovussa luonnon kanssa, kun hän ei osaa elää sovussa itsensä eikä muidenkaan ihmisten kanssa. Siksi ihminen ei ymmärrä eikä arvosta luontoa eikä sen lakeja. Sen vuoksi ihminen ei ymmärrä eläimiäkään.

Näin orava pääsi aloittamaan uuden elämän. Se löysi ottovanhemmat ja uuden kodin. Ja lopulta se sai oman perheen ja oman kodin. Tätä kaikkea Ossi nyt mietti kyyneleet silmissä. Sen oli paha olla isän puolesta. Samalla se ihmetteli, miksi ihminen on niin paha eläintä kohtaan.» Ihmisen sydän on varmasti pimeä kuin yö.», tuumasi se itsekseen ja nukahti lopulta syvään uneen. Aamun valon jo hennosti valaistessa taivaanrantaa.

...o * 15 Peikkolasten yö-seikkailu

Kerranpa kesällä, elokuunyön kuutamossa, kaksi pientä peikkolasta aivan kaksistaan tallusti hiljaisella metsäpolulla. Kukat tuoksuivat, ilma oli lämmin ja olo tuntui oikein mukavalta, kun sai ilman aikuisia kerrankin päästä yöhön seikkailemaan kotipiirin ulkopuolelle, metsälammen toiselle rannalle. Hiipivät siinä veli ja sisko käsi kädessä, sydän hieman jännityksestä tykyttäen, että jos tulisikin Mörkö vastaan tai muu outo liikkuvainen, joka sitten pelästyttäisi heidät kiltit peikot pahanpäiväisesti, jolloin retki tietenkin menisi pilalle, kun pitäisi kotiin juosta kesken kaiken, isän ja äidin luo turvaan, peiton alle pimeään piiloon.

Eipä Mörköjä onneksi näkynyt. Niinpä he kulkivat ja kulkivat, kuulostellen ja tarkkaillen kaikkea mahdollista polun molemmin puolin, niin paljon kun oli nähtävää sellaista, mitä ei kotiluolan ympärillä ollut ollenkaan.

Mutta voi sentään ! Kesken kaiken uni yllättikin uteliaat peikkolapset. Kesken ensimmäisen retkensä he uupuivat ja kävivät istumaan kuusen alle, johon sitten nukahtivat, vieritysten kuin linnunpoikaset. Ja aamulla kun aurinko nousi, se herätti säteillään pörröpäiset seikkailijatkin. Oli siinä heillä miettimistä, että miten noin somasti sattuikaan, että uni pääsi salaa yllättämään heidät rohkeat seikkailija-peikot. Niinpä he päättivät uusia retken heti, kun saavat siihen Peikkolasta vain luvan.

Ehkäpä jo seuraavana yönä.

Tai sitten, kun ovat vähän isompia, että jaksavat valvoa hopeisen kuun loisteessa auringonnousuun asti.

..₀ * 16   Kun Mörri-peikko murjotti

Pieni järvenrantametsikkö heräsi säihkyvään kesäaamuun. Yöllä oli ollut valtava ukonilma, ja sen jälkeen alkanut rankkasade oli kastellut kaikki paikat ihan likomäräksi. Mutta onneksi oli kesä. Sen paahtava aurinkolämpö kuivasi pian sateen jättämät jäljet näkymättömiin.

Jo varhain oli metsänkeiju Ameliini aamulenkillä katajapensään haltijan kanssa. Ne hölkkäsivät vierekkäin pitkin metsäpolkuja ja jäivät aina välillä juttelemaan matkan varrella olevien kukkien kanssa yöllä raivonneesta ukonilmasta. Onneksi ukkosmyrsky ei ollut aiheuttanut kovin pahaa tuhoa. Vain muutama laho puu oli kaatunut maahan, ja niistä yksi puron yli, josta tulikin heti kätevä silta metsänväen ahkeraan käyttöön.

Peikonpoika Mörri oli myös jo liikkeellä. Se kuljeskeli kädet housuntakuissa allapäin, ja potkiskeli polulla eteentulevia pikkukiviä tieltänsä pois. Purolle tullessaan se kiipesi puron yli kaatuneen puunrungon päälle istumaan. Siinä se sitten istua mökötti kulmat kurtussa, suu mutrulla, kristallinkirkkaan puron juoksua katsellen.

Kesäaamu oli mitä ihanin. Satakielen huilu helisi korvia hivelevän kauniisti. Ilmassa tuoksuivat tuhannet kesän tuoksut. Oli lämmintä, ja metsämarjasatokin alkoi olla jo kypsää poimittavaksi. Mutta sellainen ei Mörriä kiinnostanut vähääkään. Sen sydän oli täynnä pettymyksen katkeria tunteita, jotka peittivät alleen kaiken muun. Sillä Mörri tunsi tulleensa syvästi petetyksi, ja vielä omana syntymäpäivänään.

Nimittäin isä-peikko oli luvannut, että jos suinkin on mahdollista saa Mörri toivomansa peilinsirun syntymäpäivälahjakseen. No, eilen oli ollut sitten Mörrin syntymäpäivä, mutta se suurin toive jäikin toteutumatta. Sillä isä ei ollut pystynyt hankkimaan Ihmisten maan peilinsirua Mörrille, vaan antoi sen sijaan itse tekemänsä ongen. Siiri-harakan puodista kun oli viimeisinkin peilinsiru myyty jo ajat sitten, eikä Siiri ollut vielä saanut uusia tilalle, vaikka oli käynyt niitä Ihmisten maan kaduilta ja pihoilta monestikin etsimässä.

Mörri ei ongesta välittänyt ollenkaan, vaan oli heittänyt sen vihaisena nurkkaan ja juossut kyyneleet silmissä ulos savunsiniseen kesäiltaan. Se ei myöskään ollut tullut yöksi kotiin, vaan oli jäänyt nukkumaan kivenheiton päässä olevaan leikkimajaansa. Ei edes yöllä alkanut raivoisa ukonilma ollut saanut Mörriä palaamaan kotiin. Urheasti se oli kyyhöttänyt majansa nurkassa heinien alla sen yön ja lähtenyt sitten aurinkoisen aamun noustessa tallustelemaan purolle päin. Se oli päättänyt, ettei mene kotiin enää koskaan. Ja nyt purolla puunrungolla istuessaan sen päätös vain vahvistui, mitä enemmän se asiaa ajatteli. Mörri päätti, että se rakentaa ihan oman kodin niin pian kuin suinkin, kunhan se ensin löytäisi sopivan paikan. Oma koti tuntui mukavalta asialta ja sai jopa pahanolon tunteen hetkeksi kaikkomaan.

Mutta juuri kun Mörri oli lähdössä, se kuuli takaansa isä-peikon huudahtavan.

» Tälläkös sinä oletkin ! Ja minä kun olen etsinyt sinua joka paikasta. Äitisikin ehtii jo käydä ystäviesi luona, mutta kukaan ei ollut sinua nähnyt eilisen jälkeen. Aloimme tosissaan olla jo huolestuneita, kun et vielä aamullakaan ollut tullut kotiin. Mistä sinä nyt noin suutuit. Mörri pieni ? »

» En minä mikään pieni enää ole », tuhahti Mörri ja katsoi isäänsä mököttävä ilme kasvoillaan. Samassa isä ymmärsi syy Mörrin käyttäytymiseen.

» Voi sinua vesseliä, sekös sinua suututtaa kun et saanutkaan sitä toivomaasi peilinsirua syntymäpäivälahjaksesi ? Mutta etkö sinä muista kun sanoin, että saat sen JOS selläisen ensin jostain löytäisin. En löytänyt, joten syy ei ole minun, Mörri-kulta », vastasi isä lempeästi ja istahti puunrungolle Mörrin viereen eväsreppu selässään ja kaksi onkea käsissään.

Mörri ei puhunut mitään, katseli vain edelleen puron virtaavaa juoksua suu yhä mutrussa, ja otsa kurtussa, osoittamatta pienintäkään katumista kiukuttelunsa johdosta.

» Kerropa, miksi se peilinsiru on sinulle niin tärkeä asia ? », kysyi isä sitten.

» Siksi vaan », vastasi Mörri hiljaa ja tunsi miten kurkkua alkoi yhtäkkiä kummasti kuristaa, ja silmistä pyrkivät kyyneleet väkisinkin esiin. Samassa sen pieni leuka alkoi vapista ja paha

mieli vyöryi itkuna ulos. Kasvot käsiinsä peitettynä Mörri
nyyhkytti sydäntäsärkevästi isänsä olkaa vasten. Hellävaroen isä
veti Mörrin syliinsä, silitti sen pörröistä tukkaa, puheli
lohduttavasti, ja pyyhki sitten poikansa kyyneleiset kasvot
pehmeällä nenäliinallaan kuivaksi.

» Joko helpotti ? », kysyi isä hellästi.

» Kyl-lä ...... kai », vastasi Mörri katkonaisesti, ääni yhä
vapisten.

» No, tuota noin ...... lähtisitkös sinä minun kanssani nyt
ongelle ? Olin äsken menossa tuonne järvenrantaan, kun
yhtäkkiä näinkin sinut täällä puron luona », sanoi isä ja jatkoi.

» Ja sinulla on varmasti jo kova nälkäkin. Onneksi minulla on
evästä mukana. Siitä riittää meille kummallekin. Otinkin evätä
mukaan vähän enemmän, koska uskoin jo etukäteen löytäväni
sinut jostain täältä päin, tai tuolta rannalta. Ja niinhän siinä sitten
kävikin. »

Itkunsa itkettyään Mörri oli kuin toinen poika. Paha mieli tuli
kuin jonkin ihmeen voimasta poispyyhityksi. Ja tilalle tuli kevyt ja
iloinen mieli. Mielellään Mörri lähti isänsä matkaan, äidille
kalakeiton aineksia hakemaan. Rantapolulla, Mörri pyysi sitten
anteeksi kiukutteluaan ja kertoi, että olisi halunnut sen peilisirun
vain siksi, kun Timo-tikka oli kerran kertonut, että kun siihen
katsoo, näkee taikakuvia. Isä puolestaan kertoi hymyillen, että
kun peilinsiruun katsoo, siitä näkee vain oman kuvansa, ei sen
ihmeempää. Yhtä hyvin voi katsoa veden kalvoon. Se on kuin
peili, josta näkee itsensä kuvan samalla lailla, kuin Ihmisten
keksimästä esinepeilistäkin.

Mörri uskoi mitä isä kertoi. Niinpä se ei puhunut koko
peilistä enää sanaakaan. Eikä sen tehnyt edes mieli enää rakentaa
omaa kotiakaan, vaan koti isän, äidin ja Minna-siskon luona oli
sittenkin se kaikkein paras paikka koko maailmassa.

*17   Ystävien apu

Metsän halki virtaava puro solisi iloisesti kesäpäivän kirkkaudessa. Se sai alkunsa syvältä maanalaisesta lähteestä, joka pulppuili taukoamatta ylöspäin kristallinkirkkaana vesiryöppynä. Metsäpolkujen ja puron varsilla, lammen ja järven rannalla sekä metsäniityillä oli kukkien loisto kauneimmillaan. Lemmikit, kissankellot, päivänkakkarat, metsätähdet, orvokit, niittyleinikit, lehtosinilatvat, ketunleivät, lumikellot, tupasvillat, vanamot, kurjenmiekat, kielot ja monet muut kukat levittivät kasvonsa kohti aurinkoa, imien itseensä valon antamaa voimaa ja lämpöä sekä maan kosteutta ravinnokseen, niin kuin puut ja muut kasvitkin. Myös metsän pikkukansa oli ravinnonkeruupuuhissa. Sillä pitkää talvea varten oli kerättävä monenlaista suuhunpantavaa varastot täyteen. Niinpä vanhemmat lapsineen olivat lähteneet jo aamuvarhain liikkeelle. Nestori-oravakin, vaikka oli jo vanha vaari, oli reppu selässään etsimässä talvimuonaa vaimolleen ja itselleen. Se kulki hiljakseen eteenpäin, välillä huilaten ja keppiinsä nojaten, kun selkää niin väsytti pensaikoissa kyykkiminen. Lisäksi Nestorilla oli polvi vielä vähän kipeä. Siihen kun oli terävä risu raapaissut haavan.

No, kotona oravamuori Karoliina oli heti laittanut siihen pihkaa ja ratamonlehtikääreen ja päälle siteeksi hämähäkin seittiharsoa, jotta lääkekääre pysyi paikoillaan. Niinpä Nestori yhä aristi polveaan, koska näytti, että se ontui liikkuessaan, eikä uskaltanut yhtään hypellä kuten ennen, vaan tyytyi kulkemaan hiljalleen eteenpäin. Mutta sisukkaasti se silti etsi talveksi ruokaa, kuten muutkin.

»Olisi se Karoliina saanut nyt mukana olla. Olisi ollut niin soma kulkea yhdessä, kuin retkellä. Mutta minkäs sille voi, kun oli jo aamusta sillä pää kippee, niin eihän sitä sitten voi muuta kuin levätä», puheli Nestori itsekseen ja istahti heinämättäälle hetkeksi. Onneksi ohikulkevat perheet huomasivat Nestorin tilanteen. Ne päättivät auttaa vanhaa oravaa ja antoivat osan keräämistään mestänantimista Nestorille kotiin vietäväksi.

Voi sentään, miten sen hämmästyi ja ilostui! Se tuli aivan sanattomaksi ja liikuttui kyyneliin asti. Sillä eihän Nestori osannut ollenkaan odottaa, tai edes toivoa, tällaista apua keneltäkään, koska ei ollut ennenkään sitä saanut, vaikka olisi tarvinnut. No, se asuikin silloin toisessa metsässä, jossa ei ollut näin ystävällisiä asukkaita kuin tässä metsikössä.

Kun jokainen halukas oli lahjoittanut oman osansa, huomasi Nestori-orava, että sen reppu tuli ihan täyteen, ja vielä lainakorikin tuli puolilleen. Niinpä Nestori ei osannut muuta kuin kiittää nöyrästi lämminsydämisiä metsän asukkaita yllättävästä avusta ja lähteä sitten onnellisena kulkemaan kohti kotikoloaan, muutaman avuliaan ystävän saattamana.

*18 Kun Miki-hiiri eksyi emostaan

Suuret surumieliset silmät katsoivat jonnekin, poskella kyynel kimalsi. Se oli pieni metsähiiren poikanen, joka itki. Se oli eksynyt emostaan marjamatkalla. Ja nyt se istui surullisena

suuren punaisen kärpässienen alla, kuonoviikset vapisten
järkytyksestä ja pelosta.

» Hei pikkuinen, mikä sinulle on tullut ? », kysyi kirkas ääni
läheisestä katajapensaasta. Siihen oli lennähtänyt levähtämään
valpas metsänvartijalintu talitintti Titityy, joka näki nyt sattumalta
tämän surullisen tilanteen. Hiirulainen katsoi arkana ylöspäin ja
näki kyyneltensä läpi talitintin, joka katseli sitä uteliaasti
katajapensaan oksalta.

» Mi-minä ...... o-olen ...... ihan e-eksynyt, nyy-yyh. En
löy-dä äitiä mis-tään, nyyh », vastasi pieni Miki-hiiri, ja nyyhkytti
sydäntä särkevästi, pieni ruumis itkusta vapisten. Talitintti katsoi
hiirulaista tarkkaan, ja sen tuli kovasti sääli pientä eksynyttä
hiirulasta. Asia täytyy selvittää ja heti, mietti Titityy itsekseen.

» Rauhoitupa nyt. Ei hätä ole niin suuri enää kun minä
onneksi satuin paikalle. Kyllä se tästä selviää. Kerropa ensin
nimesi », jutteli lintu rauhoittavalla äänellä ja mietti samalla miten
tämän tilanteen parhaiten selvittäisi.

» Miki minä olen », vastasi hiirenpoikanen hiljaa.

» No, missä sinä asut ? », kysyi Titityy lisätietoja saadakseen.

» E-en minä oikein tie-dä », vastasi Miki, ja sitä alkoi jälleen kovasti itkettää.

» Kerro nyt jotain edes. Millainen paikka se on missä kotisi sijaitsee », kyseli lintu kärsivällisesti.

Pikkuinen Miki-hiiri alkoi miettiä. Se mietti ja mietti niin, että itkeminenkin vallan unohtui. Sitten se vastasi.

» Meidän naapurissa on iso puu, jossa monta tikkaa rakentaa siihen puuhun kerrostalopesiä, niin ainakin äiti sanoo. »

Silloin talitintti tiesi heti mistä päin Miki oli kotoisin. Lintu huokasi helpotuksesta ja sanoi.

» Odota nyt tässä samassa paikassa ihan rauhassa, tulen pian takaisin. »

Sitten se pyrähti lentoon ja lensi puun luota toiselle, kiveltä kivelle, lähelle metsälampea, lähelle tikkojen uutta rakennustyömaata ja jäi istumaan nuoren männyn latvaan ympärilleen katsellen. Yhtäkkiä sen silmät osuivat saniaispensaaseen sen juurella näkyi liikettä. Onkohan siiliperheellä siivouspäivä meneillään, se mietti itsekseen. Siiliperhe kun asui juuri sillä paikalla. Mitähän jos käväisen heidän luonaan kysymässä, he varmaan tietävät missä Miki-hiiri asuu, lintu jatkoi miettimistään ja lensi alas saniaispensaan juurelle.

Mutta mitä Titityy näkikään? Maassa kyyhötti harmaamekkoinen metsähiiri kori vierellään ja sekin itki.

» Voi, voi, voi minun pikkuistani. Minun Miki-poikaani. Missä sinä olet? Minne katosit niin äkkiä, voi, voi, voi sentään. »

Se voivotteli ääneen itsekseen, eikä heti huomannut talitinttiä, joka kuunteli ja katseli sivusta hiiriemon surua.

» Sinäkö olet kadottanut lapsesi ? »

Titityy kysyi ja hypähti maahan hiiri-emon eteen. Emo katsoi lintua ihmeissään, melkeinpä säikähti tämän yllättävää ilmestymistä.

» Niin ...... tuota ...... minun Miki-poikani eksyi minusta, kun olimme aamulla marjassa. En löydä häntä mistään. Olimme ensin yhdessä, mutta sitten Mikiä ei näkynyt missään, lähti kai innoissaan huomaamattaan omille teilleen. Lapset ovat sellaisia. Olemme vasta muuttaneet tähän metsään. Paikat ovat vielä outoja. Näin siinä sitten kävi. »

Emo-hiiri vastasi vuolaasti linnun kyselyyn niistäen välillä kuononsa ja pyyhkien pois kyyneleitä väsyneistä silmistään.

» Niinpä, niin. Mutta etkä emo hyvä lähtenyt heti Mikiä etsimään tai saanut mistään apua », kysyi Titityy sitten.

» En minä uskaltanut, kun pelkäsin eksyväni itsekin. Minulla on niin huono tuo suuntavaisto. Eikä näkynyt ketään, joka olisi voinut auttaa. Olin niin yksinäinen, ja olen yhä. Minulla on vain Miki, ei muita lapsia. Ja Mikin isä on kuollut. Siellä suuressa metsässä, missä ennen asuimme, suuri peto söi mieheni. Se oli hirveää ! Se oli iso villikissa. Sen takia muutin lapseni kanssa pois kun pelotti niin jäädä sinne, ja nyt hänkin on kadonnut, ehkä jo kuollut. Voi Miki raukkaa », vaikeroi emo-hiiri.

» Eikä ole ! Rauhoituhan nyt emo hyvä. Miki elää, voi hyvin ja on tallella ja turvassa tässä ihan lähellä. Näin hänet hetki sitten. Parasta, että lähdemme sinne heti ennen kuin päivä alkaa hämärtyä. Seuraa minua emo », sanoi lintu ja pyrähti lentoon.

Hiiri-emo katsoi lintua ihmeissään, nousi ja lähti seuraamaan talitintin lentoa. Polkuja pitkin kipittäessään tuli häntä vastaan nyt myös muita pieniä metsän asukkaita. Mutta hiiri-emo ei ehtinyt jäädä tutustumaan kehenkään. Oli vain kiire Mikin luo. Lintu lensi hiljalleen puulta toisen luo, aina välillä hiiri-emoa seuraten, että pysyikö se mukana alhaalla maassa juostessaan. Ja pysyihän se.

Yhtäkkiä oltiinkin kärpässienen kohdalla. Ja emo näki jo kaukaa lapsensa, joka yhä istui sienen alla pieni heinistä punottu marjakori vieressään. Mikikin huomasi tulijat.

» Äiti », se huudahti kimeästi.

» Pikkuiseni », vastasi emo hengästyneenä, kiirehti Mikin luo ja veti hellästi poikasen syliinsä. » Kas niin. Kaikki on nyt hyvin Miki-kulta. Älä itke enää. Sinun on varmaan jo kova nälkä, ja väsynytkin taidat olla. Paras, että lähdemme heti kotiin. »

Emo-hiiri jutteli lempeästi, ja kuivasi Mikin itkuisia kasvoja punaruutuiseen esiliinaansa. Miki oli samassa yhtä hymyä. Sen silmät loistivat kuin pienet tähdet. Ja koko kasvot olivat niin onnellisen ja iloisen näköiset, ettei Titityy vielä koskaan ollut nähnyt ketään yhtä tyytyväisen näköistä olentoa. Senkin tuli hyvä olla. Ja ennen kuin lintu lähti pesälleen, se vielä neuvoi hiirille nopeimman reitin heidän kotipesälleen, etteivät jälleen eksyisi.

» Kiitos sinulle tuhannesti. »

Emo-hiiri sanoi linnulle, ja lähti sitten Mikin kanssa kulkemaan pientä polkua pitkin kotikoloa kohti.

» Tapaamme pian jälleen. »

Titityy huikkasi ja lensi sitten tyytyväisenä omalle pesälleen kuusikolon siimekseen, raportoimaan tapahtumasta myös metsän päävartijalle, vanhalle ja viisaalle helmipöllölle.

...o * 19   Pelon hetkiä

Tyhjä kuunsilmä tuijotti aikaista syysaamua. Kukat nukkuivat lähekkäin huurrepeittoihinsa kietoutuneina. Silkinharmaan puron haltijatar katseli ilmassa leijuvia puiden lehtiä surullisena, sillä pitkä ja kylmä talvi oli taas tulossa. Metsälampea peitti jo hallanhuntu, vielä hauras kuin perhosen siiven hopeapöly. Ja puut olivat kuin morsiamia jäähelmihunnuissaan. Metsäpolkujen varsilla ja kuuran sävyttämillä sammalmättäillä puolukat hehkuivat kuin verihelmet. Koko luonto liekehti ja loimusi, kuin värien sinfonia. Oli kesän jäähyväisjuhla. Ruskan aika.

Pakkas-Ukko kiirehti askeleitaan. Oli ehdittävä vielä moneen paikkaan ennen lumihaltijan tuloa. Järvenrantametsikössä se sirotteli isosta säkistään jääpuikkoja, kiiluvia jäähelmiä ja säihkyviä huurretähtiä sinne tänne, saaden maiseman kimmeltämään sadunhohtoisesti. Jopa hiirentuvankin pieniin ikkunoihin pakkanen huomasi maalata jääkukkia kuurasiveltimellään.

Metsän väki oli jo hyvissä ajoin varustautunut talvea varten. Ruokavarastot olivat täynnä, asunto korjattu ja tiivistetty. Joten jäätymätuulet lumihankineen saivat tulla.

Kirpeän syysaamun auetessa metsän väki heräsi arkeen ja työn aherrukseen. Yhtäkkiä aamuisen hämärän keskeltä loisti valo. Se oli selvästikin kynttilälyhdyn aikaansaama valo, ja se läheni järvenrantapolkua metsään päin. Sillä järven toisella puolen, Mustikkavuoren uumenissa asuva Suurhaltija oli tulossa kiireisin askelin lyhty kädessään metsänvartija-pöllön puheille. Ramu-pöllön luona selvisi sitten heti syykin tähän odottamattomaan vierailuun. Sillä Suurhaltija oli tullut varoittamaan suuresta vaarasta. Metsissä kun harhaili parasta aikaa pohjoisesta tullut yksinäinen ja erittäin pahaluonteinen sekä nälkäinen Ärjy-susi. Ja lintuviestien mukaan se oli selvästikin tulossa tänne päin. Niinpä Suurhaltija pyysi Ramua heti ilmoittamaan asiasta koko metsän väelle ja lähti sitten jatkamaan matkaansä eteenpäin, toisiin lähimetsiin.

Ramu kiitti haltijaa varoituksesta ja kutsui merkkivihellyksellään lintuarmeijan heti luokseen. Lintujen saavuttua Ramu kertoi tilanteen ja määräsi metsään ulkonaliikkumiskiellon iltaisin viikon ajaksi. Tämän tiedon linnut

oitis lähtivät ilmoittamaan metsänväen koteihin. Tonttu Tomera
sen kuultuaan kyllä heti sanoi, ettei yhtä sutta pelkäisi, mutta
lupasi kuitenkin noudattaa kieltoa kiltisti.

Kun kolme päivää oli kulunut Suurhaltijan vierailusta, se
tapahtui.

Pelätty Ärja-susi ilmaantui järvenrantametsikköön. Oli alkuilta,
kun se suurena ja uhkaavan tummana hiipi niityn reunasta
metsään. Onneksi pikkuväki oli juuri hetkeä aikaisemmin mennyt
määräyksiä noudattaen koteihinsa. Vain muutamat
tarkkailija-linnut olivat ulkosalla, tarkkaillen ympäristöään
piilossa puiden suojaisilla käsivarsilla. Lähellä metsän keskustaa
takkuinen Ärjy-susi haisteli maata poluilla ja sen reunamilla.
Kuopi ja kaivoi sieltä täältä vahvoilla tassuillaan kantoja, sammal-
ja heinämättäitä sekä pensaikkoja ja kivien koloja. Kun mitään
syömistä ei löytynyt, se ärisi, murisi ja puhisi raivoissaan, pälyillen
välillä kekälesilmät hehkuen vihaisena ympärilleen. Sillä oli
selvästikin nälkä. Niinpä se etsi pieniä jyrsijöitä ja jäniksiäkin
ruuakseen. Mutta turhaan !

Tiiu-hömötiainen huomasi Ärjyn ensimmäiseksi ja päästi
kimeän vihellyksen. Hetkessä kaikki linnut olivat tilanteen tasalla

ja alkoivat äänekkäästi visertää varoitusmerkkejä. Äänet kiirivät halki metsikön ja kuuluivat pikkuväen koteihin asti. Heti tiedettiin olla varuillaan ja mahdollisimman hiljaa kotikoloissa, ettei vain herätettäisi suden huomiota. Suurin vaara vaani päästäisen perhettä, jonka pesäkolon lähellä peto kiivaimmin etsi syötävää.

Mutta mikä sai Ärjyn lopettamaan kaivamisen? Niin kuitenkin kävi, kaikkien onneksi. Sillä yhtäkkiä susi nosti päätään, heristi korviaan, haisteli ilmaa, ulvoi kolme kertaa ja lähti kuin salamanleimahdus laukkomaan metsäpolkua pois päin, takaisin pohjoisen suuntaan. Vaara ohi, visersivät linnut. Niin väki tuli ulos kodeistaan helpotuksesta huokaisten. Pelon piinaavat hetket olivat ainakin joksikin aikaa ohitse. Siitä ilosta päätettiin pitää juhlat. Ne olivat seuraavana päivänä tonttu Tomeran avarassa turvemajassa, kalliojärkäleen suojaamassa luolassa. Ja Suurhaltija oli kunniavieraana.

Sinä iltana syksyn lyhdyt sammuivat, ja lumimyrskyn myllerrys täytti taivaan, ja maan. Talvi oli saapunut taas pohjolaan.

... * 20   Kun kuu tihkui vanhaa hopeaa

Oli jouluaatto, 8-vuotias Sanna-tyttö oli vanhempiensa kanssa joulua viettämässä Lapissa pienessä tunturikylässä Sannan isovanhempien luona sata vuotta vanhassa hirsitalossa. Sannan äiti kun oli saamelainen. Se oli Sannalle aina riemun aikaa, kun hän pääsi ukin ja mummin luo maalle, pois suuresta kaupungista, porojen ja tunturien maille. Sannalle ukki ja mummi olivat hyvin rakkaita, varsinkin ukki, joka aina iltaisin takkatulen loimussa kertoili Sannalle jännittäviä tarinoita Lapin mailta, ja joka talvisin ajelutti häntä moottorikelkalla, ja kesäisin retkeili hänen kanssaan luonnossa.

Aattoillan pimetessä syttyivät taivaalle tuhannet tähdet, leiskuvat revontulet ja täysikuu juhlistamaan joulun tunnelmaa. Puutkin olivat kuin morsiamia huurrehelmihunnuissaan. Pihapiirin lumikinoksessa -40°C pakkasessa roihusivat maljatulet, hehkuen kuin rakovalkeat kaamosyön pimeydessä.

Kun oli saunottu, syöty, ja lahjojakin saatu, oli ilta jo pitkällä, mutta Sannaa ei nukuttanut vielä yhtään. Hän istui lattialla karhuntaljan päällä ja katseli kuvia isosta Kalevala-kirjasta, jonka hän sai lahjaksi ukiltaan. Pirtissä tuoksui yrttitee, kahvi, jouluruuat ja leivonnaiset, joulukuusi, hyasintit ja kynttilät. Sannan mielestä joulu oli kuin vanha satu, yhtä salaperäinen ja mieltä kiehtova.

» Silloin kuu tihkuu vanhaa hopeaa, ja lumikiteissä astuvat tähdet alas, silloin olevaisen olkapäillä humisevat revontulet kuin enkelten urut, ja pakkasen jääkannel helisee talvikolossaan, silloin suruvaippa uinuu huurteista untaan puuvanhuksen naavapeitteen alla, ja puut puhuvat kuiskaten syli täynnä pöllönpoikia. Silloin voi sattua mitä vain, varsinkin jouluyönä », sanoi ukki Sannalle siinä heidän jutellessaan.

Takkatuli loimusi, ja pirtinpöydällä saviruukuissa, sekä lyhdyissä paloivat kynttilät luoden himmeää valoa hiipuvaan jouluiltaan. Sannan äiti jutteli mummin kanssa pöydän ääressä, isän lukiessa Lapin Kansaa. Ukki istuskeli keinutuolissa Sannaa katsellen ja Sameli-porokoiraansa silitellen. Äkkiä Sanna lopetti kirjan selailun ja sanoi ukilleen vetoavasti.

» Kerro ukki taas jotain mukavaa. Kerro vaikka tämän talon

kotitontusta, tai maahisista, suonoidasta, etiäisistä, seidasta, tunturinhaltijasta, tai keijuista, joohan ? »

Ukki siveli valkoista partaansa, katsoi Sannaan hymyillen ja sanoi.

» No, jospa kertoisin sinulle nyt vaihteeksi siitä, mitä näin viime syksynä, kun olin samoilemassa Sau-Kaalep-velhon mailla: Puiden vihreät lyhdyt olivat ja sammuneet, ja keijutkin uinuivat talvi majoissaan. Oli lumiruskan aika. Lokan allasta kiersivät jo jääriitteet, ja pohjoistuuli oli puhaltanut jängät huurrehelmiä täyteen. Villihanhet, sotkat, taivaanvuohet, joutsenet, ja jänkälinnut olivat jo menneet. Kukatkin nukkuivat huurrepeittojensa alla. Oli täydenkuun aika. No, iltamakuun aikaan istuskelin havulaavulla rakotulen ääressä, eväitäni syöden. Äkkiä olkapäälleni lennähti Kuukkeli, ja sanoi : Katso karpalosuolle, ja lensi sitten pois. Katsoin oitis sinne päin, ja mitä näinkään ! Kuunvalossa aukealla suolla näin valkean Kuuporon, ja mustan karhun sekä hopeisen suden, jotka tanssivat lähekkäin kuin noiduttuina. Samassa pilvi peitti kuun, ja kun se tuli taas näkyviin, oli Karpalosuolla hiljaista. Kuuporo ystävineen oli poissa. »

Sannasta ukin kertomus oli ihmeellinen, varsinkin se Kuuporo. Kunpa hänkin saisi joskus nähdä jotain tuollaista. Ukin kanssa se varmaankin olisi mahdollista, tuumi Sanna, ja haukotteli unisesti. Hän olisi halunnut ukin kertovan vielä jotain, mutta sen sijaan ukki nosti Sannan syliinsä, ja vei hänet Sannalle omistettuun pikku kamariin nukkumaan. Ukki toivotti kauniita unia. Ja lupasi taas seuraavana iltana kertoa lisää tarinoita Sannalle.

Sanna makasi vuoteessaan unta odotellen, ja katseli välillä ikkunasta ulos talviyöhön. Taivas kimmelsi kuin timanttipuutarha. Ruijan kruunu vilkkui. Ja taivaanpiisissä paloi pystyhonkaa, kun Pohjan Ukko poltteli yötuliaan. Ne loimottivat värikkäinä aapajänkien, ja tunturien yllä. Etäämpänä naali kirjoi lumista aapaa, ja talven kristalli kohosi kuuraisiksi helmiksi pakkasen askelten alta, riekot kyyhöttivät hangella vieretysten, näreet seisoivat kuin vartijat oudan rajalla, pöllö kylpi hangella, ja kuu piirsi varjokuvia lumen marmoriin. Orresokan mailla ja Hirvas-Lassin Karhuvaaran jääkentillä saalistivat susien verenhimoiset laumat, ikuisen tuulen humistessa ajatonta lauluaan, ja kaamoksen hehkuessa huurreliekeissään.

Kun Sanna oli vaipunut viimein uneen, hän sai kokea jotain aivan ihmeellistä. Se oli niin todellisen tuntuista, että Sanna ei tiennyt oliko se unta vai ei. Sillä yhtäkkiä Sannan luokse ilmestyi jostain hopeaa hohtava valkoinen Kuuporo, joka pyysi tyttöä nousemaan selkäänsä. Sanna katsoi poroa ihmeissään, mutta ei pelännyt. Ja kun poro lupasi vielä tuoda hänet takaisinkin, rohkaisi Sanna mielensä, ja nousi yöpyjama yllään Kuuporon selkään.

» Minne sinä viet minut ? » kysyi Sanna.

» Näet pian », vastasi poro.

Silmänräpäyksessä tuttu huone katosi kuin usvaan, ja Sanna näki ympärillään vain avaruutta, ja vilkkuvia tähtiä. He lensivät halki linnunradan, ja lävitse tähtisumujen, ajatuksen nopeudella, ja laskeutuivat sitten Revontulihaltijoiden maahan. Siellä Kuuporo vei Sannan hopeiselle vuorelle Kuulinnaan, jossa asui itse Kalevalan Väinämöinen, Tietäjä iänikuinen.

Väinämöinen: » Kas, neito neitsykäinen, helmenvalkea kaunokainen, tuulenko tuvilta tulet ? »

Sanna: » En minä sieltä tule, vaan Maasta, kaukaa Pohjolaista. »

Väinämöinen: » Vai sieltä ! Katajaisen kansan matalista majoista, kiveliön tummilta laulumailta. Tuliko Ikuisen ikävä, etehen elävän mieli ? »

Sanna: » Tulin vain käymään, viisauksia kuulemaan. »

Väinämöinen: » Olet aina tervetellut, tähtimaille vieraisille.
Kuule siis mitä puhun, ja kätke aarteet sydämeesi : nouse aina
latvaa kohti, yön ylle tähtenä ylene, älä hurjan kättä tavoittele, älä
pahan edessä taivu. Pidä poissa silmän pilkkakiilto, sydänlumet
sulattele, huulille rukoukset saata. Ole joustava kuin nuori korsi,
niin et taitu myrskyn alla, etkän hurjan hallamailla, vaan elo on
sointusi arvoinen. »

Sanna: » Onpa täällä kirkasta, valonvälkettä kaikkialla. »

Väinämöinen: » Kas, onhan taivasta seitsemän, päälletysten
kirjokantta, tuhansittain tähtitarhoja, asumuksia Ikuisen mailla.
Toista on Maassa matalassa, siellä Pohjan tähden hunnun alla.
Siel' tuulen pieksämät kiviset kasvot, jään ja lumen pettämät
polut. Raskas on kulkijan taival. »

Sanna: » Siellä on kuitenkin kotini. »

Väinämöinen: » Hopeiseni, tyttöseni, unen tuoma keijuseni,
niin kauan on Maa sama jokaisen alla, jokaisen kasvoilla tuulien
jäljet ja huulilla surujen soinnut, kunnes enkelten kutsu kajahtaa.
Silloin taivas koskettaa sydäntäsi, polut kukkivat tähtiä täytehen,
silloin olet valmiina nousuun. »

Sanna: » Miten löydän aina oikein tien, etten eksyisi
harhaan ? »

Väinämöinen: » Tähtisilmä kaunoiseni, haistele tuulta
vastatuuleen, siinä olevaisessa etene. Kuuntele tuulen rukousta,
puiden puhetta syvää. Katsele kaikkea sielusi silmin, tottele
sydänvistojasi. Ole lujana kuin rautalukko, pahan kutsulle
helmenkylmä. Kulje aina valon valtateitä, yön velhoja pakene
päivän hartioille. Älä tietoa etsi terävin huulin, älä hämärän
majoissa asu. Etsi aina linnun lailla oman parven pesäpuita,
sydämen hehkua jaloa. Karta valheiden verkkovankiloita, vihan
asuttamia ihmisiä. Muista, kukin avaa sydämellään, ovet kaikkiin

ilmansuuntiin, kirjokannenkin kartanoille.»

Sanna: »Mistä löytäisin onneni?»

Väinämöinen: »Kuunsieluinen kukkaseni, eipä liene korpimailla sinun elosi onnellisin, kotilietesi arvoisesi. Vaan, jos on sydän aurinkoinen, pesä täynnä niittyvillaa, rauhan lyhty akkunalla, huulilla kukkine hymyä, niin on halla muilla mailla, sudet peikkojen kantapäillä, käärmekieliset laumassansa, myrskyt hurjien kourissa. Ja onpa liittokin merkittynä, Ajan Kirjahan kirjoittuna: kesäyössä ihanassa, niittykukkain tuoksuessa, sulhosi sinäkin kohtaat, vertaisesi kaksoisliekin. Silloin tuuletkin tuutivat sydänten viljaa.»

Sanna: »Viisas, hyvä Väinämöinen, mistä löytäisin ystäviä, samansointuisia sydämeni kanssa?»

Väinämöinen: »Hopeiseni, lintuseni! Veden aaltoja kuulostele, katsele pilvien polkuteille. Ilman immet on ihanaiset, sopivimmat laulun laatimiseen. Kun kuu on illassa tulena, tuli yössä majakkana, silloin tuulen tytär on tuvillansa, vedenneito rannallansa, metsänneito polullansa, kukkakeijut niityillänsä, kesäyössä hämärässä samansointuiset lähellä toisiaan. Ja muista! Korven velhon lauluja pakene, kierrä suomorsianten huntumaat, maahisten metsiin älä alene, hallanhenkien katseita kaihda. Pidä etäisyys murtaviin voimiin, pahan juuret noitien mailla. Sillä, mustan sydämen syvänteissä, suurin sota kyyn panema. Rauha ei tummissa kulje, eikä voihki verihuulin. Tässä oppi aarteheksi, soihduksi elon poluille, sydänliekin kirkastamiseen. Lue kipunoita Pyhän Kalevalan, kun on Ikuisen ikävä, poski kyynelten kirjoma, sydän täynnä kiveliön outoa kohinaa.»

Sanna kiitti kauniisti niiaten Väinämöistä neuvoista, ja samassa Kuuporo ilmestyi jälleen Sannan luo. Vierailu Väinämöisen luona oli päättynyt.

Lähtöketkellä, Sanna jo istuessa Kuuporon selässä,

Väinämöinen pujotti tytön sormeen muistoksi hopeisen sormuksen, jossa oli pyöreä Kuukivi koristeena. Ja kun Sanna katsoi kiveä lähemmin, hän näki siinä elävännäköiset Väinämöisen kasvot, jotka kuulsivat hauraana revontulikuvioiden läpi, kuin hallanhuntu veden kalvossa. Sanna oli lahjastaan aivan lumoutunut. Mutta hän ei ehtinyt siitä edes kiittää, sillä niin nopeasti kaikki peittyi hopeiseen usvaan, ja he kiitivät jälleen halki vilkkuvien tähtitarhojen, halki revontulien putouksen, pitkin kuunsiltaa takaisin Maahan, ja Sannan ukin taloon. Samalla hetkellä Sanna avasi silmänsä, ja huomasi ihmeissään olevansa vuoteessaan. Kuuporoa ei näkynyt missään, eikä liioin Väinämöistäkään. Mutta sormus! Se sormus oli yhä Sannan sormessa merkkinä hänen vierailustaan Kuulinnassa Väinämöisen luona. Mutta! Se sormus oli siitä erikoinen, että sen näkivät alkuperäisen näköisenä vain he, jotka todella uskoivat Sannan vierailleen Väinämöisen luona. Muut näkivät sormuksen vain rihkamakoruna, jossa kivikin oli pelkkä muovihelmi.

Kun Sanna sitten aamukahvi-pöydässä kertoi ihmeellisestä vierailustaan, ja näytti sanojensa todisteeksi sormustaan, hymyilivät muut Sannalle hupaisasti niin kuin nyt unille ja lasten jutuille hymyillään, vaan ukki ei. Ukki tiesi Sannan matkan olleen todellisen nähdessään sormuksen. Sillä hän näki samoin kuin Sannakin, eli hopeisen sormuksen, ja sen kivessä kuin kuvastimessa Väinämöisen eloisat ja syvää viisautta säteilevät kasvot. Ukki katsoi Sannaa, nyökkäsi hymyillen ja tietävän-tuntuisesti. Sanna ymmärsi sen heti, ja ilostui.

Siitä lähtien Sannalla ja ukilla oli yhteinen aarre, ja sen kautta yhteys salaisuuksien maailmaan.

*21   Nöpö-metsätonttu

Joulukuun sininen hämärä peitti jo päivänkin alleen, sillä aurinko nukkui kaamosaikana talviuntaan. Pienessä metsässä oli rauhallisen tuntuista. Vain silloin tällöin joku liikkui, kävi jossain ja palasi pian takaisin lämpöiseen kotipesäänsä.

Vanha helmipöllö oli juuri syönyt myöhäistä aamiaistaan, kun se ulos säätä vilkaistessaan huomasi alhaalla maassa jotain liikettä. Punaista vilahteli, himmeää valoa vilkkui lumen keskellä.

» Seis ...... tuota noin ...... miten se nyt olikaan ...... niin että ...... lain nimessä », kajahti pöllön huuto ulos sen pesäikkunasta.

» Hu-huu, mikäs otus sinä olet. »

Se jatkoi mahdollisimman pelottavasti, yrittäen samalla näyttää vaikuttavalta ja mahtavalta lainvartijalta, pörhistelemällä höyheniään.

» Hui, kun minä ihan säikähdin ! Olen Nöpö-tonttu. Muutin perheeni kanssa, siis vaimoni ja kahden lapseni kanssa eilen tänne teidän pieneen metsään. Asuimme ennen kahden päivä-matkan päässä olevassa suuressa metsässä. Mutta kun siellä alkoi olla liiaksi rauhatonta ja pelottavaa, kuten metsästäjiä, metsureita konehirviöineen, häiriintyneitä metsän villipetoja ja saasteita, niin oli pakko muuttaa pois. Sieltä on tulossa vielä yksi peikko-perhe, luultavasti huomenna. Sinitiainen se viikko sitten siellä päin käydessään kertoi sattumalta tavatessamme, että hänen kotipuunsa alakerrassa on meille sopiva lämmin maaluola-asunto. Niin me sitten päätimme muuttaa. Ja tässä sitä nyt ollaan, ja mukavalta tuntuu », kertoili Nöpö-tonttu onnellisena muutostaan.

» Jaa-ha, vai niin, vai sellaista, jaa-ha », vastaili pöllö hieman hämmentyneenä. Se kun ei ollut eläessään ennen tavannut metsätontun kaltaista olentoa. Se oli kuin ihminen, mutta niin pienen pieni ja osasi vielä eläinten kieltäkin. » Millaisia ovatkaan ne peikot, vai mitä ne nyt oli », tuumi pöllö itsekseen, samalla Nöpö-tonttua tarkasti katsellen.

Tontulla tuntui olevan jo kiire, se sanoi pöllölle.

» Meillä on huomenna tuolla uudessa kodissamme sellainen pieni tutustumisjuhla. Kutsun sinne tämän metsänväkeä kylään. Tulethan sinäkin, joten tervetuloa vaan heti kun pääset tulemaan. »

Ja sitten sillä mentiin! Lumi vain pöllysi, punainen tonttulakki, tuuhea valkeanharmaa parta ja pieni kynttilälyhty heiluivat vinhasti juoksun tahdissa, tontun suunnistaessa lumisessa maastossa kohti siiliperheen kotia.

» Jaa-ha, että tutustumisjuhlaan. Huomenna! Tonttuperheen luo ⋯⋯ hm ⋯⋯ katsotaan, katsotaan », mutisi helmipöllö itsekseen ja vetäytyi takaisin pesäkoloonsa päiväunille.

» Eivät ne siellä ilman minua tulisikaan toimeen. Minähän olen tämän metsän lainvartija. Ja siellä missä minä olen, säilyy aina järjestys. Pakkohan minun on mennä, kun on tällainen virka. Ja kun siellä on varmasti ne huomenna muuttavat peikotkin. Ties miten villitsevät meidän metsän lapset. On minun sinne mentävä. Näin on! On, on! Hoh-hoijaa sentään ⋯⋯ kai siellä syömistäkin tarjotaan, eihän sitä muuten jaksa (haukotus) kylässäkään. Kaikenlaisia eläviä sitä onkin olemassa. Eläimet nyt on tosia, ja ihmisetkin vielä ymmärtää, mutta että tonttuja ja peikkoja ja ties mitä sitä vielä vanhat silmäni saavat nähdäkään, kun tässä aika kuluu ⋯⋯ Hoh-hoijaa, kylläpäs nyt ramasee ⋯⋯ (haukottelua) », mutisi pöllö uneliaana itsekseen, ja nukahti kevyeen uneen.

-Loppu-

JÄLKIKIRJOITUS

Kerron teille keijukaisista Suomen tarinasta. Suomalaiset nauttivat tuntemistaan erilaisista keijuista jokapäiväisessä elämässä.

Etiainen on kansanperinteiden uskomuksia Lapissa, jonka nimi on peräisin Lapista. Etiainen on näkymätön objekti joka virtaa ilmassa. Se ennustaa perhettä kun jotain epänormaalia todennäköisesti tapahtuu kotiin, jotta perheenjäsenet voivat valmistautua siihen.

Haltija on hyvä henki, joka asuu tietyssä paikassa. Hän järjestää asioita tapahtumaan siinä paikassa jossa se elää, ja pitää katsomassa miten ne asiat ovat menossa siellä. Suonhaltija asuu suolla ja tunturihaltija vuorilla. Saunahaltija asuu saunassa. Revontulihaltija laulaa lauluja ja sen laulut kauniisti kaikuvat kun revontulet näkyvät taivalla.

Henki on haltijamainen hanki. Hallanhenki on huurten henki.

Keiju on kaunis ja 1-2 tuumaa kooltaan. Niillä ovat läpikuultavat ja kimaltelevat siivet ja lentävät nopeasti ympäriinsä ilmassa. Kukkakeiju on kukkien keiju, joka suojaa sen kukkia lämpimästi.

Määhinen on metsän henki. On olemassa miesten ja naisten. Määhisukko on selvästi mies. Sillä on pitkät hiukset ja pitkät kynnet. Sen vihreä ryppyinen kasvo näyttää pelottavalta. Sitä on usein nähty hiipivän lähellä maanpintaa.

Menninkäinen on maan henki, suurempi ja raskaampi kuin

maahinen. Se asuu maan alla ja varjelee maanalaisia aarteita. Sillä on karhun ilme ja usein laulaa lauluja.

Mörkö on kuvitteellinen hirviö, mustan tai ruskean värinen. Lapset pelkäävät sitä.

Neiti on nymph joka elää vedessä tai metsässä, ja on mukava, tunteellinen ja lempeä, jonka suuruus on noin 59 tuumaa pitkä melkein kuin aikuinen ihminen. Se on pitkä ja vaaleat hiukset, yllään pitkä puku kimaltaa kuin veden pinnalla. Se voi rakastaa ihmista miestä ja antaa synnyttää vauvan hänen kanssaan. Kun neiti on jossain lähellä, miellyttävää tuoksua haistaen ja miellyttävää melodiaa kuunnellen.

Noita uskotaan olevan yliluonnollisia kykyjä kuten kuningatar joka näkyy Lumikin tarinassa. Se tekee hyviä ja huonoja asioita. Suuri osa noita on naisia. Suonoita asuu suolla.

Peikko asuu maan alla tai luolassa. Siellä ovat suuret ja pienet peikot, kuten tiedämme Muumi peikojen perheen tarinassa jota Tove Marika Jansson loi.

Seita on saamelaisten palvoma tietyn muotoisia kiviä, vanhoista kiviä, tai puita jotka näyttävät patsaalta.

Tonttu on keiju joka on peukaloa tai saapasta kooltaan. Joskus heillä on pitkä parta. Joulutonttu toimii Joulupukin avustajana tekee Joululahjoja lapsille ympäri maailmaa. Kotitonttu muistuttaa Japanin kansanperinteiden olentoja kuten *zashiki'warashi* ja *yashiki'warashi*, lapsen henki joka asuu kotona. Koti jossa *zashiki'warashi* elää pidetään houkutella onnellisuuteen.

Virvatuli on pallomaisen hauras liekki kuten will-o'-wisp tai jack-o'-lantern, joka muistuttaa Japanin *onibi* tai *kitsune'bi*. *Onibi* on henki joka tulee ulos ihmisten ja eläinten ruumiin, lisäksi, usein ärtynyt ihmisen ruumiin. *Kitsune'bi* tarkoittaa kirjaimellisesti "ketun liekki." Tavallisesti, tonttu käsittelee virvatulia.

Kiiltomato, naava, ja seita ovat todellisuudessa Lapissa.

Kiiltomato on kevyt hyönteinen. Kuvittele kylmä fluoresoiva matoa pimeässä yöllä. Kiiltomato on olemassa myös Japanissa. Naava on lehdetön ja rihmamaisessa, ja vaalean harmahtava-vihreä jäkälä joka näyttää aika samanlainen kuin pitkiä hiuksia, mitkä kiinnittävät ankkurissa kuoreen tai oksiin kuten tupsut. Naava on nähty myös Japanissa ja kutsutaan "parta sammal," *hige'goke* tai *saru'ogase* Japanissa. Talvella, pakkasen huurteet jäädyttävät naavan joka kiinnittää vanhojen puiden kuorista ja oksista, kuten puhtaan valkoiset parrat. Puut nukkuvat kuin vanhojen miesten valkoinen parta mukana. Tonttu pukeutuu vaatteeseen mikä on valmistettu naava kankaalla kudotusta.

Seita ovat saamelaisten palvottuja luonnonkohteita, joskus myös ihmisten tekemää puupaalua. Siedi on saamelaisten käyttämä sana, joka tarkoittaa luontokohteita jotka saamelaiset palvovat; esimerkiksi, epätavallinen kallioperä, jättiläinen kivikasa, suuri luonnon kivi, tai puut jotka ovat huolellisesti koverrettu ihmisena kuvana kuten patsas. Saamelaiset ovat alkuperais-kansojen Suomalais-Ugoric ihmisiä.

Nyt, kerromme Kihovauhkoneesta ja Näkistä.

Kihovauhokone näyttää Japanin kuvitteelliselta olennolta, *kappa*. *Kappa* on kuvattu kuin lapsen-kokoinen, jolla on vihreä keltainen tai sinisen värinen matelijan iho, ja on kuori selässä ja nokka suuna. Se on tasainen päältään, karvaton ja märkä, toisin sanoen, se on levy, *sara*, päähän. Kun levy kuivuu, kappa menettää voimaan ja kuolee. Sillä on räpylät sormien ja varpaiden välissä. Se elää järvellä ja joella, ja ui nopeasti kuin kala. Se nopeasti nousee vedestä ja puree ihmisiä, jotka sattuvat kävellä joen tai lammen rannalla, koska se pitää ihmisen pakaran syömisestä ja joskus hevosen pakaran. Sen toinen suosikki ruoka on kurkut. Kiho kuin Kihovauhkone voi viitata Tuamotun saariston mytologiaan, jossa Kiho-tumu on Korkein Jumala.

Suomen Arkkitehtuuri Tohtori Martti I. Jaatinen sanoi, että Kiho tarkoittaa henkilöä, joka on jotenkin pomo ja pitää itseään parempana kuin toisia. Sana on, kuitenkin, hieman negatiivinen rooli. Suomen verbien 'kihota' tarkoita nostaa niin kuin : Hiki nousee kasvoihin. Liikevoitto kasvoi päähän, mikä tarkoittaa 'voitto tuli ylpeäksi,' enemmän kuin ollut perusteltua. Kiho, raivoava, ujo, tai säikky, on yksi joka helposti pelästyy ja alkaa iskeä hallitsemattomasti, ajaa pois tai riehua. Vauhkonen on yksi jossa tämä tapahtuu jatkuvasti. Kaikkiaan Kihovauhkonen voidaan ymmärtää joka jatkuvasti tekee jotain järjetöntä ilman minkäänlaista itsekontrollia. Tästä on mielestäni sadun olento. Kiho antaa lisää merkitystä, se on silti huono (ahne) kuin tavallinen Vauhkonen.

Näkki on myyttinen olento. Se on ilkeä henki tai huoltaja, joka asustaa joissa, lammikoissa, tai kaivoissa. Se näyttää muodottomalta, kimpale vesikasvien kimpale tai muistuttaa liskoa tai sammakkoa. Se usein kiusaa ihmisiä ja voi jopa ottaa ihmisen. Joskus se voi olla komea nuorukainen tai kaunis neito, joka viettelee hyväuskoisen ohikulkijan syrjäyttämässä syvyyksiin.

Tässä on tarina Kihovauhkoneesta ja Näkistä.

Tämä on suomalaisen kirjailijan muisto 1900-luvun alussa. Juhani Aho, hänen lapsuudestaan, lähestyi järven rantaa ilman hänen vanhempien lupaa. Mutta pian, hän tuli peloissaan ja pakeni takaisin kotiin.

» Siihen ui syvästä noustan parvi suuria kaloja, joilla on punaiset evät. Ne ovat niin kesyjä, että uivat ihan rannalle pulikoimaan. Niiden selät nousevat vedestä ja näyttää kuin ne pyrkisivät maihin. Ne ovat ehkä niitä Näkin ottamia lapsia. Olen kuullut, että Näkki ottaa lapsia, jos lapset menevät luvatta yksin rantaan ja vie ne linnaansa ja muuttaa kaloiksi. Yht'äkkiä ne suikaisevat jyrkkäyksen taa ja ovat kadonneet. Jos ne menivät viemään sanaa isälleen? Minä jouksen kiireesti pois laiturilta ......
On ollut semmoinen Kihovauhkonen, joka on ihminen, mutta kun tulee järven rannalle, ei lähde kiertämään, vaan kulkee pohjaa myöten ja nousee toisella rannalla maihin. Sillä on räpylät sormien ja varpaiden välissä. Se on kaikkien kalain tuttu. Se on ollut Näkin kultalinnassa ja nähnyt siellä kirkkoveneen pituisen hauen. Se ajaa sen selässä, kun on kiire. »

[Ref: Juhani Aho, Muistatko - ? 1920, sivut 32 – 33]

Sadut Lapista

CONTES DE FÉES DE LAPONIE

Contenu

Préface　　Une route pour le monde de conte de fées
1　　Le déplacement du tonttu-nisse de Laponie
2　　La difficile situation du tonttu Topi
3　　Les enseignements du vieux troll peikko
4　　Causerie au coin d'un feu de cheminée
5　　Départ pour un plus grand paysage
6　　Moment d'épouvante pour une famille souris
7　　Tempête de printemps
8　　La grippe de la souris Reeta
9　　Une nouvelle maison
10　　Mariage
11　　Comment Ressu et Pieta devinrent amis
12　　Simo trouve une amie pour la vie
13　　Quand Tii cherche le bonheur
14　　Coeur sombre des humains
15　　Aventure nocturne des enfants peikko
16　　Quand le troll peikko Mörri boude
17　　Aids des amis.
18　　Quand Miki souris a perdue sa mère
19　　Moment de peur
20　　Quand la lune suinta le vieil argent
21　　Nöpö, le tonttu de la forêt
Post-scriptum　　Contes de fées de Laponie　　Mei Yumi

PRÉFACE

Contes de fées de Laponie disant des secrets sur la façon de trouver des amis et comment être heureux.

» Quand je touche une fleurs, touche l'infini. Cela ne veut pas un contact physique. Il n'est pas un tremblement de terre, le vent ou le feu. Il apparaît dans le monde invisible. Il est cette petite voix tranquille qui évoque les fées venir à la vie. »

George W. Carver

» Les traces du tonttu sont petites, il ne se présente pas à peu près partout. Calme et moins de poids, le tonttu descend la route, vous pouvez l'entendre dans votre cœur. »

Anne Pajuluoma

Une route pour le monde de conte de fées

Une famille de cygnes vivent
parmi les roseax dans l'étang
Les Bécassines des marais volent, mais
Les Mésangeai imitateur sur le terrain.

Goblin dans ses bras
porte une fée
comme un frêle fleur
il est une fée d'été.

La vent apporte les chushotis aux arbres
le brouillard se lève dans un marais
le chemin du diable vers le trésor
passe à travers la forêt.
Le feu follet flammes
danse vers la forêt profondée
le port d'or élevé, pourtant,
est légèrement entrouverte.

Quand est-ce que vous pouvez trouver le chemin
vers la forêt de conte de fées
quand est-ce que vous pouvez entendre la voix
vers le pays des fées spirituelle.
Ensuite, vous pouvez trouver le conte de fées
lorsque le signal sonore retentit pour vous
vous l'entendez dans votre cœur
cet appel silencieux.

...。 *1   Le déplacement du tonttu-nisse de Laponie

Une obscurité de l'hiver glacial s'était répandue dans les bras de la forêt. Sur le visage de la lune le silence s'est posé. Les étoiles étaient étincelantes dans le ciel sombre comme des clins d'œil de lanternes. C'était une froide nuit d'hiver. La mystérieuse lumière de la pleine lune dessinait des ombres sombres sur les champs de neige. Les arbres s'endormaient dans leur literie de neige. Et les habitants de la forêt entières dormaient d'un bon sommeil dans la nuit paisible. Seul, de temps en temps, le sifflement d'une chouette boréale de garde rappelait que la vie de la petite forêt sur la rive était étroitement surveillée. Aucune danger, aucune mauvaise surprise ne pouvait arriver.

À cet instant, la chouette boréale Ramu s'installa au sommet d'un épicéa s'élevant au milieu de la forêt, détendue, tout en scrutant le paysage enneigé. Tout semblait paisible. C'était un bon claire de lune d'un renard, et cependant, le renard Thomas était resté dans son terrier. De même, le ours Santeri, qui dormait dans une tanière isolée pour un long sommeil d'hiver. De plus, le lièvre Jesse ne sortait pas pour profiter de la vie nocturne comme il l'avait fait plusieurs fois jusqu'à présent. Avec une température au thermomètre de moins de 40 degrés C, rester dans la chaleur de la tanière c'était bien le meilleur choix.

Mais, tout à coup, Ramu remarqua un étrange mouvement dans le champe de neige.

» Oh, la belette Sameli vient encore une fois de plus à son endroit préféré. »

Ramu pensa en lui-même et regarda dans l'autre sens, sans plus se préoccuper à ce sujet. Pendant ce temps, tant de choses bizarres se passaient ! Sur le champ de neige, ce n'était pas la belette mais un oncle petit tonttu barbu qui bougeait d'un pas pressant. L'oncle portait des chaussures nutukka de Laponie avec des bouts pointus et des vêtements tissés par les usnées naava lichens. En un instant, il se construisit un abri de brindilles, et ensuite, avec des branches d'arbres secs, fit un feu de camp en face de son abri. Et puis, il s'assit pour prendre un peu de repos sur un tapis fait de brindilles de conifères, et chercha dans son sac à dos quelque chose à manger. À ce moment, Ramu repéra le feu en plein air.

» Que se passe-t-il ici ! », s'écria-t-il à haute voix, les yeux fixés sur le feu. Sans aucune hésitation, la chouette boréale s'envola directement vers le feu de camp, devant l'abri, sans porter attention à la surprise du tonttu.

» Aah, ······ et je pensais que cette forêt était inhabitée, parce que c'est tellement paisible, ici. »

Le tonttu parlait fort, et en même temps, vit l'oiseau en le scrutant de ses yeux verts.

» Mais non, ce n'est pas une forêt inhabitée. Il y a mes compagnons, mais personne d'autres. »

La chouette boréale, légèrement haletant souffle à cause de cette situation étrange, continua. » Le feu ne doit pas être brûlé à l'extérieur. C'est interdit dans notre forêt. À l'intérieur de la maison seulement on peut allumer du feu dans la cheminée, ou brûler des bougies en lanterne sous surveillance. Parce que nous devons protéger notre forêt par tous les moyens. Si la forêt était détruite par un accident, causé, comme par exemple maintenant, votre feu de camp, et bien plus personne n'aurait de maison. »

» Vous avez raison. Et pourtant, je vais faire très attention à ce feu de camp, donc, ne vous inquiètez plus. J'ai l'intention de dormir sous le ciel ouvert, car je suis sur mon chemin, et le feu en plein air est donc quelque chose que j'en ai vraiment besoin. »

Répondi calmement le tonttu, puis, il pris un morceau de pain doux d'ortie, et d'une petite bouilloire fuligineuse il versa du thé de champignons lichénisés, jäkälä, bouillie dans une tasse en bois à motif de fleurs et commença à le boire à petites gorgées, parce qu'il était trop chaud.

» Vous aussi mangez quelque chose ! Prenez ce fromage aux champignons, au moins. »

Le tonttu encouragea la chouette boréale avec un sourire et lui donnait un morceau de son fromage. Ramu goûta volontiers, et ensuite, il s'assit à côté du tonttu par curiosité. Bientôt, ils devenaient comme de vieux amis. ······ Ainsi, la nuit passa confortablement en mangant des collations et en parlant à la chaleur d'une feu de camp comme une randonnée où les randonneurs se réchauffent autour du feu dans le ciel ouvert.

À mesure que la nuit avançait, la chouette boréale pouvait écouter les nombreuses histoires que l'oncle Nilla racontait. Il parlait également de lui-même et pourquoi il voyageait partout. L'histoire a été racontée plus tard à tout ceux qui vivent dans la forêt, et c'est comme suit:

L'oncle Nilla était un vieil tonttu d'un chalet, et vivait comme un ermite dans sa cabane en rondins faite par lui-même dans une région herbeuse sauvage, loin en Laponie, dans la vallée de Pehkosenkuru entre les rivières Lemmenjoki et Vaskojoki. Dans le ruisseau affluent à sa ville natale, tous les étés, Nilla rinçait les poussière d'or, et ainsi il vécut avec satisfaction dans sa propre paix et son paysage de la montagne de Jäkäläpää, le plateau de Valkovaara et la montagne de Skietsimätunturi.

Cependant, tout changea d'un coup. Les touristes avaient trouvé la paix dans la belle nature propre et nue et le désert de Laponie, que le bruit urbain et rush n'avaient pas encore atteint. Les touristes commencèrent à arriver en Laponie de plus en plus nombreux, venant même des pays étrangers. De plus, des bûcherons, employés par les propriétaires fonciers, firent disparaître les arbres, les abattissant partout sur les grandes terrains, avec des scies à chaîne faisant un bruit terrible, laissant les forêts presque chauves, celles-ci disparurent, l'une après l'autre. Les déchets du monde entier, à travers les cours d'eau liés entre eux comme des chaînes, se répandit aux lacs et aux collines fertiles. Les pelles et les motoneiges aussi envahirent la forêt et la nature sauvage.

C'en était trop pour le tonttu. Ainsi, l'oncle Nilla, épris de paix, quitta sa cabane en rondins dans sa forêt bien-aimée, avec tristesse, et partit à la recherche d'un nouvel endroit pour vivre dans une forêt qui serait toujours paisible, où la nature ne serait pas encore contaminés ni ruinée par les hommes.

Ainsi, Nilla était par les chemins et voyageait déjà depuis plusieurs semaines. Sa recherche ne s'arrêta pas à Kuusamo, sur le plateau d'Hiidenvaara. Tout en suivant la piste des rennes, Nilla rencontra un gnome maahinen, l'oncle Kitkan Viisa, né dans l'île de vieux marais. Il accueillit le tonttu comme un hôte et le pria de rester avec lui comme compagnon dans ce vaste marécage. Même si la vie y paraîssait encore assez paisible, on verra là aussi des trace de destruction humaine. La périphérie du plateau d'Hiidenvaara avait été déjà déboisée, et il ne restait plus qu'une toute petite forêt seul au sommet de la montagne.

Est-ce que c'est leur tour d'être endommagé ? Le tonttu ne voulait pas rester et le voir venir. Alors, il dit au revoir à l'oncle maahinen et reprit son voyage.

Comme cadeau d'adieu, Nilla recevait du maahinen une bouteille d'eau moussant de la montagne d'Iivuori, si spécial qu'une seule gorgée le protègerait contre tous les types de maladies humaines. De plus, elle lui donnera la vigueur et la force de continuer joyeusement son voyage, quelque soit la distance.

Et l'oncle Nilla est finalement arrivé à une petite forêt au bord du lac, d'où il pouvait voir, à l'est de l'autre côté du lac, la grande montagne Myrtille qui ressemblait à la montagne de la crête arrondi de sa patri, la tunturi en Laponie. A cette moment, cependant, il ne savait pas dans quelle direction se trouvait Lannanmaa. Mais aussitôt, il estima que la forêt était pour le moins paisible et accueillant. Et puis surtout, on pouvait voir la montagne Myrtille qui ressemblait tellement à la tunturi.

Aussi, l'oncle Nilla décida de rester pour y vivre et la chouette boréale ne s'y opposa pas. Au contraire, c'était si agréable de recevoir un hôte comme lui, appréciant et protégeant la vie authentique, dans les bois.

C'est ainsi que le tonttu de Laponie obtint une nouvelle maison dans un endroit ombragé de la forêt, toujours propre et paisible, sur un refuge naturel doublé de mousse et à proximité de l'arbre du nid de la chouette boréale Ramu. Il connut de nouveau la paix, comme autrefois quand il vivait dans le désert en Laponie. Écoutant la sonorité du grand silence ainsi que ses propres pensées, dans la soirée d'hiver, au crépuscule, il s'assit à la lumière de la bougie dans la chaleur de la cabane, tout en regardant les pépites d'or découvertes dans le ruisseau de la montagne, il se souvenait de ses anciens jours.

L'oncle Nilla avait bien la nostalgie des geais sibériens et des fées, etiäinen de Laponie. Autrement, il était satisfait de sa vie.

..。 * **2   La difficile situation du tonttu Topi**

C'était l'hiver dans la forêt. Là, les arbres, avec leurs perles de glace sur leur voiles, ressemblaient à des mariées. La forêt toute de givre était enveloppée de neige argentée comme pour un mariage.

C'était le mois de janvier et le froid glacial de la nuit était encore à venir. Les aurores boréales flamboyaient, et les petits points des perles de givre scintillaient sur les congères. C'était aussi le moment de la pleine lune. Les renards dansaient au clair de lune. La lumière pâle et glacée de la lune s'éclaircit entre les arbres, dessinant des ombres sombres sur les congères, les silhouettes de trolls peikko de la forêt, et des autres effrayants reflets étranges. Les branches des épicéas étaient immobiles, la forêt dormait dans la nuit noire polaire. Cependant, quelque part près de là, une chouette boréale hua aux étoiles, et un lièvre sauta rapidement vers son terrier.

Mais, quelle chose étrange la chouette boréale a-t-elle remarqué? Dans les congères, sous l'épaisse épicéa, le tonttu de la forêt Topi s'assit et regardait sans bouger dans la nuit la froide obscurité. Des larme scintillaient sur sa joue, la barbe de son menton tremblant. De toute évidence, le tonttu Topi pleurait. Le chouette boréale vola de son nid de l'épicéa ajacent vers le lieu où le tonttu s'assit, et lui demanda.

» Qu'est ce qui vous arrive, assis dehors alors qu'il fait si froid, les yeux remplis de larmes. Il s'est passé quelque chose chez vous, au tonttula ? »

» Je ne sais pas. J'ai été absent toute la journée. Comment je suis malheureux ! Je ne peux pas retrouver la route pour le tonttula. Avec la tempête de neige tout la journée, le petit chemin a été complètement recouvert sous les congères tandis que je suis allé chez mon cousin. Et je me demandais, qu'est-ce que je vais faire maintenant. »

Le tonttu parlait d'une voix entrecoupée, sa bouche engourdie par le froid.

» Ne vous affligez, mon ami ! Montez sur mon dos et asseyez-vous. Puis je vais voler et tout de suite vous emmener chez vous, au tonttula. Parce que moi je connais le chemin, quel que soit le temps, même la nuit, bien sûr. »

Le chouette boréale le réconforta. Alors, le tonttu Topi surmonta son chagrin et rentra en toute sécurité au tonttula.

La chouette boréale est le gardien des habitants de la forêt. C'est un oiseau protecteur, intelligent et sage.

Les humains, protégez la nature et l'environnement naturel car la forêt, c'est la maison de toutes ces créatures, de vos amies.

..₀ *3 Les enseignements du vieux troll peikko

Tout là-haut, les étoiles brillant déclaraient la paix. Comme un orgue joué par des anges le vent soufflait dans le ciel. Dans les bras du crépuscule, miroitaient aux branches les chansons d'adieu des cygnes sauvages. Le clair de lune se baignait sur le cours d'eau ondoyant et des étoiles flottaient. Sur la rive, les roches couvertes de mousse comme des cheveux regardaient les reflets tremblants du ruisseau. Leurs silhouettes se reflètaient dans l'eau comme des filles de gnomes maahinen de cheveux verts longs se regardaient dans le miroir d'eau avant leurs mariages. Sous le toit voûté de la forêt, les arbres se parlaient en murmurant. Un hibou hululait vers les étoiles comme les invitant. C'était l'heure où tout le monde dormait.

Dans la pénombre de la grotte dans la roche, le vieux peikko s'assit près du feu ardent de cheminée, et raconta des histoires à ses petits enfants, Hömmö, Tuiskutukka et Höpönassu, avant le sommeil eux gagna. C'est ainsi qu'il enseignait la sagesse de la vie afin que les enfants de peikko apprennent dès l'enfance à mener une vie droite et à apprécier les plus belles choses de la vie.

» Écoutez la voix de votre cœur, avant tout. Elle vous mènera toujours dans le droit chemin et vous ne vous égarerez pas au long du chemin mauvaise. Et protégez la nature – la forêt, notre maison bien-aimée, pour qu'un jour, vos enfants puissent vivre ici, dans ces bois purs et beaux, et avoir une vie calme et sûre comme nous aujourd'hui. Mais évitez les humains ! On ne peut pas leurs faire confiance. Ils portent des déguisements et font semblant d'être gentils. Nous, les êtres naturels et les animaux ne pouvons pas voir à travers leur masques trompeuses. »

» Dis, Grand-père, si quelque chose me faisait mal au cœur, que dois-je faire ? », demanda alors Hömmö.

» Oublie-le, comme ça il s'en ira. Rien de plus », dit doucement le vieux peikko avec un sourire et continua.

» La vie est un grand voyage. Comme un chemin d'accès qui vous mènera au travers de nombreux miracles et prodiges pour enfin terminer à la forêt des étoiles. Les enfants, rappelez-vous d'être toujours vous-même, en toute occasion ! Et aussi, soyez serviable, gentil et honnête, parce que le mal se fait toujours payé. Évitez les conflits et les mauvaises copaines en général, mais, ne négligez ni les solitaires ni les faibles, car ils ont plus besoin de votre amitié que tous autre. N'oubliez pas, pour quelque raison que ce soit, de pardonner et de vous excuser, toujours. Et puis « merci » est le mot sincère que vous pouvez toujours utiliser à quoi que ce soit et à tout moment. Dire « merci » apporte avec lui la bonne humeur, et augmente la bonté de cœur et la joie brillante. Gardez à l'esprit que la valeur d'un ami dépend de la luminosité de son cœur. »

» Grand-père, qu'est ce que c'est l'amour, en effet ? »
Tuiskutukka demanda ensuite en bâillant, comme endormi.

» L'amour c'est d'aimer l'autre, vraiment et profondément, tout comme moi je vous aime. C'est la plus grande et la plus belle chose de la vie. L'amour est supérieur au temps et à l'espace et se mesure par sa hauteur et profondeur. »

Le vieillard méditait et puis parlait doucement, comme pour lui-même et en même temps, il levait pensivement les yeux vers le ciel bleu sombre à travers la petite fenêtre de la grotte, où la voie lactée brillait, comme un léger brouillard dans le silence. Höpönassu bien que déjà somnolent, voulait lui aussi demander quelque chose; donc il figura une question particulière à l'esprit, et la posa au grand-père.

» Dites, Grand-père, est ce-que c'est 'loin' un grand voyage? »

» Oh, bien sûr. 'Loin,' c'est long ! 'Loin' signifie un voyage si long, que même si vous marchez tout au long de votre vie, vous n'arriverez jamais à destination, parce que 'loin' est un voyage infini. Mais parfois le voyage lointain peut être proche ! Tout dépend de quoi qu'il s'agit. Pour cela, rien est fermée. Laisser les vents vous porter. »

Le vieux répondait de manière suggestive, se leva de sa chaise et se dirigea vers le poêle, puis, commença à faire le thé du soir.

La conversation prit fin ce soir là.

...o * 4   Causerie au coin d'un feu de cheminée

La lune se leva derrière la forêt. A sommet, l'éclat de sa lumière illuminait les congères givrées argentées. Sur le chemin le long de la rive du lac, dans un nid dans le creux d'une vieille souche, une famille de souris de la forêt se reposait agréablement la nuit. Là, la mère souris servait juste le dîner pour sa famille avec du pain de miel, des baies sauvages séchées, de la tisane et une soupe de sève de bouleau. Sur la tableen de broussin, une bougie brûlait dans un bougeoir d'argile. Elle éclairait faiblement tout autour. Les bébés de la famille, Sanna et Maija, déjà dormaient à poings fermés. Après avoir fini de dîner, la mère commença à laver les assiettes, le père tressa un panier, la grand-mère continua son tricot, et le grand-père souris commença à bavarder agréablement avec les enfants les plus âgés de la famille, Tuhina, Kaisa, Himmu et Juuso, près de la cheminée dans le salon.

» Grand-père, est-ce que la lune est faite avec du vrai fromage comme dit Kaisa ? », demanda la souris Himmu.

» Hum, je n'y suis pas encore allé, mais pour le moins si, c'est une grande lampe qui illumine la nuit noire dans le ciel », dit le grand-père.

» Il y a des souris aussi vivant là-haut ? », demanda à son tour

Juuso.

» Peut-être que les souris vivent aussi sur la lune. Mais la lune est si haute que nous, nous ne pouvons pas les voir », expliqua le grand-père avec un sourire en berçant Himmu sur ses genoux.

» Dis, grand-père, pourquoi les étoiles volent? », a demandé ensuite Tuhina.

» Oh, bien sûr, pour la raison que, eux aussi, elles se déplacent de temps en temps, d'un endroit à l'autre, tout comme nous qui avons déménagé déjà trois fois », répondit le grand-père.

» Comment connaîs-tu tant de choses, grand-père ? », Juuso était tout émerveillé.

» Hum, je supppose que c'est parce que moi je suis déjà très vieux. Les vieux vivent si longtemps et sont sages. Vous aussi, quand vous aurez vécu si longtemps que vous aurez eu le temps de voir beaucoup de choses et de faire beaucoup d'expériences, certaines agreables, d'autres tristes », dit le grand-père calmement dans un profond soupir.

» Grand-père, est-ce que le vent cri ? », puis, demanda Kaisa en pensant.

» Oui, le vent pleure aussi. Le vent n'a pas d'esprit haltija, mais il a des sentiments comme nous. J'ai souvent entendu la chanson mélancolique du vent. Quand il est vraiment triste, il sait à pleurer. Et il a toujours été efficace. », répondit le grand-père à voix basse.

» Écoute, grand-père, est-ce qu'il est possible que des lutins viennent sur notre chemin jusqu'à chez nous ? », interrogea à son tour Tuhina.

» Je ne pense pas qu'ils viendraient ici. Au contraire, ils préfèrent vivre dans le désert glacial et les terres rocheuses sombres », assura le grand-père avec un clin d'œil, souriant au coins des lèvres.

» Grand-père, est ce que l'oncle de tonnerre méchant ? », demanda Juuso.

» Y a ça. Il est vraiment méchant ! Quand le tonnerre gronde, à ce moment là, il vaut mieux rester bien caché pour que le vieux grincheux qui traverse nos forêts ne vienne pas vous fendre de son épée de feu », dit le grand-père sérieusement.

» Dis-moi, grand-père, est-ce que les ailes de fées de la lune sont tissés en clair de lune ? », demanda alors Himmu, tout en entourant de ses bras le cou du vieux.

» C'est bien possible, je n'en suis pas vraiment très sûr. Mais leur ailes sont fragile, aussi fragile que le voile de givre sur la surface de l'eau », dit le grand-père avec un sourire.

» Pourquoi Emilia, la fée de la forêt, est si belle ? » demanda un peu gêné Juuso, admirant clairement Emilia.

» Hmm, eh bien, ce sera parce qu'elle est très gentille. Celles qui sont bienveillantes sont belles à leur manière. Parce que la beauté intérieure se reflète toujours dans le sourire et les yeux comme le miroir. Comme la lumière du soleil, la lumière de cœur imprègne tout », expliqua calmement le grand-père, tout en regardant les braises du feu qui s'éteignaient.

Au même moment, la mère de souris y arriva, et d'une voix douce, annonça la fin de la causerie de ce soir, parce que c'était l'heure d'aller dormir. Ainsi, gagnée par une agréable fatigue, toute la famille se glissa dans leurs lits. Peu après, le sommeil pesait les yeux de souris. De la même façon, la nuit allait se faner comme une lanterne. Seule la lune se promena dans la nuit et se tourna vers son chemin de faible lumière à la fin.

*5   Départ pour un plus grand paysage

C'était une nuit au cœur de l'hiver. Dans le monde noir jais, sans soleil, tout était recouvert d'un voile bleuté de givre. Le paysage était tout à fait un jardin de diamant gelé. Dans un four du ciel, le vieux Nord brûlait des feux. Il jeta des pins droits dans le four afin que le ciel brûla comme un énorme feu de camp. Les aurores boréales en statues de lumière, vacillèrent et changèrent, et leurs chants en scat s'écoutèrent tout là-haut comme un orgue joué par les anges.

Au coin caché dans un désert, un vieil épicéa, épuisé, allait s'endormir pour toujours. Son souffle déjà lourd et il aspirait au repos. Au clair de lune, des perles de gel étincelaient comme des bijoux argenté sur la barbe lichen du vieil arbre. La vieille ferma ses yeux et soupira profondément. Une atmosphère déserte et stagnante prit le pouvoir. À proximité, un ours se gela et serra ses griffes. La flamme de vie de la vieille d'arbre déclina peu à peu, jusqu'à s'éteindre complètement. Loin de là, on entendait le kantele harpe de glace joué par un gnome maahinen. Le rideau des étoiles se baissa.

Les enfants du troll peikko, Homelo, Nuppu et Hömppänä, assis dans la pénombre de la salle, mouillaient leurs vêtements de leurs larmes. Leur vieille grand-mère bien-aimée était morte; elle s'était endormie tout d'un coup, et n'était plus réveillée. Pour les enfants, c'était très étrange, vraiment effrayant. Ils n'avaient jamais connu ce genre de chose chex eux jusqu'à présent ! Le père et la mère pleuraient aussi. Le grand-père encore plus. Il était assis sur la chaise de bois moussu dans un coin du chalet, et pleurait en regardant le feu de la cheminée. Des perles de larmes coulaient sur ses joues ridées comme de minces filets d'eau, et son menton, couvert d'une barbe grise, tremblait de manière saccadée. La douleur était profonde. La mort d'un proche est toujours quelque chose très douloureuse.

Cependant, comme par miracle, les larmes de grand-père a changèrent enfin en un sourire. Parce qu'il prit conscience, tout d'un coup, que cette séparation n'était pas un adieu, mais juste un au revoir, jusqu'à se retrouver un jour. La mort n'est qu'un voyage dans un autre monde, où la vie continue. Et que tout là haut, de l'autre côté des étoiles, se trouve le pays où chacun de nous se rendra sur les ailes d'anges et où nous nous rencontrerons une nouvelle fois.

Le grand-père troll peikko le croyait et cette pensée l'aida à surmonter bientôt son chagrin. Les autres membres de la famille pouvaient aussi entendre la merveilleuse pensée du grand-père sur la mort. Dès lors, pour eux, la fin de la vie n'était plus cette chose effrayante ou cet immense chagrin. Mais bien un phénomène naturel. Et la mort n'est plus une séparation éternelle.

*6   Moment d'épouvante pour une famille souris

C'était une claire nuit d'hiver. L'immensité bleu foncé était d'une resplendissante beauté. La voie lactée flamboyait d'or, d'argent, de bleu et de rouge. Les étoiles scintillaient comme des bijoux. Et la grande pleine lune brillait aussi au-dessus de la forêt. Sa lumière argentée se reflétait sur la neige blanche comme dans un conte de fées. Tout était silencieux. Partout le bleu du crépuscule régnait. La forêt et ses habitants dormaient.

Près de la frontière, une famille de souris passait une nuit paisible dans la maison bien chaude, creusée dans la souche d'un arbre. Le nid était doublé de mousse, d'herbes, d'écorces d'arbres, de résine et d'argile. Il y avait aussi une petite fenêtre, et la porte était bien cachée sous la neige.

Soudain, au milieu de la nuit, le plus petit de la famille eut soif et se réveilla. Il se leva, sortit de son lit chaud de mousse, alla réveiller sa mère, et en même temps, il regarda par la fenêtre. Et, il fut très surpris !

La petite souris, en réalité, avait vu une grande ombre sombre étrange, qui rampait silencisusement et avançait à travers la surface gelée de l'étang de la forêt, venant juste vers eux.

» Maman », cria le souriceau, effrayé.

» Que, qu'est ce que c'est ? », sous le choc, son petit museau tremblotait. La mère et le père souris se réveillèrent aussitôt et vinrent de suite à la fenêtre pour regarder la nuit de l'hiver.

» Est-ce que c'est un lutin ? », demanda avec effroi un autre souriceau, qui jeta un œil à l'obscurité de l'autre côté de la fenêtre, bien caché derrière sa mère. Finalement toute la famille souris se réveilla, et observa par la petite fenêtre de la maison, l'ombre obscure qui bougeait dehors et qui s'approchait plus en plus de leur maison.

» Qu'est-ce que c'est ? », répétèrent les souriceaux.

» Je ne sais pas encore », répondit la père souris dans un murmure.

» Restez calme, les enfants », dit la mère souris.

L'ombre sombre, l'étrange créature s'approchait déjà du chemin de la forêt. Et, d'ici peu, il atteindrait la demeure des habitants de la forêt.

» Oh, dégoûtant, qu'est-ce qu'il est, vraiment ? », murmura la mère souris, en posant son visage sur l'épaule de la père souris.

» Pour le moins, il semble avoir quatre pattes, et comme il est grand ! », murmura d'une petite voix la père souris.

» Est-ce qu'il vient par ici ? », demanda la plus petite souris avec des larmes dans la voix.

» Non. Il ne viendra pas. Allons ! Couchons-nous maintenant. »

La mère souris essaya de rester calme, et renvoya les six petits enfants vers leurs lits de mousse pour dormir.

» Il ne semble pas venir ici. Il s'arrête. Et maintenant, il tourne le dos. Il se dirige vers l'étang. Il s'en va! Il s'en va! Vous entendez ? Les enfants, le danger est passé. Bon, maintenant, nous allons dormir. »

Le père souris le dit avec soulagement et alla s'entirer à côté de la mère souris sous la linaigrette pour dormir. Mais le sommeil ne venait pas du tout. Tout étaient préoccupés par cet étrange promeneur, et lui-même y pensa jusqu'au matin.

Pendant la journée, alors, la mère souris, dans l'épicerie de la forêt, entendit que beaucoup d'autres avaient vu l'effrayante créature rampante. La vieille chouette boréale de garde de la forêt avait gardé l'œil sur le cours de l'événement tout au long de la nuit. Et bientôt il découvrit que c'était le chat Jaska, qui vivait dans la maison d'un humain dans les bois, qui, pour une raison quelconque, était sorti la nuit dans le petit bosquet d'arbres. Mais apparemment, avec la température glaciale, il avait eu si froid qu'il était retourné chez lui, laissant tout le reste inaccomplie. Pour sûr, il devait avoir à l'esprit de mauvaises intentions. Sinon, il ne serait pas venu dans la nuit, tout en se glissant comme ça en secret. Le danger, donc, avait été très proche des habitants de la forêt. Heureusement, les oiseaux de garde avaient vigilé aussi toute la nuit, pour avertir en temps opportun en cas de grand danger. La chouette boréale avait aussi surveillée de près les déplacements de l'inconnu. Si le chat avait commencé un mouvement offensif, la chouette boréale averti l'armée des corbeaux pour repousser l'agresseur. C'est ainsi que de dangereux incidents sont évités et que la paix est maintenue. Et c'est pourquoi, malgré les dangers, les habitants de la forêt peuvent y vivre en toute confiance.

...₀ *7   Tempête de printemps

Après la neige permanente et l'hiver rigoureux, sans doute, le printemps était arrivé dans le Nord. C'est toujours un temps joyeux et une saison attendue par tous les êtres, animaux ou humains. Parce que le printemps est le messager de l'été.

Mais parfois, le printemps peut être la saison tout à fait capricieuse et effrayante avec ses tourmentes, surtout pour les petits habitants de la forêt. C'est ainsi. La petite forêt ancienne cachée au bord du lac était secouée par une tempête de printemps. Les vieux arbres hurlaient comme des loups, quand les vent forts de la tempête étendaient leurs doigts noueux vers le ciel. Les vents soufflaient en violentes rafales, ébranlaient la forêt, s'antrecroisant en tourbillons colèreux. Les arbres se bousculaient, entrant en collision les unes les autres sous la force du vent. Puis les vents se déchaînaient, soufflaient de toutes parts comme un ventilateur, jetant tous en arrière sauvagement, et tourbillonaient dans l'air. Cela dura toute la matinée jusqu'à ce que la tempête se sentait assez et que tout en sifflant elle continua son voyage vers l'avant.

Suivant les talons des vents de tempête, l'Oncle Orage et Tonnerre aussi bougeait. Il ouvrit la trappe du plancher de sa maison de nuage vers la forêt ci-dessous, et jeta de monta barils d'eau à terre. L'averse rugit et tomba en cascades. C'est ainsi que finalement le neige disparu des chmines, des terriers de pierre, et de la profondeur des moussues pourris. Ainsi, des ruisseaux étaient nés les uns après les autres, comme des champignons après la pluie. La pluie dura toute la journée, qui connaissait mal.

Ce ne fut que le matin suivant, quand l'orage fut parti et que le soleil brillait à nouveau de mille feux dans le ciel bleu clair, que les habitants de la forêt s'aventurèrent hors de leurs maisons. Mais c'était épouvantable ! Leur forêt natale était complètement bouleversée. Il était arrivé des accidents aussi. Des habitants des terriers avaient été blessés, des enfants et des adultes avaient disparu, d'autres avaient des entorses, perdu des plumes ou des ailes, et de plus, de nombreux gîtes étaient sous les eaux de crue.

Mais toujours l'équipe de sauvetage des oiseaux s'était déjà mis en mouvement. Des messages de secours étaient vite diffusés. Les animaux les plus grands commencèrent immédiatement les travaux de déblaiement des décombres que les plus petits ne pouvaient pas accomplir. Cependant, tous les habitants faisaient quelque chose, et les travaux avancèrent suffisanmment pour que de nouveau la vie reprenne son cours normal.

Les habitants de la forêt étaient comme une grande famille, où les plaisirs étaient partagés ensemble tout comme les peines. Certainement ils pouvaient plus facilement endurer les chagrins ayant près d'eux des amis pour les réconforter. Maintenant même, ils se sentaient plus facile de supporter les dommages causés par la tempête parce qu'ils ne doivent pas être seuls au milieu de tout ce chaos, mais tous les habitants de la forêt avaient vécu des expériences similaires, d'une manière ou d'une autre.

Il se passa presqu'une semaine, consacrée aux travaus de nettoyage et de réparation, avant que la vie des habitants de la forêt ne revienne pratiquement à sa normalité. Et dans ce même temps, sans prévenir, les linaigrettes et les alchémilles étaient soudainement en pleine floraison. L'été fleurit !

..₀ * 8   La grippe de la souris Reeta

La pluie pleurait silencieusement dans un coin du ciel. Il était aussi pâle que la glace qui fond. Les esprits de marais, pour leur pays voilé, se tissaient des voiles de brume. Un corbeau se trouvait sur la cime d'un pin. Et sur un rocher recouvert de lichen jäkälä, un grand papillon brun foncé de bordure blanche, le morio, sommeillait en léthargie dans son logement fait d'usnées barbues.

À chaque instant, les ombres changeaient de direction. Une lumière venant de quelque part loin et passant à travers les ombres, couvrait les endroits ombragés au-dessous. La pluie cessa. Le soleil sorti de derrière les nuages. Et tout d'un coup, dans l'éclat de la lumière du glorieux printemps, les fées s'élevèrent de leur cachette dans les terres rocheuses - leur gîte d'hiver - en un ondoiement de lumière. Les fleurs aussi soulevèrent leur tiges délicates, et ouvrirent leur visages au soleil. Mais les trolls peikko d'hiver, venus avec les vents glacials, s'enfuyaient avec leurs manteaux en lambeaux de mousse gelée, dans les champs de roches.

Au loin, les cris de la parade nupciale des combattants variés résonnaient, de l'aube au crépuscule, sur les bords du marais de canneberge dans la forêt. La souris des bois, Reeta écoutait les sons du printemps dans son lit, parce que Reeta avait une mauvaise grippe. Elle avait le nez coulant et toussait presque constamment. Elle avait aussi de la fièvre et mal à la tête et à la gorge. Elle se sentait mal et fatiguée, malgré cela, Reeta pensait que c'était horrible de rester coucher dans son lit toute la journée, jour après jour, alors qu'il aurait si agréable de jouer maintenant dehors avec les enfants des autres animaux. En outre, ils avaient trouvé un terrain de jeux très exitant devant le chemin du gnome maahinen.

Reeta était couchée depuis déjà trois jours, sous la couverture de mousse barbe d'épicéa sur le lit de mousse de tourbe, avec des chaussettes de linaigrette aux pieds et en pyjama tissés avec des éclats de la fleur blanche, l'hillankukka de cinq pétales minces comme des ailes de papillon. C'est pour elle que sa grand-mère avait tout fait.

Reeta est devenue malade après être tombée avec la taupe Juha dans le bas d'un ravin rempli d'eau, alors qu'ils étaient tous deux en pleine course. Heureusement, le castor Santtu était près de là, et entendit les cris « Au secours ! ». Il se précipita à la rescousse et sortit les enfants sains et saufs. Juha n'eut juste que le nez coulant, mais Reeta tomba sérieusement malade.

La mère souris, inquiète, pleurait car sa fièvre était toujours aussi élevée. Grand- mère et Grand-père tentèrent de la calmer, mais en vain. Les autres enfants de la famille étaient aussi effrayés et restaient seuls tranquillement. Finalement, le père souris décida de chercher de l'aide. Mais, le médecin le hibou grand-duc était parti pour ses visites médicales à l'autre extrémité de la forêt, et ne reviendrait pas jusqu'au lendemain. Donc, il n'eut pas d'autre choix que demander de l'aide au vieil hermite sage et poilu, l'écureuil Saara, qui vivait dans la grande et vieille épicéa sur le chemin du gnome maahinen.

» Pas de problème, même si pour l'instant sa maladie semble être grave. » Dit Saara au père souris et elle continua. » Quand le visage de la lune se couvrira d'un voile de brume, Reeta sera en bonne santé. Voilà, donnez à Reeta cinq gouttes du médicament de cette bouteille, matin et soir. De plus, faites-lui manger du miel, des miettes de résine, des gâteaux de pollen et du gruau de myrtille, et faites-lui boire du thé de lichens jäkälä et de fleurs d'erica à courts intervalles. »

Le père remercia l'écureuil et coura à la maison aussi vite que ses pattes le lui permirent. Le médicament lui fut donné immédiatement. Le lendemain, déjà, la fièvre de Reeta commençait à baisser et son énergie revint petit à petit.

Le jour suivant, les amis de Reeta lui rendirent visite, apportant des fleurs et des petits cadeaux. Le hérisson Selma vint avec la taupe Juha, le lézard Samu, le pinson Hanna, l'escargot Kalle et la mésange Aki. Après eux, ce furent le papillon Émilia, le lampyre Tiina, la grenouille Inca, la sauterelle Siiri et l'abeille Pörri. Des fées voulaient aussi venir saluer Reeta, elles avaient pour nom: les cheveux frisés Tilitukka, la fille de lune Kuutar, la perle de rosée Kastehelmi, le trientale d'Europe Metsätähti, et l'aile de brouillard Usvasiipi. Et finalement, les garçons du troll peikko Hömmö et Tuisku.

La nuit suivante, le visage de lune se couvrit d'un voile de brume, et les fleurs pourpres du trésor grappin éclata fleurirent dans le jardin de la maison.

Au matin, Reeta s'est réveillée toute fraîche et en bonne humeur. Elle se sentait assez bien. Reeta était guérie de la grippe, exactement comme l'avait prédit l'écureuil Saara. Après le petit déjeuner, Reeta se couvrit de vêtements bien chauds, et alla tout d'abord chez l'écureuil Saara pour le remercier de son médicament, qui l'avait guérie si rapidement. Par la suite, elle alla pour rencontrer ses amis. Et ce fut la joie quand Reeta fut accueillie pour jouer avec eux.

Ainsi, maintenant que l'été était à son apogée, ils étaient à nouveau tous ensemble avec Reeta pour partager toutes les joies et les chagrins que l'été apporte.

..。 * 9   Une nouvelle maison

Tôt, par un beau matin d'été, une famille de hérisson était déjà en mouvement. En rang, les hérissons couraient vite à petits pas par le chemin étroit des souris, vers l'étang de la forêt, et ils contournèrent le quartier du logement de champignon amanita, le chantier des fourmis, l'appartement des piverts, le site de fouilles des taupes, le terrain de sport des lézards, et puis la maison de retraite des écureuils, et l'usine de miel des abeilles. De temps en temps, quand ils avaient soif, ils buvaient les gouttes de rosée fraîches des brins d'herbe.

Le soleil brillait déjà chaud. La chaleur torride semblait s'installer tout la journée. Cette famille de hérisson, la mère, le père et leurs trois enfants, était à la recherche d'une nouvelle maison, l'ancienne était devenue déjà trop péuplee. Et précisément dans les environs de l'étang de la forêt, ils avaient entendu dire qu'il y avait des endroits appropriés pour y vivre. Quand ils arrivèrent là, ils constatèrent qu'il y en avait déjà beaucoup d'autres locataires. Il y avait une famille de souris, deux taupes s'y trouvaient, en outre, un lézard, un jeune couple d'écureuils, un vieux lièvre mâle solitaire, trois musaraignes, deux piverts et une pie bavarde qui avait un rhume d'été. Elle éternuait et reniflait sans cesse, mais elle était toujours curieuse et sociable.

Finalement, l'accord final pour partager les logements fut conclu, qui satisfaisait tout le monde. Et c'est sans conflits que tous les locataires trouvèrent leur logis approprié sur la rive de l'étang, sous l'œil vigilant du juge, le grand-duc eurasien.

La famille de hérisson elle aussi était heureuse. Elle avait obtenu un nouveau domicile au fond d'une vieille souche, qui était entourée de magnifiques buissons de fougères luxuriantes. Au pied de la souche, des fleurs d'hépatiques, de trientale d'Europe, de myosotis, et de linnée boréale félicitaient la famille de hérisson pour leur nouvel appartement. Les fleurs hochaient leur visages gracieux et beaux, chuchotaient entre eux, et parlèrent avec les papillons qui se posaient sur les pétales des fleurs.

La journée d'été s'acheva. La soirée se reposa dans les bras de la nuit. Tous les habitants de la forêt s'endormirent en paix dans la nuit d'été.

..₀ *10   Mariage

Le matin d'été ouvrit ses yeux solaires pour une nouvelle journée. Des perles de rosée scintillaient, impatientes, dans les sentiers de la forêt, sur l'herbe et les pétales de fleurs, comme des larmes d'un esprit de pluie.

La journée allait grésiller. L'air était déjà stagnante et très lourde, et on présageait un orage. Tout le monde avait envie de ne rien faire, just rester au frais et à l'ombre toute la journée, et seulement dans la soirée, commencer enfin à bouger quand le plus gros de la chaleur serait passé.

Pourtant, ce jour-là, ce n'était pas le moment d'être paresseux, parce que dans une petite forêt au bord du lac, c'était le mariage d'un jeune couple de musaraignes. Et tous les petits habitants de la forêt étaient invités à la noce. Les préparatifs avaient commencé depuis déjà plusieurs jours. Les femme avaient préparé toute une variété de plats et de boissons de produits forestiers, et en grande hâte portaient les délices vers la racine de l'arbuste de rose sauvage sur la rive de l'étang de forêt, où la salle de banquet avait été préparée pour le mariage. Une souche d'arbre faisait office de table de fête, sur le dessus de laquelle des feuilles d'arbres étaient joliment disposées et prête maintenant avec les mets pour le mariage.

Alors que celui-ci était sur le point de commencer, des nuages noirs s'accumulèrent dans le ciel. Aussi, la chouette boréale Ramu, qui avait également agi comme intermédiaire, s'empressa de commencer la cérémonie du mariage. Heureusement, les invités à la noce étaient déjà tous arrivés et assis à l'ombre d'une grande rose sauvage, regardaient le couple nuptial.

Le marié se tenait sur un podium de mousse touffue, décoré

avec des fleurs. La mariée était une jeune fille musaraigne, douce et timide. Elle portait sur la tête un voile de toile nacrée, orné d'une couronne de fleurs de myosotis bleu-ciel. Le voile descendant jusqu'au sol avait été tissé par la vieille araignée Tilda. Et comme fleurs, la mariée avait un bouquet de myosotis à la main. Tandis que, le beau marié musaraigne n'avait comme parure festive qu'une fleur de myosotis qui ornait sa poitrine.

La chouette boréale Ramu se tenait devant les mariés, l'air solennel, il toussa, puis, d'une voix claire, commença.

» Bien ⋯⋯ Chers amis ! Maintenant que la nature est dans toute sa splendeur, il en est de même pour ce couple de mariés. J'ai maintenant le plaisir de vous demander, Joonas, fils de Kullervo, aimera-tu Saila, fille de Venla jusqu'à ce que la mort vous sépare ? »

Le museau du marié Joonas tremblait un peu, mais il répondit fermement.

» Oui, bien sûr, je l'aimerai ! »

Après avoir entendu sa réponse, la chuette Ramu répéta la même question à la mariée Saila.

» Oui, moi je l'aimerai. »

Elle répondit d'une voix tremblante d'émotion. Ainsi, Ramu déclara le couple mari et femme. Après avoir écouter sa déclaration, tous les invités se précipitèrent vers le jeune couple avec des cadeaux, et leur souhaitèrent une longue vie heureuse et d'avoir beaucoup d'enfants.

Puis, tout le monde se déplaça vers la table de fête pour le dîner. Tout d'abord, ils portèrent un toast avec de l'hydromel en l'honneur des mariés et un discours de banquet fut prononcé, l'orateur était bien sûr la chouette boréale Ramu. Il se leva de table et dit.

» Eh bien, donc. Maintenant que vous, Joonas et Saila,

commencez votre chemin en commun, rappelez-vous que l'amour est comme le soleil, et brille même dans les moments difficiles. L'amour, c'est comme un ...... »

À ce moment-là, un éclair ! Immédiatement après, un énorme coup de tonnerre gronda comme si le ciel se déchirait en deux.

Les invités réunirent rapidement les mets festifs de la table et les emportant, ils se dirigèrent précipitamment vers la cabane de Tomera, la tonttu de forêt, où de nombreuses petits célébrations ainsi que d'importantes réunions avait déjà eu lieu aussi auparavant, parce que la cabane était grande et confortable. Juste au moment où les invités entraient dans la salle, l'averse commença.

» Il sait le bonheur », cria la mère de la mariée tout en serrant doucement sa fille contre sa poitrine. Alors, finalement, le mariage fut correctement célébré avec à boire et à manger en abondance. Il y avait un large éventail de performances au programme. Tomera récita des poèmes, les fées dansèrent, les garçons de peikko s'occupaient de la musique, et entre temps, les enfants de hérisson, Untamo, Talvikki, un enfant taupe Ylermi, le moineau Milla, le roitelet Venla, la grenouille Taru, et le papillon Jade divertirent les invités de leurs chorales.

Ainsi passa la journée en célébrant le mariage du jeune couple. Seulement le soir après l'orage, tous rentrèrent chez eux pour dormir. La journée avait été merveilleuse. Et c'est ce que pensait aussi Joonas et Saila qui maintenant commençaient leur vie commune, dans leur propre petite maison, avec pour voisins un vieux couple de souris de la forêt, le long du chemin au bord du lac au fond de la souche moussue.

*11 Comment Ressu et Pieta devinrent amis

La forêt semblait comme sortie d'un vieux conte de fée. Le matin d'été s'ouvrait sur un océan de la lumière, le soleil saupoudrait d'or sur le lac; les linnées, les romarins sauvages, les muguets et les roses sauvages émanaient un puissant parfum dans la terre humide. Un gobelin menninkäinen, parfumé de résine, et une fée bleue, faisaient un jogging matinal le long du chemin dans la prairie. L'espirit de la rivière, un puronhaltija se peignait à l'ombre des joncs sauvages. Les arbres échangeaient les dernières nouvelles. Et la jeune fille du vent passait, faisant sonner les fleurs de campanule comme des cloches.

Ressu, un enfant de musaraigne de fourrure soyeuse, quittait également son nid pour admirer le matin d'été. Cependant, il ne pouvait pas s'éloigner trop de la maison de souche. Ses parents le lui interdisaient, parce que ses frères Roope et Ville s'étaient noyès dans la crique inondée, pendant la crue printanière quand malgré l'interdiction de leurs parents, ils étaient partis s'aventurer dans les ombres de la forêt. Maintenant Ressu était le seul enfant de la famille de musaraigne, et l'inquiétude de ses parents était tout à fait compréhensible.

Ressu, assis sur l'herbe humide de rosée dans la cour de la maison, admirait des pissenlits jaunes comme la lumière du soleil brillant, qui se balançaient doucement avec le doux vent d'été, dans un océan d'herbe.

» Quelle mignonne matinée », pensa-t-il en lui-même, et renifla l'air, où flottaient des milliers de parfums d'été.

Même si Ressu était très curieux et aventureux, il était en

même temps calme et tranquille comme la mousse poussant dans le marais, c'est pour cela qu'il ne sortait pas sans permission, quand bien même il voulait voir autres endroits que le terrain de jeux de la cour de la maison.

» J'aimerai être déjà adulte. »

Souhaitait en lui-même Ressu, tout en mordant une fraise sauvage sucrée. Au même moment, la mère musaraigne sortit et dit à Ressu qu'elle allait à la boutique du hamster, et que son père musaraigne aussi était déjà parti pour ses courses, donc Ressu serait maintenant seul pendant un certain temps. La mère répéta comme toujours ses avertissements et Ressu promit d'obéir et d'être tranquille, sans quitter la cour.

Quand sa mère fut partie, Ressu flâna dans la prairie et regarda les oiseaux et les papillons qui volaient au-dessus de lui. En attendant, il ferma les yeux et imagina comment ce serait de se promener seul dans les chemins forestiers inconnus et comment serait la terre des êtres humains, qui se trouvait loin derrière la forêt dont le moineau Leo racontait parfois des choses bizarres.

Alors qu'il rêvait, Ressu entendit soudain de faibles gémissements. Cela venait d'un endroit tout proche. Ressu tendit l'oreille et se tint sur ses pattes arrières. De nouveau, la même voix ! A ce moment-là, Ressu oublia les avertissements de sa mère et commença à courir en direction du son. On entendait la voix, beaucoup plus proche. Ressu s'arrêta au gros rocher sur le chemin, et là vi un petit oiseau, couché au pied de la roche. C'était un petit roitelet qui gémissait doucement.

» Qu'est-ce qui se passe, il n'y a personne pour vous aider ? », s'exclama Ressu et il s'accroupit à côté de l'oiseau. L'oiselet, surpris par Ressu, éclata en sanglots.

» Je suis orphelin. Mon père a été mangé par un faucon, et

ma mère aussi a disparu. Et quand j'ai quitté mon nid, je suis tombé parce que je ne peux pas encore voler. Maintenant je vais mourir à cause de ma blessure à l'aile. Et puis j'ai tellement faim, et j'ai mal partout. »

Ressu ressenti une grande compassion pour l'oiselet. Il le leva doucement, et tout en le soutenant avec précaution, il se dirigea vers la maison. Arrivé à la maison, il coucha l'oiselet dans son lit, le couvrit chaudement avec une couverture, tandis que la mère musaraigne revenait de ses courses.

Quand sa mère revint de sa surprise, Ressu lui raconta toute l'histoire. Et quand le père rentra dans la soirée, les parents décidèrent d'adopter le roitelet afin qu'il puisse rester avec eux.

» C'est merveilleux », se réjouit Ressu.

C'est ainsi que Ressu obtint son éternel compagnon de jeu et sa sœur, car l'oiselet était une fille. Elle s'appelait Pieta. Et elle aussi était heureuse d'avoir une nouvelle foyer et une nouvelle famille. Elle guérit grâce à leurs soins attentifs, et deux semaines après, elle pu enfin voler. De cette façon, sa blessure à l'aile ne fut plus qu'un souvenir. Durant l'été, leur amitié grandit encore, et c'est ainsi qu'ils firent d'agréables promenades ensemble, même plus loin que de l'autre côté de la forêt de leur maison.

Pour eux, ce fut vraiment un été plein d'aventures !

...o * 12   Simo trouve une amie pour la vie

À l'aube, dans la forêt en été, la grenouille Simo était assise solitaire sur la rive de l'étang et regardait l'eau. Tout était calme.

Dans les branches des arbres seuls quelques oiseaux chantaient. Comme l'invitant à jouer avec eux, une légère brise caressait Simo doucement. Mait rien n'était amusant pour Simo. Il était très triste à ce moment. De grosses larmes coulaient sur ses joues et tombaient sur une feuille d'un nénuphar. Il se sentait si seul. Il pensait que personne ne se souciait de lui.

» Qu'est-ce qui vous arrive ? »

S'éleva soudain d'un nénuphar proche, une vois étrange. Simo, tout surpris, regarda dans l'eau, et se réjoui à la vue d'une autre grenouille, celle qui lui avait parlé.

» Moi ······ Euh, et bien ······ Je suis assis ici ······ euh ······ je pensais.»

Répondit Simo un peu troublé et il sécha rapidement les perles de larme de ses yeux.

» Viens ici dans l'eau, il est bien plus agréable que d'être assis là, à penser. Tu as l'air triste. »

Et cela dit, la grenouille Siru l'invita gentiment à sauter et à nager avec elle dans l'eau. Et Simo sauta. On entendit seul le bruit de l'eau lors de son superbe plongeon, au côté de Siru, au milieu des fleurs de nénuphars. Simo se sentait bien. Et si heureux qu'il eut envie de chanter. Alors, il monta sur le dessus de la feuille de nénuphar et chanta de son mieux, comme chantent les grenouilles, en coassant. Il oublia ainsi sa timidité. Siru le regardait en souriant chanter. Elle pensait que Simo avait une voix magnifique. Et quand il eut fini la chanson, ils nagèrent ensemble d'une feuille de nénuphars à l'autre, tandis que le soleil montait toujours plus haut, et qu'une nouvelle journée commençait.

Ainsi, avec son amie pour la vie, la tristesse de la grenouille Simo se changa en joie. La solitude ne fut plus qu'un triste souvenir.

... ○ * **13**   Quand Tii cherche le bonheur

C'était une nuit de solstice d'été. L'étang de la forêt reflètait le ciel, et les fougères étaient fleuries. Caché à l'ombre des bruissants buissons sauvages, un garçon de musaraigne, de fourrure soyeuse, était assis. Il s'appelait Tii, et il écoutait, les moustaches de son museau frémissantes, l'émouvante chanson de l'esprit du marais, suonhaltija.

Le vent rêvait parmi les fleurs. Les dactylorhizas tachetées en rouge violacé comme les jacinthes, les fleurs blanches et roses de la linnea, les fleurs bleues de myrtille des marais, les raisins d'ours noir avec des fleurs blanches comme le muguet, les fleurs blanches de sept pétales de la trientalis europaea, les fleurs rouge violacé de la bruyère, les cinq pétales blancs de l'oxalide corniculée et le vert de la bryophytes. Un parfum d'anis émanait du polyporacée. Les arbres bruissants se chuchotaient en secret les uns aux autres vibrant des feuilles. Sur le chemin de fougère, des feux follets se balançaient alors que des fées et des gnomes menninkäinen dansaient au son de la flûte faite d'écorce de bouleau, que un vieux gnome maahinen aux yeux verts sifflait. Dans le bassin luxuriant, le ruisseau était couvert des fleurs jaunes des populages des marais, et l'eau cristalline éclaboussait doucement en volant dans son propre marche onduleux à travers la sombre forêt primeval. Dans les prairies, les senteurs de milliers de fleurs flottaient, et le voile de rosée étincelait au-dessus de la mer d'herbe. Les vieux arbres couverts de barbe de lichen naava s'informaient gentiment auprès des oiseaux des nouvelles. À travers les piliers des épicéas, la claire lumière de la nuit d'été tamisa en bleue fumée, et éclaira la forêt en opale comme un vieux conte de fées.

Tii sortit lentement de sa cachette sur le chemin, et regarda curieusement autour de lui. Au milieu de la mousse de tourbe et de *Polytorichum*, les myrtilles et les canneberges s'étaient multipliés en harmonie avec les bruyères, les linnées boréales, et les saules arbustifs. Les lichens dentelles recouvrèrent les roches, les pierres, les souches, et les endroits plus sec des environs. Tii regarda dans tous les sens afin de s'assurer que personne ne le voyait, et ensuite, il commença à courir sur le chemin tout au long du ruisseau, loin de ce paysage où était sa maison de nid, vers un monde plus grand et inconnu.

Le petit Tii fugait. Parce qu'il s'ennuyait à la maison, avec les commentaires et les interdictions continuels de sa mère :
» Mangez avec la bonne manière ! Fais attention à ne pas salir ta veste quand tu joues ! Reste dans la cour ! Ne sors pas de la cour de la maison ! Tais-toi ! N'intimide pas les autres ! Allez au lit, vite ! Assieds-toi bien! Ne réponds pas comme ça ! Obéis à tes parents ! Sois poli ! »

Ainsi, Tii décida une fois pour toutes de quitter le refuge familial, ses parents, ses frères et sœurs, et de chercher où faire son propre nid, là il pourrait profiter de sa vie comme il voulait, en paix. Comme ça, il n'y aurait plus personne pour lui faire des commentaires, lui interdir, ou lui ordonner quoi que ce soit. Il serait libre et vivrait comme bon lui plairait. Cependant, en même temps, Tii ressentait une étrange peur. Quitter l'atmosphère sécuritaire de sa maison lui était aussi douloureux. Il pourrait ne plus jamais revoir sa mère, en y pensant Tii cessa de pleurer et ralentit sa course. Puis, il alla au bord de la rivière et s'assit sur une petite pierre pour se reposer. Près de lui il y avait une feuille de plantago couverte de rosée et Tii tendit la main et but les perles de rosée fraîche pour étancher sa soif. Tout à coup, venant de l'herbe, il entendit une faible voix. Et dans le même temps, un vieux hérisson portant des lunettes et s'appuyant sur une canne, apparut sur l'herbe. Il fut un peu surpris voyant Tii.

» Qui, qui êtes-vous ? », lui demanda d'une drôle de manière le vieux oncle d'hérisson et il continua. » Je ne vous ai jamais vu auparavant. Est-ce que vous habitez quelque part près d'ici ? »

» Moi, moi je suis Tii. Je me suis enfui de la maison parce que je veux être heureux », répondit Tii tout essoufflé.

» Ah, c'est ça. Eh bien, vous êtes heureux, maintenant ? », demanda le vieil oncle d'hérisson.

» Bien sûr que je le suis ! Ou ⋯⋯ pour le moins, presque », répondit Tii tranquillement mais il sentit soudain se gonfler des larmes. Le vieux oncle d'hérisson regardait fixement mais gentiment Tii, et puis, lui dit.

» Je suis déjà vieux, mais moi aussi j'ai été jeune, et je voulais voir le monde, comme vous maintenant. Et une fois j'ai quitté la maison. Je suis allé chercher le bonheur, parce que je pensais que le bonheur était ailleurs. J'ai cherché et cherché, mais je ne l'ai pas trouver. Finalement, je me suis rendu compte que le bonheur c'est un doux sentiment et qu'on peut le découvrir à la maison, là où sont ses proches. Je suis donc revenu et je n'ai plus quitté la place où était ma mère, jusqu'à ce que je rencontre ma femme et que nous ayons notre propre maison. C'est comme ça, tout le monde a besoin de se rattacher à quelque chose, à quelque part, sinon, il est mal à l'aise de vivre. Quand vous êtes encore un enfant, c'est seulement à la maison, là avec les parents, où vous devez vous sentir le plus heureux et le plus sûr, pas ailleurs. Quand on mène une vie fugitive, on ne fait partie de rien ou aucun lieu. Et là, des dangereux pièges se cachent et la liberté peut être plein de choses effrayantes. Mais, maintenant, je dois m'en aller. Sinon, ma femme Tilta va s'inquiéter pour moi lors qu'elle ne me voit pas rentrer depuis ma sortie. »

Alors, le vieux oncle d'hérisson s'en alla et le laissa tout seul. Tii se sentait vraiment misérable. Il avait envie de pleurer et son estomac grondait aussi. Et, tout à coup, il eut peur. Beaucoup plus peur qu'au début de sa fugue. Dans sa solitude, il ne pensait plus aux parfums de magnifique roses. Mais alors, à ce moment il se rappela les commentaires et les interdictions de sa mère, et de nouveau, il eut le courage de continuer son voyage.

Après le passage d'un morceau du voyage, Tii trouva la mouillère de myrtilles et s'arrêta tout excité. Comme il avait faim, Tii dévora les myrtilles juteuses, et alors se sentit fatigué. Et donc, il se coucha sur la mousse. Là, Tii s'endormit. Mais après un certain temps, la musaraigne fit l'expérience de quelque chose vraiment terrifiant.

Tii se réveilla, alors qu'un grand ours attrapait de sa patte les myrtilles de l'arbuste sur la mouillère où Tii s'était endormi. Grrr ! En un clin d'œil, Tii se retrouva au milieu des myrtilles dans la patte de l'ours et se voyait aller directement dans la gueule ouverte aux crocs acérés de la bête.

» Ne me mange pas, je suis Tii. »

La petite musaraigne grinçait en alarme. Quel chance ! Aussitôt, l'ours referma la gueule et regarda stupéfait sa patte, juste alors qu'il s'apprêtait à dévorer ces delicieuse myrtilles dans sa bouche affamée.

» Je suis Tii moi je ne suis pas une myrtille. »

Il poussait des cris stridents, trébuchait parmi les myrtilles pour mieux se montrer.

» Bah, quel insecte es-tu toi, ta voix ressemble à celle du

moustique. »

L'ours grogna, encore tout surpris par les cris stridents, l'observait attentivement, poussant son museau dans sa patte où Tii se tenait au milieu des myrtilles et des graminées. Le pauvre Tii tremblait de peur qu'il ne pouvait même pas parler d'une voix assez forte pour être entendue.

» Moi, je, je suis Tii. Dis, gentil lutin, tu ne me mangeras pas hein ? », implorait Tii de sa voix grêle.

» Bah, je ne suis pas un lutin mais un ours. Allons, allons, je ne veux manger que des baies et du miel. »

L'ours répondit de une voix très basse et rêche, et il déposa la musaraigne sur le sol, puis en balançant la tête d'un côté de l'autre, il s'en alla de son pas pesant vers la digue de la rivière.

Le cœur de Tii battait encore très fort. Tout à coup, Tii se rappela les sages paroles du vieux oncle d'hérisson. Le vieil homme avait raison, et la forêt était pleine de dangers pour un enfant rôdant seul. Aussi, Tii décida de rentrer chez lui et de chercher sa chance et son propre nid quand il serait plus grand. À ce moment-là, je serais sûrement plus courageux et aussi plus fort, pensait il, et Tii se réconforta à cette idée et marcha le long du chemin pour retourner à sa maison de la souche de l'arbre.

Quand il fut à mi-chemin, il rencontra le vieux épicéa couvert d'usunées barbues, qui pleurait et se pleignait que personne ne voulait vivre dans ses branches ou dans ses trous. Ici, je pourrais avoir maintenant mon terrier, pensa Tii, toutefois, il couru, poussé par le puissant désir de sa maison.

» D'où venez-vous et où allez-vous ? »

Près de chez lui, un corbeau croassa.

» Pas besoin de répondre, si vous ne voulez pas. »

S'écria d'une autre branche du même arbre un écureuil à grandes oreilles, en balançant sa queue, et regardait Tii en souriant, tout heureux. Tii s'arrêta et vit dans le soleil le corbeau à moitié endormi et l'écureuil volubile, et dit.

» Je cherchais mon bonheur, mais je n'ai pas pu le trouver. Alors, je rentre. Je vis dans le trou de la souche de l'arbre derrière ce gros rocher avec mes parents et mes frères et sœurs. »

» Vous avez cherché votre bonheur ? » L'écureuil, surpris, continua. » Pas besoin de chercher le bonheur. Il est là, où que vous soyez. Pour moi, le bonheur c'est nid bien chaud et une réserve pleine de provisions pour l'hiver. Chacun a son propre bonheur, et il est différent pour chacun. Le bonheur n'est pas toujours le même, mais change avec l'âge, tout comme les saisons, du début à la fin. »

» Pour moi, le bonheur c'est le soleil et une sieste », déclara à son tour le corbeau, qui prit une posture plus détendue sur la branche d'arbre.

Tii était impressionné par ces mots qu'il grava dans son esprit, et se remit à courir vite. Et en un instant, il était déjà dans le jardin de la maison, entouré par ses frères et sœurs qui jouaient en plein air. Sa famille se réjouit de son retour tout comme Tii, lui-même. Sa mère pleurait de joie et Tii aussi. Le plus important de tout, cependant, c'est que Tii avait appris ce qu'est le bonheur et où celui-ci se trouvait.

...。 *14   **Coeur sombre des humains**

Dans le soir d'août, la bruine s'éclaircit. Les gouttes de pluie tombant retentissaient dans la forêt au bord du lac après la pluie

...... Dans le paysage brumeux en bleu comme voilé dans une fumée bleutée, sur la rive de l'étang de la forêt endormie, deux vieux corbeaux se reposaient dans leur abri dans l'épicéa touffu. Ils étaient assis sur une branche de l'arbre côte à côte, leurs joues l'une contre l'autre, comme s'ils essayaient de poursuivre le même rêve. Dans le crépuscule encore profond, les lucioles émettaient des rayons de lumière comme les lanternes. Elles scintillaient comme de petites lampes de chevet sur les chemins de la forêt et sur la prairie. La soirée perdit petit à petit sa luminosité et disparut finalement dans les bras de la nuit.

Un garçon écureuil, Ossi ne pouvait pas dormir, même s'il essayait de garder les yeux fermés. A côté de lui, les autres enfants de la famille dormaient: Noora, Viivi et Valtteri, ainsi que le père et la mère un peu plus loin. Ossi les regarda un instant, et puis recommença à réfléchir. Beaucoup de choses tournaient dans son esprit, auxquelles il fallait qu'il réfléchisse s'il voulait vraiment les comprendre. Parce que, dans son esprit, Ossi croyait que la vie était comme la forêt grande et effrayant. Mais s'il apprenait les chemins où marcher, alors il n'aurait plus besoin de craindre de perdre son chemin. En particulier, Ossi était maintenant curieux de connaître le monde des êtres humains, qui se trouvait loin de l'autre côté du lac, quelque part derrière la montagne Myrtille.

Une fois, lorsque son père lui avait raconté des choses effrayantes, Ossi s'était vite mit à pleurer. Ce jour-là, cependant, le père voulait seulement avertir ses enfantsa à propos des êtres humains, car lui-même avait connu des moments terribles à cause d'eux, tout au long des cycles de la lune. Ossi souhaita, tout en pensant à son père, qu'aucun humain, même accidentellement, ne s'égare dans leur forêt natale. Si cela arrivait, alors la paix et la sécurité de la forêt disparaîtraient. Ossi frissonna rien que d'y penser. Puis, il se souvint comment son père avait parlé sur ce qui est le plus important dans la vie, le droit pour chaque animal de vivre en liberté et en paix là où il le désire.

Une fois le père écureuil avait connu ce qu'est d'être à la merci des humains. Et Ossi se rappela à nouveau le moment horrible pour son père.

Ossi, dans son esprit, repassa la vie de son père depuis le début, afin d'en obtenir une image aussi claire possible.

Le père avait raconté aux enfants qu'il avait né dans l'épicéa de la cour d'une maison d'humains, où se trouvait une vieille mangeoire aux oiseaux. C'est donc là qu'il était né avec sa sœur. Les humains qui vivaient dans la maison avaient eux aussi des enfants, une fille et un garçon. Un jour, le garçon grimpa dans l'arbre et emmena les enfants écureuils loin du nid, les parents écureuils étaient aller chercher de la nourriture et étaient donc absents. Le garçon parti pour la rive du lac avec les écureuils dans sa poche, où deux amis l'attendaient. Lorsque le garçon les sortit de sa poche, la fille écureuil était déjà morte à cause du choc. Le garçon la jeta dans l'eau comme appât pour les brochets. Puis, les garçons se relayèrent pour tenir le petit écureuil dans leurs mains, et l'intimidèrent de différentes façons en éclatant de rire. Le petit écureuil pleurait avec détresse, et tordit désespérément son corps de toutes ses forces pour glisser loin de leurs poings bien fermés. Quand ses pattes avant eurent touché le sol, il s'enfuya en courant furieusement vite. Il couru tant et si vite qu'il allai presque s'évanouir, quand enfin devant lui apparurent la jetée et le lac. Les garçons s'approchaient de lui, menaçants. Il n'avait pas d'autre choix que de plonger dans l'eau, sinon les garçons l'auraient de nouveau capturer. L'écureuil sauta et barbota dans l'eau pour avancer. À ce même moment, le canard colvert Iisakki vint des roseaux proche en nageant vers l'écureuil. Il plonga rapidement sous lui et leva son dos à la surface du lac. Ensuite, il nagea très vite vers le vaste domaine du lac et emmena le garçon écureuil plus loin de l'autre côté du lac, vers la forêt, sur le sable de la rive, dans un endroit sûr. Là, le canard colvert raconta à l'écureuil qu'il avait ainsi aidé des animaux à sortir du pays des humains, déjà dans le passé. Le garçon écureuil écoutait l'opinion du canard colvert sur les humains, avides rusés et même plus cruels que les prédateurs. L'écureuil aussi pensait ainsi. Comment les humains détruisaient la nature, tuaient les animaux, les maltraitaient de différentes manières et les privaient de leur liberté en les enfermant dans des cages. Ils faisaient cela juste pour le plaisir et pour satisfaire leurs besoins. Ils ne savaient pas comment vivre en harmonie avec la nature car ils ne savaient pas même vivre en harmonie avec leur propre peuple ou les autres non plus. Voilà c'est pourquoi les humains ne comprendraient pas la valeur de la nature ni les lois de la nature. Et c'est pourquoi ils ne comprendraient jamais les animaux.

C'est ainsi que le garçon écureuil commença une nouvelle vie. Il trouva des parents adoptifs et une nouvelle maison. Et après, il eut sa propre famille et sa propre maison.

Ossi réfléchissait à tout cela, les larmes aux yeux. Cela avait été une période douloureuse pour son père. En même temps, il se demandait pourquoi les humains étaient si cruels avec les animaux.

» Le cœur humain doit sûrement être aussi sombre que la nuit. », se dit il, et enfin, s'endormit profondément.

La lumière du matin illuminait déjà délicatement l'horizon.

..₀ *15   Aventure nocturne des enfants peikko

Un jour, au cours de la saison estivale, au clair de lune d'une nuit d'août, deux petits enfants de troll peikko, seules, trottaient le long d'un chemin forestier tranquille. Les fleurs étaient odorantes, l'air était chaud, et ils se sentaient vraiment bien, car ils pouvaient, pour la première fois, sortir hors de la cour de la maison la nuit pour explorer l'autre côté de l'étang de la forêt, sans être accompagnées par les adultes.

Le frère et la sœur se tenaient la main, le cœur légèrement palpitant d'émotion. Si un croque-mitaine ou des autres étranges créatures mouvantes venaient à leur rencontre, et méchamment effrayaient les gentils trolls, leur tournée serait gâchée, bien sûr. Au milieu de tout, ils n'auraient plus qu'à courir vers leur maison, à l'abri chez le père et la mère et se cacher dans dans l'obscurité, sous la couverture.

Heureusement le croque-mitaine ne venait pas. Alors qu'ils marchaient et marchaient, ils écoutaient et observaient à gauche et à droite du chemin, parce qu'ils devaient voir le plus possible de toutes ces choses qui n'existaient pas tout autour de la maison de la grotte.

Cependant, ils n'ont pas pu le faire, après tout ! Le sommeil surpris les enfants de troll peikko si curieux. Au beau milieu de leur première aventure, ils étaient épuisés et allèrent s'asseoir sous l'épicéa, où ils s'endormirent tous deux, blottis comme de petits oiseaux.

Et le lendemain matin, le soleil se leva et de ses rayons réveilla les aventuriers ébouriffés. Là, ils pensèrent avec émerveillement à ce qui s'etait passé, et comment le sommeil était venue secrètement les surprendre, eux les aventuriers courageux du troll peikko. Et les deux enfants décidèrent de partir bientôt pour une nouvelle aventure, après s'être fait pardonner par leurs parents. Peut-être déjà la nuit prochaine.

Ou bien, quand ils seront un peu plus grands et que, à la lueur du clair de lune argentée, ils pourront rester éveillés toute la nuit jusqu'au matin, à l'apparition de la lumière du soleil.

...o * 16   Quand le troll peikko Mörri boude

La petite forêt du lac se réveilla au matin d'été étincelant. Dans la nuit, il y avait eu un gros orage, et après, il avait commencé à pleuvoir et tout était trempé. Mais heureusement, c'était l'été. La chaleur du soleil flamboyant effaça rapidement toute trace de pluie.

Tôt le matin, Ameliini, une fée de la forêt se trouvait sur le chemin vers l'arbuste de genévrier pour sa course matinale avec un esprit haltija. Ils couraient à un rythme tranquille côte à côte, le long du chemin forestier et de temps en temps restaient à bavarder avec les fleurs au bord du sentier de la furie de l'orage de la dernière nuit. Par chance, celui-ci n'avait pas fait de dommages sérieux. Seuls quelques arbres pourris étaient tombés à terre, l'un d'eux sur un ruisseau, et devint aussitôt un pont très pratique pour les habitants de la forêt pour traverser le ruisseau fréquemment.

Mörri, un garçon de troll peikko se déplaçait lui aussi. Il errait, les mains dans les poches de son pantalon, sur le chemin et lançait à coups de pied les cailloux au loin. Lorsqu'il arriva au ruisseau, il grimpa sur le tronc d'arbre au-dessus du ruisseau. Il s'assit là, les sourcils froncés et les coins de la bouche tombants tout en regardant le ruisseau limpide comme le cristal qui coulait.

C'était un merveilleux matin d'été. Le chant mélodieux comme une flûte d'un rossignol lui caressait doucement les oreilles. Les milliers de parfums d'été embaumaient l'air. Il faisait chaud et la récolte des baies sauvages déjà mûres et prêtes à être cueillies avait déjà commencée. Mais cela n'intéressait pas du tout Mörri. Il avait le cœur rempli d'amertume par la déception, qui couvrait tout le reste. Parce que Mörri s'était senti profondément trahi, et ce, lors de son anniversaire.

En fait, le père du troll peikko avait promis que, si c'était possible, il obtiendrait un fragment de miroir que Mörri désirait comme cadeau d'anniversaire. Eh bien hier, c'était son anniversaire, mais son grand souhait n'avait pas été comblé. Parce que son père n'avait pas pu lui obtenir ce fragment de miroir du monde humain, mais par contre, avait offert à Mörri une canne à pêche fait par lui-même. À la boutique de Siiri, la pie bavarde, le dernière morceau de miroir avait été vendu il y avait bien longtemps, et Siiri n'en avait pas trouvé d'autre, même en allant chercher dans les rues et les cours du monde humain.

Mörri ne se souciait pas de tout de la canne à pêche, il la tira avec colère dans un coin et se sauva dehors les larmes aux yeux dans la nuit bleu fumée de l'été. Il ne revint pas chez lui pour la nuit, mais resta à dormir dans sa tanière de jouer à un jet de pierre de la maison. Même avec le violent orage qui commença dans la nuit, Mörri ne rentra pas chez lui. Vaillamment il resta accroupi sous le foin dans un coin de la tanière cette nuit-là, puis, quand le soleil brilla le lendemain matin, il sortit et marcha vers le ruisseau. Il décida de ne plus jamais rentrer à la maison. Et maintenant, alors qu'il était assit sur le tronc d'arbre près du ruisseau, plus il y pensait et plus sa décision se renforçait. Mörri décida qu'il allait construire sa propre maison dès que possible après avoir trouvé un endroit approprié pour y rester. Avoir sa propre maison lui semblait être une bonne idée, et elle chassa sa mauvaise humeur pendant un moment.

Juste au moment où Mörri était sur le point de partir, toutefois, il entendit derrière lui crier le père troll peikko.

» Tu était là, toi ! Je t'ai cherché partout. Ta mère est allée te chercher chez tes amis, mais personne ne t'avait vu depuis hier. Nous avons commencé à nous inquiéter sérieusement parce ce que te n'était pas encore rentré à la maison ce matin. Pourquoi es-tu si en colère, mon petite Mörri ? »

» Je ne suis pas petit, moi. »

Mörri s'ébroua et, le visage boudeur, il regarda son père. À ce moment, le père comprit la raison du comportement de Mörri.

» Pauvre petit voyou, tu es en colère parce que je ne t'ai pas donné le morceau de miroir que tu désirais pour ton anniversaire ? Mais tu ne te souviens pas de ce que je t'ai dit, que tu pouvait l'obtenir si d'abord je pouvais m'en trouver quelque part. Je n'ai pu pas en trouver, mais je ne suis pas à blâmer pour cela. Mörri, mon or. »

Le père parlait doucement et s'assit à côté de Mörri sur le tronc d'arbre, un sac avec le déjeuner sur son dos et à la main deux cannes à pêche. Mörri ne dit pas un mot, il continua seulement de regarder le ruisseau avec les coins de sa bouche toujours tombants et les sourcils froncés, sans montrer le moindre regret pour son moment de colère.

» Dis-moi, pourquoi ce morceau de miroir est si important pour toi ? », demanda le père.

» Pourquoi pas », marmonna Mörri tranquillement et soudain il sentit sa gorge se convulser étrangement tandis que de grosses larmes coulaient de ses yeux. Son petite menton se mit aussi à trembler et avec le flot de ses larmes s'envolèrent ses mauvais sentiments. Les mains ouvrant son visage, Mörri sanglotait désespérément sur l'épaule de son père. Doucement le père prit Mörri dans ses bras, lui caressa les cheveux hirsutes, le consola et ensuite lui essuya le visage inondé de larmes avec son mouchoir doux.

» Alors, tu te sens soulagé ? », demanda le père tendrement.

» Oui ⋯⋯ un peu », dit Mörri d'une voix entrecoupée, encore tremblante.

» Eh bien, qu'en dis-tu ⋯⋯ veux-tu venir pêcher avec moi maintenant ? J'allais à la rive du lac, quand je t'ai aperçu là, près du ruisseau », et le père continua. » En plus tu dois avoir très faim. Heureusement, j'ai un déjeuner. Ça suffira pour nous deux. J'en ai apporté un peu plus que d'habitude, parce que j'ai pensé que peut-être je te trouverais quelque part près d'ici ou au-delà de la rivière. Et voilà ! »

Après avoir pleurer tout son saoul, Mörri sembla être devenu un tout autre garçon. Sa mauvaise humeur avait disparu comme par enchantement. Et une humeur légère et joyeuse la remplaça. Tout heureux, avec son père il partit pêcher au ruisseau, pour rapporter à sa mère de quoi préparer une soupe de poisson.

Sur le chemin de la rive, Mörri s'excusa d'avoir boudé et avoua qu'il avait voulu un morceau de miroir seulement parce que Timo le pivert lui avait raconté un jour qu'en y regardant il pourrait voir des images magiques. Le père, à son tour, dit avec un sourire.

» En regardant dans le miroir, tu n'y verrais reflétée que ta propre image, rien de plus. Tu peux voir la même chose sur la surface de l'eau. C'est comme un miroir, tu y vois ton image de la même manière qu'avec le miroir inventé par les humains.

Mörri crut son père. Et il ne parla plus du miroir, même un mot. D'ailleurs, il ne songeait même plus à construire sa propre maison, mais il pensait que la maison où il vivait avec son père, sa mère et sa soeur Minna, c'était, après tout, le meilleur endroit au monde.

* 17   Aids des amis

Le ruisseau gargouillait joyeusement à travers la forêt dans la lumière d'une belle journée d'été. Il naissait dans les profondeurs de la terre d'où son eau de source limpide comme du cristal s'écoulait sans cesse.

Le long des chemins forestiers et du ruisseau, sur les rives de l'étang et du lac, et dans la prairie, les fleurs rayonnaient de toute leur splendeur. Les myosotis de cinq pétales bleus, les campanules avec ses fleurs bleu-violet ou blanches en forme de clochettes, les fleurs blanches des marguerites, les trientales solitaires de sept pétales blancs, les violas pourpres, les boutons d'or parfumés de cinq pétales jaunes, les valérianes grecques avec leurs cinq pétales lavandes ou blancs en forme de coupe, les oseilles des bois avec de petites fleurs de cinq pétales blancs rayés de rose, les perce-neige blanches aux trois pétales pendulaires en forme de clochette, les linaigrettes blanches ressemblant aux queues de lièvre, les linnées boréales roses pâles de cinq lobes jumelés et pendantes, les grands iris jaunes vifs, les racèmes tout blancs des muguets et bien d'autres. Les fleurs tournaient leurs visages vers le soleil, s'alimentant de son énergie et de sa chaleur, et d'humidité du sol tout comme les arbres et d'autres plantes.

Les habitants de la forêt aussi étaient occupés à recueillir leurs aliments. Pour le long hiver, ils devaient en faire des reservés suffisamment des aliments variés. Ainsi, non seulement les parents mais aussi les enfants partirent travailler ensemble, très tôt le matin.

Nestori, l'écureuil, lui aussi, même s'il était déjà un vieux grand-père, partit également avec son sac à dos à la recherche de provisions d'hiver pour sa femme et lui-même. Il marchait avançant lentement et de temps en temps, après qu'il s'accroupissait dans l'arbuste, il prenait du repos en s'appuyant sur son bâton quand son dos devenait trop fatigué. De plus, le genou de Nestori lui faisait encore un peu mal. Un jour, son genou avait été coincé par une forte brindille et l'avait blessé. Alors, à la maison, sa femme la grand-mère écureuil Karoliina avait rapidement préparé de la résine enveloppée dans une feuille de plantain, et l'avait appliquée sur son genou avec un bande de toile d'araignée. Depuis lors, Nestori avait toujours mal à son genou et se sentait entravé quand il marchait. Il n'osait pas sautiller comme avant, mais se limitait à marcher lentement. Cependant, patiemment, il cherchait toujours des provisions pour l'hiver, tout comme tous les autres animaux.

» Ce serait bien si Karoliina était avec moi maintenant. Ce serait tellement agréable de marcher ensemble, comme lors d'un voyage. Mais qu'à-t-elle fait pour avoir ce mal de tête ce matin qui l'oblige à se reposer ? »

Se disait Nestori et il s'assit un instant sur les touffes d'herbes. Heureusement, des familles passaient par là et s'aperçurent de la situation de Nestori. Ils décidèrent d'aider le vieil écureuil et lui donnèrent une partie de leurs cueillettes de produits forestiers afin que Nestori puisse l'emporter chez lui.

Oh, il en fut si surpris et si heureux ! Il en resta sans voix, ému aux larmes. Parce qu'il n'attendait pas du tout ni n'espérait recevoir l'aide de quelqu'un. Il n'avait jamais été traité avec tant de gentillesse même dans les moments difficiles. Auparavant, il avait vécu dans une autre forêt, mais aucune habitant n'avait été aussi chaleureux qu'ici, dans cette forêt.

Chacun partagea avec lui, en toute bonne volonté, un peu de ses provisions, et alors l'écureuil Nestori réalisa que son sac à dos était rempli et que son panier était aussi à moitié plein. Et Nestori ne put pas que remercier humblement ces bienveillants habitants de la forêt pour leur aide inattendue. Puis, il les quitta tout heureux, marchant vers son terrier de la maison, escorté par quelques uns de ces sympathetiques amis.

...o * 18   Quand Miki souris a perdue sa mère

Les grands yeux tristes regardaient quelque part et les larmes scintillaient sur ses joues. C'était un souriceau de la forêt qui pleurait. Il s'était écarté de sa mère tandis que tout les deux cueillaient des baies. Et maintenant, il était désolé, assis sous un gros champignon amanite rouge, les moustaches de son museau tremblantes, sous le choc et tout effrayé.

» Bonjour petit, qu'est-ce qui t'arrive ? »

La voix claire venait d'une buisson de genévrier à proximité. C'était un oiseau d'alerte garde-forestier, la mésange qui s'appelait Titityy. Elle avait volé là pour reposer un moment, quand elle se rendit compte par hazard de la triste situation. La souriceau leva les yeux et vit à travers ses larmes la mésange charbonnière, qui le regardait curieusement sur la branche de genévrier dans le buisson.

» Moi ······ je ······ je suis complètement perdu, boohoo-boohoo. Je ne retrouve plus ma mère nulle part, boohoo. »

Le souriceau Miki répondit en pleurant désespérément et les sanglots faisaient trembler son petit corps. La mésange charbonnière regarda de près la souriceau et se sentait vraiment désolée pour lui. Titityy pensa qu'il fallait faire quelque chose le plus vite possible pour remédier à la situation.

» Calme-toi, maintenant. Ne t'inquiète plus comme ça, car heureusement je suis là. Eh bien, nous allons clarifier les choses à partir d'ici. D'abord dis-moi ton nom. »

L'oiseau parlait d'une voix apaisante, et en même temps, se demandait quelle serait la meilleure façon de trouver une solution.

» Je m'appelle Miki », répondit le souriceau.

» Eh bien, où habites-tu ? », demanda la mésange pour avoir plus de renseignements.

» Je, je ne sais pas – je ne sais vraiment pas », dit Miki et il recommença à sangloter plus fort.

» Dis-moi autre chose maintenant. Ta maison, où est-ce qu'elle se trouve ? »

Demonda l'oiseau avec patience. La petite souris Miki

commença à y réfléchir. Il y réfléchit si fort qu'il en oublia de pleurer. Puis, il répondit.

» Notre voisin c'est un grand arbre, où de nombreux pics verts construisent leurs nids, pour le moins c'est ce que dit ma mère. »

Et à ce moment-là, la mésange charbonnière comprit immédiatement d'où Miki venait. L'oiseau soupira de soulagement et dit.

» Attends-moi tranquillement ici, je reviens bientôt. »

Puis, il s'envola soudainement et vola d'un arbre à l'autre, d'un rocher à l'autre, près de l'étang de la forêt, vers les nouvelle constructions des pics verts, et s'arrêta sur la cîme d'un jeune pin tout en regardant autour de lui. Soudain, ses yeux virent bouger quelque chose au pied des broussailles de grandes fougères. Je me demande si ce n'est pas la journée de nettoyage de la famille hérisson, pensa-t-il à lui-même. La famille habite là. Je peux aller voir les hérissons pour en savoir davantage, ils savent probablement où vit la souriceau Miki. L'oiseau continuait de réfléchir, et descendit au pied des fougères. Mais, que vit Titityy? Une souris de la forêt, vêtue de gris, assise accroupi sur le sol avec un panier de son côté, pleurait.

» Oh la la, ce n'est pas possible. Ce n'est pas vrai, mon enfant. Mon garçon Miki. Où es-tu? Où as-tu disparu tout d'un coup, ce n'est pas possible, vraiment ce n'est pas possible. »

Elle parlait à haute voix, pour elle-même, en gémissant et ne remarqua pas tout de suite la mésange, qui sur le côté, l'écoutait et observait la détresse de la mère souris.

» Votre enfant a disparu ? »

Titityy demanda et sauta à terre en face d'elle. Son arrivée soudaine effaroucha la mère quand celle-ci vit l'oiseau.

» Oui ⋯⋯ mon enfant ⋯⋯ mon garçon Miki s'est éloigné

de moi, ce matin quand nous cueillions des baies. Je ne le trouve plus nulle part. Nous étions ensemble au début, mais après il a disparu. Peut-être qu'il était si absorbé par la cueillette des baies qu'il ne s'est pas rendu compte qu'il s'éloignait. Les enfants sont comme ça. Nous venons d'emménager ici dans ce bois. Aussi, ces lieux sont encore inconnus pour nous. Et voilà ce qui est arrivé. »

La mère souris répondait rapidement aux questions de l'oiseau, en se mouchant et en essuyant les larmes de ses yeux fatigués. Titityy demanda ensuite.

» Ah, je vois. Mais, dites-moi la mère, pourquoi n'allez-vous pas toute de suite chercher Miki ou bien demander à quelqu'un de vous aider ? »

» Je n'ose pas parce que j'ai peur de me perdre. Je n'ai pas le sens de l'orientation. De plus, il n'y a personne capable de m'aider. J'étais seule, et je me sens encore si seule maintenant. Je n'ai pas d'autre enfant que Miki. Son père est mort. Dans la grande forêt là-bas, où nous vivion avant, une grosse bête a mangé mon mari. C'était horrible ! C'était un gros chat sauvage. C'est pourquoi je suis partie avec mon enfant, loin de là parce que j'avait tellement peur d'y rester. Et maintenant, lui aussi a disparu, et peut-être est-il déjà mort. Oh, mon pauvre Miki. »

La mère souri gémissait.

» Non, non ! Tranquillisez-vous tout de suite bonne mère. Miki vit. Il est bien et en sécurité très près d'ici. Je l'ai vu il y a juste un moment. Il voudrait mieux y aller tout de suite avant que le jour ne commence à s'assombrir. Suivez-moi, la mère. »

Après avoir parlé l'oiseau s'envola tout d'un coup. La mère souris regarda l'oiseau avec stupéfaction, se leva et suivi le vol de la mésange. Et le long de chemin, d'autres petits habitants de la forêt venaient maintenant et s'elançaient vers elle. Mais la mère ne prenait pas le temps de s'arrêter pour saluer. Elle se précipitait là où se trouvait Miki. L'oiseau volait lentement, d'un arbre à l'autre, et s'envolait après s'être assuré que la mère qui courait au sol puvait le suivre ou qu'ils étaient ensemble. Et elle le pouvait certainement. Tout à coup, le champignon amanite était là, devant eux.

Et la mère vit son enfant de loin, qui était toujours assis sous le champignon avec son petite panier de paille tressé à son côté. Miki aperçut également quelqu'un qui venait.

» Maman », s'écria-il d'une voix stridente.

» Mon petit », répondit la mère, à bout de souffle, et elle se précipita vers Miki et prit tendrement son petit dans ses bras.

» Allez, allez, tout va bien, maintenant, mon petit Miki. Ne pleure plus. Tu as sûrement très faim et tu sembles être fatigué. Il vaut mieux rentre à la maison tout de suite. »

La mère souris parlait doucement, et séchait les pleures sur le visage de Miki avec son tablier rouge quadrillé. Alors Miki sourit. Ses yeux brillaient comme de petites étoiles. Et tout son visage avait l'air si heureux et joyeux, que Titityy n'avait jamais vu une telle créature aussi heureuse. C'était aussi une bonne chose. Et l'oiseau, avant de partir pour revenir à son nid, montra aux souris le chemin le plus court pour revenir à leur terrier, afin qu'elles ne s'égarent pas de nouveau.

» Je vous remercie mille fois. »

Dit la mère souris à l'oiseau, et ensuite, avec Miki ils marchèrent vers leur terrier, le long du petit chemin.

» À bientôt ! »

Cria Titityy, puis s'envola satisfait vers son nid dans un trou ombragé de l'épicéa. Et il signala également l'incident au garde-forestier en chef, la vieille et sage chouette boréale.

... ○ * **19   Moment de peur**

Les yeux vides de la lune regardaient l'automne tôt le matin. Les fleurs toutes blotties entres elles dormaient enveloppéss dans leurs couvertures forestières. Un esprit de ruisseau, d'un gris soyeux, regardait tristement les feuilles d'arbres flotter dans l'air parce que le froid et long hiver arrive. L'étang de la forêt était déjà recouvert d'un voile de givre, encore fragile comme la poudre argentée d'une aile de papillon. Et les arbres étaient devenus semblables à des mariées voilées de perles glacées. Le long des chemins forestiers, sur les mousses recouvertes de cristaux de glace, les airelles brillaient comme des perles de sang. La nature entière s'enflamma et devint une symphonie de couleurs flamboyantes. C'était la fête d'adieu pour l'été. Le feuillage prit ses couleurs d'automne.

Le Vieil Oncle de Givre s'approchait à grands pas. Il devait visiter encore beaucoup d'autres entroits avant l'arrivée du l'esprit de neige. Dans la forêt sur la rive du lac, sortant de son gros sac, des glaçons et des perles de glace, il les répandait aux alentours comme de chatoyants lamés qui transformaient le paysage en un monde scintillant, féerique. Même sur les petites fenêtres de la maison de la souris, le froid glacial, avec ses pinceaux de givre, dessinait des fleurs de glace.

Les habitants de la forêt s'équipaient pour l'hiver, déjà en bon temps. Les entrepôts alimentaires étaient pleins, leurs maisons réparées et scellés. Ainsi, sur le manteau de neige épaisse, les vents glaciales pouvaient venir à tout moment. Dans la froide matinée de l'automne, les habitants de la forêts se réveillèrent pour leur vie quotidienne et s'empressèrent de travailler. Soudain, dans l'obscurité de l'aube, une lumière brilla. C'était sans aucun doute la lueur d'une bougie et elle venait le long de la rive du lac, tout près de la forêt. C'était le Grand Génie, vivant de l'autre côté du lac, au fond de la montagne Myrtille, qui venait en hâte, une lanterne à la main, pour parler à la chouette borealé, gardien de la forêt.

On allait très vite connaître le motif de sa visite inattendue à la chouette borealé Ramu. Le Grand Génie était venu pour l'avertir d'un grand danger. Du Nord, au meilleur moment, viendrait un loup solitaire Ärjy, très mauvais caractère et affamé. Il errait dans les forêts.

Et selon le message apporté par les oiseaux, il était clair qu'il venait dans cette direction. Aussi, le Grand Génie informa d'urgence Ramu et tous les habitants de la forêt, puis, il s'en alla pour continuer son voyage vers la forêt voisine.

Ramu remercia le Génie de son avertissement et par sifflet convoqua rapidement à sa base de garde-forestier l'armée des oiseaux. Dès qu'ils arrivèrent, Ramu leur expliqua la situation et ordonna un couvre-feu la nuit pendant une semaine dans la forêt. Les oiseaux comprirent la crise, et aussitôt, ils s'envolèrent pour prévenir les habitants de la forêt de rester chez eux. En les écoutant, bien sûr, le tonttu Tomera rapidement dit, » Ne craignez pas un loup tout seul », toutefois il promit de respecter docilement le couvre-feu.

Trois jours s'étaient écoulés depuis la visite du Grand Génie, quand cela arriva. Le redoutable loup Ärja apparut d'abord dans la forêt au bord du lac. Ce fut à la tombée de la nuit qu'une grande ombre noire, effrayante, venant du bord de la prairie, se glissa dans la forêt. Heureusement, les petits habitants, respectant le couvre-feu, étaient rentrés chez eux juste un instant plus tôt.

Seules quelques oiseaux de garde restés dehors, se cachant à l'abri dans les branches des arbres, surveillaient les alentours. Près du centre de la forêt, le loup poilu Ärjy renifla le sol le long des chemins et des franges. Avec ses fortes pattes il grattait le sol, ici et là, creusait les souches, la mouillère de mousses ja les foins pourris, les buissons et les creux des rochers. Comme il ne trouvait rien à manger, il gronda, grogna et renifla avec fureur, en chuchotant, regardait avec colère de ses yeux brûlants d'un rouge incandescent. Il était évident qu'il avait faim. Aussi, il cherchait de petits rongeurs ou bien des lièvres pour manger. Mais en vain!

Tiiu, la mésange boréale, la première à repérer Ärjy, émit un sifflement aigu. En un instant, tous les oiseaux commencèrent à propager l'alarme de leurs cris. Ils retentirent dans la forêt et les petites inhabitant les entendaient, cachés dans leurs maisons. Ceux-ci avertis étaient sur le qui-vive dans leurs terriers afin de ne pas attirer l'attention du loup. Ce fut la famille musaraigne qui connut le plus grand danger. Tout près de leur terrier, la bête cherchait désespérément une proie.

Mais pourquoi Ärjy arrêta-t-il de creuser? Fort heureusement, cependant, ça se passa. Tout à coup, le loup leva sa tête, tendit les oreilles, renifla l'air, hurla trois fois et s'en alla rapide comme l'éclair, en sautant, le long du chemin de la forêt, retournant vers le Nord.

» Le danger est passé », pépièrent tous les oiseaux. Alors, les habitants, poussant des soupirs de soulagement, sortirent de leurs maisons. Le mauvais moment était donc passé, pour un certain temps au moins. Ils étaient si heureux qu'ils décidèrent de faire une fête qui eut lieu le lendemain, dans la grande cabane de tourbe du tonttu Tomera, dans une grotte protégée par un énorme rocher. Et le Grand Génie en était l'invité d'honneur.

Ce soir, les lanternes d'automne disparurent, et une tempête de neige couvrit le ciel et la terre. L'hiver était revenu dans les forêts et les prairies du Nord.

..。 * 20   Quand la lune suinta le vieil argent

C'était la veille de Noël. Sanna, une fillette de 8 ans était avec ses parents dans un petit village de montagne en Laponie finlandaise pour passer ses vacances de Noël dans la vieille maison centenaire de bois de ses grands-parents. La mère de Sanna était donc une sami. C'était toujours la saison joyeuse pour Sanna, lorsqu'elle passait des jours à la campagne chez son grand-père et sa grand-mère, loin de la grande ville, dans le pays des rennes et le désert montagneux environnant.

C'était eux que Sanna chérissait le plus ; surtout grand-père, qui lui racontait des histoires passionnantes de la Laponie au crépitement du feu de la cheminée le soir, et la conduisait en motoneige en hiver ou l'emmenait pour des randonnées dans la nature en été.

À la veille de Noël, des milliers d'étoiles scintillaient dans le ciel sombre de la nuit polaire. Pour célébrer l'ambiance de Noël, les aurores boréales flambaient et la pleine lune brillait. Les arbres portaient avec des voiles de givre nacré comme des mariées. Par -40 °C, en dessous de zéro, dans les congères de la cour, des feux dans des pots brûlaient dans l'obscurité comme des trous blancs dans la nuit polaire rayonnante.

Après le sauna, le festin terminé, tous s'échangèrent leur cadeaux de Noël. La nuit était encore longue, mais Sanna n'avait pas du tout sommeil. Elle était assise sur une peau d'ours sur le sol, et regardait les illustrations du grand livre de Kalevala, qu'elle avait reçu comme cadeau de son grand-père. Le salon était plein des arômes de tisane, de café, du festin et les pâtisseries de Noël, de l'arbre de Noël, des jacinthes et des bougies. Dans l'esprit de Sanna, Noël était aussi mystérieux et fascinant qu'un vieux conte de fée.

» Au moment où la lune suinta le vieil argent et que les étoiles descendirent sur les cristaux de neige ; au moment où, sur les épaules de tous ceux qui étaient existantes, les aurores boréales fredonnèrent comme l'orgue des anges, et une harpe de glace tintait dans la cavité de l'hiver ; au moment où les papillons morio dans le givre rêvaient et s'endormaient sous la couverture des usnées barbues du vieil arbre, et que les arbres avec bien des petits hiboux blottis sur ses branches chuchotaient aussi à voix basse. Alors, à ce moment-là, tout peut arriver, surtout la nuit de Noël. », racontait le grand-père pendant qu'ils parlaient tous deux avec Sanna. Le feu brûlait dans le foyer et, dans des pots en argile sur la table rustique de salle à manger, la lumière des bougies rayonnait et dont la douce lumière se fondait dans la nuit de Noël. À table, la mère de Sanna bavardait avec la grand-mère, et le père lisait le journal Peuple de Laponie. Le grand-père s'assit dans son fauteuil à bascule, en regardant Sanna et caressant son chien de rennes, Sameli. Tout à coup, Sanna cessa de parcourir le livre et demanda doucement au grand-père.

» Grand-père, raconte-moi encore une autre belle histoire. Par exemple, de la maison du tonttu, du gnome maahinen, ou de la sorcière, suonoida dans le marais. Et aussi l'etiäinen, cet esprit avertissant les personnes d'un événement extraordinaire dans le proche avenir, ou des choses sacrées sauvages, seita, ou le géni de montagne de forme ronde, tunturinhaltija, ou bien des fées. Oh, s'il te plaît. »

Grand-père caressa sa barbe blanche, regarda Sanna avec un sourire et dit.

» Eh bien, maintenant, je vais te raconter, pour changer, tout ce que j'ai vu l'automne dernier, quand je me promenais dans les lieux de la soucière Sau-Kaalep-velho.

Les lanternes vertes des arbres s'endormaient, ainsi que les fées dans leurs abris d'hiver. C'était le temps où tombait la neige. Le lac était gelé au fond, et le vent du nord soufflait sur le vaste marais couvert de perles de givre. Les canards, les fuligules, les bécassines, les cygnes et les oiseaux des marais avaient déjà migré. Les fleurs dormaient sous leur couverture givré. C'était le moment de la pleine lune.

Eh bien, au moment du souper, je me suis assis sur les rameaux, posés comme un tapis devant le feu, mangea des casse-croûtes dans une boîte. Soudain, un mésangeai imitateur vint en volant sur mon épaule et me dit : « Regardez vers le marécage Canneberge. », puis il s'envola. Je regardais donc par là, et qu'est-ce que j'ai vu !

À la lumière de la lune dans le vaste marécage, un rennes blanc de lune, un ours noir et un loup argenté dansaient ensemble comme s'ils étaient ensorcelés. À ce même temps, un nuage vint couvrir la lune, et quand elle réapparut, le marécage Canneberge était silencieux. Le renne de lune et ses amis avaient disparu. »

L'histoire du grand-père était miraculeuse pour Sanna, en particulier le renne de lune. Elle souhaitait seulement voir la même chose un jour. En étant avec son grand-père, c'était sûrement possible, pensait Sanna, puis elle bâilla et s'endormie. Elle aurait bien voulu que son grand-père raconte encore une autre histoire, mais au lieu de cela, le grand-père prit Sanna dans ses bras, et l'emmena dans la petite chambre préparée pour elle pour dormir. Grand-père lui souhaita de beaux rêves. Et il promit de lui raconter encore plus d'histoires le lendemain soir.

Sanna était couchée sur son lit en attendant le sommeil, et regardait la nuit d'hiver par la fenêtre. Le ciel brillait comme un jardin orné de diamants. Le sommet de la Finnmark, Ruija s'illumina. Et dans la cheminée du ciel, les vieux pins rouges élevés s'embrasèrent quand le Vieil Oncle du Nord brûla ses feux nocturnes. Les feux brillaient sur les vastes marécages et les montagnes de forme ronde, et éclairaient de multiples nuances. Plus loin, un renard arctique dessinait des lignes courbes comme une calligraphie sur le marais enneigé, et le cristal de l'hiver s'élevait comme des perles de glace sous ses pieds congelés, les tétras du saule se reposaient côte à côte sur le banc de neige. Les jeunes épicéas se tenaient bien droites comme des gardes à la frontière de la forêt, le hibou se baigna sur le banc de neige, et la lune dessina des silhouettes sur le marbre de la neige. Dans la zone Orresokka et les champs glacés dans Karhuvaara de Hirvas-Lassi, des hordes de loups assoiffés de sang étaient à la recherche de proies, l'éternel vent fredonnait sa sempiternelle chanson et la nuit polaire sans soleil du plein hiver était embrasée par des flammes de givre.

Quand elle fut enfin endormi, Sanna éprouva quelque chose de très étonnant. Cela semblait si réel qu'elle ne savait pas si c'était un rêve ou non. Car tout d'un coup un renne blanc de lune argentée éclatant, lui apparut quelque part dans sa chambre, et dit à la jeune fille de monter sur son dos. Sanna regardait émerveillée le renne, mais n'avait pas peur. Et comme le renne de lune lui promit de la ramener, cela encouragea Sanna et, en pyjama, elle monta sur le dos du renne de lune.

» Où m'emmenez-vouz ? », demanda Sanna.

» Vous verrez bientôt. », dit le renne.

En un clin d'œil, sa chambre familière disparut dans un brouillard, et Sanna ne voyait que l'espace autour d'elle, et les étoiles scintillantes. Ils traversèrent la Voie Lactée, volèrent à travers les nébuleuses, plus vite que la pensée, et atterrirent au pays des génies des aurores boréales. Le renne de lune emmena Sanna vers la montagne argentée, au château de la lune, là où vivait le héros de Kalevala, le Vieux Sage et le Ménestrel de l'épopée nationale, Väinämöinen.

Väinämöinen: » Oh, jeune fille vierge, blanche perle de marguerite, viens-tu partir loin du gîte du vent ? »

Sanna: » Je ne viens pas de là. Je viens de la Terre, du lointain pays nordique, la Pohjola. »

Väinämöinen: » Oh, de là-bas ! Des bas gîtes de genièvre du peuple, du pays rocheux et sombre au triste chant. Aspirez-vous à l'éternel, et venez-vous avec la volonté de vivre ici ? »

Sanna: » Je ne suis venue que pour une visite, pour solliciter votre sagesse. »

Väinämöinen: » Vous êtes toujours les bienvenus, une visiteurse sur les terres des étoiles. Écoutez donc bien ce que je dis, et cache les trésors dans ton cœur : Élève-toi toujours vers la cime de l'arbre, et lève-toi comme une étoile dans la nuit. Ne pris pas la main folle. Ne cède pas aux méchants. Reste loin de l'éclat méprisant dans l'œil. Répète les prières sur tes lèvres, la neige du cœur va fondre. Sois souple comme un jeune tige, alors, tu ne seras pas cassée sous l'orage ou dans les terres de gel insane, mais la vie sera compatible avec vos valeurs. »

Sanna: » C'est clair, ici, non ? Les lumières scintillent

partout. »

Väinämöinen: » C'est qu'ici, la porte du ciel a un spectre de sept couleurs, l'un sur l'autre, des milliers d'étoiles, des demeures au Lieu Éternel. Ensuite, ci-dessous, c'est la Terre, sous le voile de la Polaris. Il y a le visage de pierre balayé par le vent, les chemins couverts de glace et de neige. Lourd est un voyage de marcheurs. »

Sanna: » Ma maison, cependant, est là-bas. »

Väinämöinen: » Mon argent, ma fille, ma fée que le sommeil m'a apportée, la Terre est si lointaine, tout en dessous. Les traces du vent sont sur tous les visages et portent le chagrin sur les lèvres, jusqu'à ce que l'appel des anges ne sonne. Et quend le ciel touchera ton cœur, et que de nombreuses étoiles s'épanouiront sur les chemins, à ce moment-là, tu dois êtes à faire l'ascension. »

Sanna: » Comment puis-je toujours trouver le bon chemin sans me perdre ? »

Väinämöinen: » L'étoile de l'œil, ma belle, flaire le vent contraire, il'y a le chemine où tu dois avancer. Écoute la prière du vent, le discours profond des arbres. Regarde tout avec les yeux de ton âme. Obéis à ton coeur pur. Sois aussi résistante que l'acier de fer, et sois froide qu'une perle à l'appel du mal. Suis toujours la rue principale de la lumière, la sorcière de la nuit s'enfuira par dessus les épaules de la journée. Ne cherche pas conseil auprès des lèvres les plus aigues. Ne vis pas dans le domicile sombre de la méchanceté. Cherche toujours ton propre troupeau comme les oiseaux leur nid dans les arbres, la noblesse brille dans ton cœur. Évite un faux réseau et ceux que la colère habite. Rappelle-toi que celui qui ouvre son coeur, les portes ouvertes dans toutes les directions, et aussi la couverture du livre vers des grandes demeures. »

Sanna: » Où vais-je trouver mon bonheur ? »

Väinämöinen: » Âme de la lune, ma fleur. Ce n'est probablement pas les terres sauvages où ta vie sera la plus heureuse. Là où tu pourras vivre dignement c'est dans ta maison, au coin du feu. Mais seulement si tu as du soleil au cœur, le nid plein de les linaigrettes, une lanterne de paix à la fenêtre, un sourire fleuri sur tes lèvres, alors ainsi sera le givre dans les autres pays, les loups sur les talons des trolls peikko, le troupeau des langues de serpents, et les tourbillons des tempêtes. Et puis, l'union est importante comme écrit dans le Livre Ancien : par une belle nuit d'été, les fleurs parfumeront la prairie, tu rencontreras ton jeune fiancé et vous serez unis comme des flammes. À ce moment aussi les vents apaisent le noyau de votre cœur. »

Sanna: » Sage et bon Väinämöinen, où puis-je trouver des amis ayant le cœur du même résonance que le mien ? »

Väinämöinen: » Mon argent, mon oiseau ! Écoute les vagues de l'eau, regarde le chemin des nuées. Les jeunes filles de l'air sont très agréables, les plus appropriées pour faire une chanson. Quand la lune est comme un feu dans la soirée, le feu dans la nuit est comme un phare, à ce moment, la fille du vent est dans sa maison; la nymphe de l'eau est sur la rive; la nymphe de la forêt se trouve sur les chemins, les fées des fleurs sont dans leurs prairies, les cœurs du même résonance se rapprochent les uns des autres au crépuscule la nuit d'été. Et rappelle-toi ! Fuis les chansons de la sorcière dans le désert, détourne-toi de la terre voilée de la jeune mariée des marécages. Ne tombe pas dans la forêt des gnomes maahinen, et évite le regard de l'esprit de gel. Garde tes distances des forces de la ruine, des racines du mal sur la terre de la sorcellerie. Parce que, dans l'abîme d'un cœur noir, les vipères venimeuses de la plus grande guerre mordront. La paix ne bouge pas dans l'obscurité, ni gémit avec des lèvres sanglantes.

Ce que tu as appris ici c'est comme un trésor, le flambeau de l'apprentissage vers le chemin de la vie, et la brillante flamme pour éclairer ton cœur. Lis des étincelles du Saint Kalevala, lorsque tu désires ardemment l'Éternel, ou quand tes joues sont brodées de larmes ou que ton cœur plein de pierres fait des bruits étranges. »

Sanna se mit gracieusement à genoux, et remercia Väinämöinen pour ses conseils. Dans le même temps, le renne de lune apparut de nouveau à sa place. La visite à la résidence de Väinämöinen était terminée. À l'heure de départ, Sanna était déjà assise sur le dos de renne de lune, et Väinämöinen glissa une bague argentée au doigt de la jeune fille comme souvenir, qui avait une pierre de lune ronde comme ornement. Et quand Sanna examina de près la pierre, elle y vit l'image vivante de Väinämöinen, qui avait l'air fragile à travers les motifs des aurores boréales, comme un voile de givre sur la pellicule d'eau. Sanna était fascinée par le don. Mais elle n'eut pas même le temps de le remercier, parce que rapidement tout fut recouvert d'une brume argentée. Et ils volèrent de nouveau à travers les étoiles scintillantes, à travers la cascade de l'aurore, le long du pont de la lune vers la Terre et vers la maison du grand-père de Sanna.

Au même moment, Sanna ouvrit ses yeux et vit émerveillée qu'elle était couchée dans son lit. Le renne de lune ne se trouvait plus là, ni Väinämöinen. Mais la bague ! La bague était toujours à son doigt comme le signe de sa visite à Väinämöinen dans le Château de Lune. Mais, par la suite, Sanna s'aperçut de cette merveille : la bague était si spéciale que son véritable aspect ne pouvait être vu seulement que par ceux qui croyaient vraiment que Sanna avait été l'hôte de Väinämöinen. Pour les autres personnes, la bague ressemblait juste à une babiole et la pierre était aussi tout simplement une perle en plastique.

Au café du matin, à la table, Sanna raconta sa merveilleuse visite à la famille, et leur montra la bague comme preuve. Les gens souriaient gentiment à Sanna, comme souriant à la fantaisie du rêve d'un enfant et de son histoire, mais pas le grand-père. Quand il vit la bague, il sut que le voyage de Sanna avait été réel. Parce que, tout comme Sanna, il voyait sur la pierre fe la bague en argent, comme dans un miroir, le visage vif de Väinämöinen, qui rayonnait profonde sagesse. Grand-père regarda Sanna, et hocha la tête avec un sourire, comme pour lui montrer qu'il savait que c'était vrai. Sanna compris immédiatement, et il s'en réjouit.

Depuis lors, Sanna et grand-père avaient un trésor commun, et de plus l'accès au monde des mystères.

*21   Nöpö, le tonttu de la forêt

Le bleu du crépuscule de décembre couvrait déjà le jour, en hiver le soleil hibernait pendant la nuit polaire. Dans la petite forêt, un sentiment de paix régnait. Seul, de temps en temps, un lièvre se bouga, se déplaçait quelque part et revenait bien vite dans son terrier chaud.

Une vieille chouette boréale venait de prendre tardivement son petit déjeuner, lorsqu'elle regarda le temps dehors et remarqua en-dessous, sur le terrain, un mouvement. Quelque chose de rouge apparut pour un court instant, et une lumière vacilla au milieu de la neige.

» Reste encore ⋯⋯ c'est autour ⋯⋯ comment se fait-il maintenant ⋯⋯ pour que ⋯⋯ au nom de la loi. »

La chouette émit soudain un cri de la fenêtre de son nid.

» Hou-hou, quelle créature êtes-vous ? »

Elle continuait de manière aussi terrible que possible, en essayant de paraître impressionnant et puissant qu'un représentant de la loi, tout en hérissant ses plumes.

» Ah, ha, j'ai vraiment eu peur ! Je suis un nisse, Nöpö le tonttu. Je suis venu ici hier avec ma famille, ma femme et deux enfants dans votre petite forêt. Auparavant, nous vivions dans une grande forêt, qui est à deux jours de voyage d'ici. Mais elle a perdu la paix et a commencé à être trop bruyante et effrayante, parce que les chasseurs et les monstres de machine des bûcherons ont dérangé les animaux sauvages de la forêt; de plus, ces intrus ont provoqué la pollution. Aussi, nous devions partir. Nous avons rencontré par hasard un mésange bleue. Elle est venu la semaine dernière dans la forêt où nous vivions. Elle nous a dit qu'il y avait un abri approprié dans une tranchée chaude en bas de l'arbre de sa maison pour nous. Ainsi donc, nous avons décidé de nous déplacer. Et nous sommes ici aujourd'hui, et on s'y sent bien. Une autre famille des trolls peikko arrivera encore, aussi de la même forêt, demain, sans doute. »

Dit le tonttu Nöpö à la chouette boréale tout heureux.

» Ahaa, je vois, c'est ça, ahaa»

Répondit la chouette un peu désorientée. Elle n'avait jamais rencontré de sa vie une créature semblable au tonttu de la forêt. Il ressemblait à une être humain, et encore des plus petits, et de plus il comprenait la langue des animaux.

» Qu'est-ce que c'est les trolls peikko, ou ce qu'ils étaient, même alors ? »

Pensait-elle en elle-même et en même temps, elle regardait attentivement le tonttu Nöpö. Le tonttu semblait être pressé, et lui dit.

» Nous allons pendre la crémaillère dans notre nouvelle maison demain. Je vais inviter au village les habitants de cette forêt. Venez vous aussi, s'il vous plaît, je serai très heureux de vous recevoir et vous accueillir quand vous venez. »

Et puis, il partit, faisant tourbillonner la neige. Son chapeau rouge comme un chapeau de Noël, sa barbe blanche grise touffue et la lueur d'une petite bougie se balançaient d'une manière énergique au rythme de sa course. Le tonttu alla sur le terrain enneigé vers la maison de la famille hérisson.

» Ahaa, la crémaillère. Demain ! Pour le nouveau logement de la famille du tonttu. Dans son terrier ...... hmmm ...... je vais y réfléchir. »

Marmonna la chouette boréale à elle-même et elle se retira dans le trou de son nid pour faire une courte sieste.

» Ils ne seront pas là-bas sans moi. Je représente la loi dans cette forêt. Et là où je suis, l'ordre est toujours maintenu. Quoi qu'il en soit, je dois y aller, puisque c'est mon devoir. Et, sûr, demain les trolls peikko y viendront aussi. Qui sait comment seront excités nos enfants de la forêt. Je dois y aller. C'est vrai ! C'est tout ! Hoh-hoo, après tout ......, je suppose que la nourriture y sera offerte, sinon, je ne vais pas (bâillement) aller au village. Il existe ici une telle variété de créatures. Les animaux maintenant sont bien réel, et les êtres humains aussi, ça encore je comprends, mais qui connaît les nisses tonttus et les trolls peikkos, je ne sais pas ce que mes vieux yeux verront encore avec le temps. ...... Hou-hou, ouf, je suis épuisée maintenant ...... (bâillement) »

Se dit la chouette ensommeillée, puis elle s'assoupie, légèrement.

-Fin-

POST-SCRIPTUM

Je vais vous présenter les fées finlandais. Les Finlandais apprécient la présence d'une variété de fées dans leur vie quotidienne.

Etiäinen, croyance folklorique de Laponie et dont le nom provient aussi du lapon. L'etiäinen est un objet invisible qui circule dans l'air. Il avertit la famille lorsqu'un incident anormal est susceptible de se produire chez eux afin que les membres de la famille puissent s'y préparer.

Haltija, un bon esprit, un ou une génie. Il vit dans un lieu précis, et détermine et arrange les événements qui doivent se produire là où il est et surveille la situation. Le suonhaltija vit dans les marécages et le tunturihaltija dans les montagnes. Le saunahaltija vit dans le sauna. La revontulihaltija est une fée ou génie de l'aurore. Quand l'aurore apparaît, son chantant scat magnifique retentit dans le ciel.

Henki est un esprit semblable à l'haltija. Le hallanhenki est un esprit du givre.

Keiju est une jolie fée d'un à deux pouces de taille. Elle a des ailes scintillantes et translucides sur le dos pour voler rapidement dans l'air. Le kukkakeiju est une fée des fleurs et les protège.

Maahinen est un esprit des bois, un gnome. Il y a des mâles et femelles. Maahisukko est un mâle. Elle ou il a de longs cheveaux vert et un visage vert ridé. Elle ou il semble effrayant avec ses ongles longs. On le voit souvent accroupie près du sol.

Menninkäinen est un esprit de la terre, un gobelin, plus

grand et plus lourd que le maahinen. Il vit sous terre et protège les trésors souterrain. Il ressemble à un ours, et souvent chante des chansons.

Mörkö est un monstre imaginaire, noir ou marron, le croquet-mitaine ou un spectre. Il effraye les enfants.

Neiti est une nymphe vivant dans l'eau ou le bois. Elle est gentille, douce et sentimentale, d'une taille d'environ 59 pouces de hauteur, presque comme un adulte humain. Elle a une long chevelure blonde, et est vêtue d'une longue robe étincelante comme une surface de l'eau. Elle peut aimer un homme et avoir un enfant avec lui. Quand la neiti est proche, on peut sentir un doux parfum et entendre une agréable mélodie.

Noita est une sorcière ou un sorcier censée posséder des pouvoirs surnaturels comme la reine qui apparaît dans l'histoire de Neige Blanche. Elle ou il peut faire de bonnes choses comme de mauvaises. Une grande partie des noitas est femelle. Le suonoita est ce qui vit dans les marais.

Peikko vit sous terre ou dans une grotte. Il y a de petits et de grands trolls peikkos comme on en voit dans une famille Moomin créée par Tove Marika Jansson, l'auteur des livres de Moomin pour les enfants.

Virvatuli est une flamme fragile, un feu follet, qui ressemble à l'*onibi* ou *kitsune'bi* du Japon. L'*onibi* est l'esprit des morts, d'humains et d'animaux, souvent des gens plein de ressentiment. Le *kitsune'bi* signifie littéralement la flamme du renard. Le virvatuli accompagne souvent le tonttu.

Tonttu est une fée de la taille d'un pouce, un nisse. Parfois, il porte une longue barbe. Le joulutonttu travaille comme assistant du Père Noël pour préparer les cadeaux de Noël pour les enfants du monde. Le kotitonttu ressemble aux êtres folkloriques japonais, le *zashiki'warashi* ou bien *yashiki'warashi*, l'esprit d'un enfant qui vit dans une maison. La maison où vit le *zashiki'warashi* est considérée comme attirer le bonheur.

Finalement, la seita, le naava, et le kiiltomato existent en réalité dans la Laponie.

La seita est un endroit ou un objet que les Samis adorent, comme une pierre de forme spéciale, une vieille roche ou un arbre ressemblant à une statue.

Le naava est dépourvu de feuilles et filamenteuses, une genre des fruticuleux lichens gris-vert pâle ressemblant aux cheveux longs, et résidant sur l'écorce ou les brindilles. La même mousse, usnea, existe également au Japon et s'appelle la mousse barbe, *hige'goke* ou *saru'ogase*. En hiver, les naavas, qui résident sur l'écorce et les rameaux des vieux arbres, sont gelés par le givre et la glace formant des panicules blancs purs. Les arbres dorment samblants des vieillards à la barbe blanche. Le tonttu porte des vêtements faits de tissu de naava tissé.

Le kiiltomato est un insecte lumineux. Imaginez une chenille de froide fluorescence dans la nuit sombre. Le kiiltomato existe aussi au Japon.

Parlons de Kihovauhkone et Näkki.

Kihovauhokone ressemble à la créature imaginaire japonaise, *kappa*. Le *kappa* est dépeint comme un homme de la taille d'un enfan avec une peau de reptile de couleur bleu ou d'un vert tirant sur le jaune. Il a une carapace sur le dos, un bec pour bouche. Le dessus de sa tête est sans cheveux, plate et humide, qui s'appelle un plat, *sara*. Quand le plat s'assèche, le *kappa* perd sa puissance et meurt. Il a les doigts palmés à la mains et au pied. Il vit dans les étangs et les rivières, et nage rapidement comme un poisson. Quand des personnes marchent le long de la rivière ou de l'étang, il sort tout de suit de l'eau et leur mord les fesses. Parce qu'il aime manger les fesses des gens et parfois celles des chevaux. L'autre nourriture préférée du *kappa* c'est le concombre.

Kiho comme Kihovauhkone peut faire référence à la mythologie de l'archipel des Tuamotu, où Kiho-tumu est le Dieu suprême.

Selon le Dr d'Archtecture finnois Martti I. Jaatinen, Kiho signifie un patron dans une certaine manière, et se considére mieux que des autres. Le mot, cependant, a un rôle un peu négatif. Le verbe finlandais « kihota » signigie élever, se lever ou se monter, par exemple : Le sang se montait jusqu'à la tête en colère. Kiho, timide ou capricieux, c'est celui qui est facilement effrayé et commence à se comporter de façon incontrôlée, s'enfuit, ou saccage tout. Vauhkonen lui, c'est une quelque chose qui se passe toujours. Pris ensemble ces deux mots, Kiho ajoute l'idée de « folie » au Vauhkone ordinaire. Kihovauhkone peut être considéré comme celui faisant constamment quelque chose d'absurde, sans aucune maîtrise de soi. Ici, c'est une telle créature de conte de fées.

Näkki est une créature mythique. C'est un esprit malveillant ou un tuteur vivant dans les rivières, les étangs, des puits ou autres. Il apparaît sans forme, couvert de plantes aquatiques, ou ressembler à un lézard ou une grenouille. Il se moque souvent des gens et peut même enlever quelqu'un. Parfois, se transformant en un beau jeune homme ou une belle jeune fille, il séduit un passant peu méfiant, l'entraînant dans les profondeurs de l'eau.

Voici une histoire de Kihovauhkone et Näkki.

Ce récit est le souvenir d'un auteur finlandais du début des années 1900. Juhani Aho, qui, dans son enfance, approcha le lac sans la permission de ses parents. Mais, bientôt, il prit peur et courut à la maison.

» Une bande de gros poissons à nageoires rouges nageaient à la surface du lac profond. Ils étaient si habitués aux personnes qu'ils sautaient près de la rive. Leur dos émergeaient de l'eau et il semblait qu'ils s'efforçaient de monter sur la rive. C'était, peut-être, des enfants pris par Näkki. J'ai entendu dire qu'il attrapait les enfants qui vont seuls jusqu'à la rive sans permission, qu'il les emmenait dans son château et les changeait en poissons. Tout à coup, ils sautèrent à nouveau violemment et disparurent. Sont-ils allés raconter à mon père que je suis venu seul ici ? J'ai vite couru loin de la jetée. ······ C'était bien Kihovauhkone, qui ressemblait à un être humain, mais à peine a-t-il atteint la rive, qu'il ne s'en retourna pas mais plongea aussitôt au fond du lac, puis se leva sur la rive de l'autre côté du lac. Il avait les doigts et les orteils palmés. C'est bien connu de tous les poissons. Kihovauhkone est allé au château d'or de Näkki et là il a vu un brochet long comme un navire d'église. Lorsqu'il est pressé, Kihovauhkone monte sur ce brochet. «

[Ref: Juhani Aho, Vous vous souvenez – Muistatko -? 1920, pages 32 - 33 ; la version japonaise 2015, p.85]

Contes de Fées de Laponie

ラップランドの妖精の話

目次

はじめに

1　ラップのトンットゥの引っ越し

2　トンットゥのトビのこまった状況

3　ペイッコのおじいさんの教訓

4　あたたかな暖炉の火のそばの語らい

5　もっと大きな風景への旅立ち

6　ネズミ一家の恐怖のとき

7　春の嵐

8　ネズミのレエタのインフルエンザ

9　新しい家

10　トガリネズミの婚礼

11　レッスとピエタが友だちになったとき

12　カエルのシモに永遠の友ができたとき

13　ティイが幸せを見つけたとき

14　人間の暗い心

15　ペイッコの子の夜の冒険

16　ペイッコのムッリがすねたとき

17　友の援け

18　ネズミのミキが、おかあさんからはぐれたとき

19　こわいとき

20　月から銀がこぼれるとき

21　森のトンットゥ　ヌプ

あとがき

はじめに

目薨ゆみのラップランドの妖精の話は、友だちはどこで見つかるか、幸せはどこで見つかるか、そっとあなたに教えてくれるでしょう。

花にふれると、無限にふれる。ふれる感じは、あのひそやかな声。
身体の感じではなく。地震とも、風とも、火ともちがう。不可視の世界の感じ。妖精が目をさまし、息を吹き返す、あのひそやかな声。
　　　　　　　　　　　　　ジョルジュ・W・カルヴェール

トンットゥの足跡　小さくて、決してどこにも見えません。
とても静かに軽々と、トンットゥは小径を歩きます。
それは心に聴こえましょう。
　　　　　　　　　　　　　アンネ・パユルオマ

おとぎの国への小径

白鳥一家が住むという
沼の葦に
タシギが飛ぶという
アカオカケスの岸辺に。
メンニンカイネンの腕に
だかれた妖精の少女
かすかな花のような
夏の妖精。

風が吹き 木々がさざめく
沼に霧がたちこめ
魔物の小径を 財宝のありかへ
　ヒイシ
森をくぐりぬけると
鬼火ちらちら
森のおくへ踊るかなたに
黄金の門が
すこしひらいているでしょう。

小径が見つかると
おとぎの森へ
招く呼び声が聞こえると
ハルティヤ
精霊の国へ。
おとぎ話が見つかると
あなたのために あの音がなり
それが 心に聞こえるでしょう
あの静かな呼び声が。

*1　ラップのトンットゥのひっこし

神秘的なくらやみが、氷のように森にこぼれていきました。月の顔には、しずけさがやどっていました。漆黒の冬の空に、ランタンの光のように、星がぴかぴかきらめいていました。しんしん冷える真冬の夜。かんこと凍みついたかた雪に、満月の光が黒い影をえがいていました。樹木は雪布団の下で、ぐっすり眠っています。森じゅうの住人たちが、平和な夜の眠りを眠っていました。

夜警のフクロウだけが、ホッホッと、笛のような声を四方にひびきわたらせ、小さな岸辺の森の生活は、しっかり守られていると、つげていました。危険におどろかされることは、起こりようもありません。たった今もキンメフクロウのラムが、森のまんなかにたかくそびえるトウヒのてっぺんにとまり、しずかな雪原を、のんびり見わたしていました。なにもかも平和でした。

キツネも踊る、すてきな月夜でした。それなのに、キツネのトゥオマスは巣穴にこもっていました。クマのサンテリも。ながい冬のあいだじゅう、かくれがの巣穴で眠るのでした。ウサギのヤッセだけは、いつものように仲良しの女の子ウサギに、あいにでかけました。寒暖計は－４０℃だもの、暖かな家のなかにいるのが、なにより最高でした。しかし、とつぜん、ラムは、かんことしみついた雪原の、おかしなうごきに気がつきました。

「やれやれ、貂のサメリが、また、自分のお気に入りの場所にやって来たにちがいない」

ラムはそう思いこんで、ふしぎなそのできごとを、よくたしかめもしないで、あちらをむいてしまいました。そのまにも、ふしぎなことが起きていたのに！かんこと凍みついた雪原に、いそがしそうにうごいていたの

は、貂ではなく、あごひげのある小さなトンットゥの老人でした。老人は、ヒゲゴケで織った布の服をきて、つま先がそったラップ人のヌトゥッカ靴をはいていました。しばらくのあいだ、小枝でラップ式の寝床をこしらえていました。つぎに、しあがった寝床のわきに、かわいた木切れをあつめて、たき火をおこしはじめました。それから、トンットゥは、寝床のモミのマットにちょこんとすわり、ひとやすみしてから、ひとしきりナップサックをかきまわして、たべものをとりだしました。そのとき、ようやく、ラムは、たき火が燃えているのに気がつきました。

「これはおどろいた」と声をあげ、目をこらしました。一瞬のためらいもなく、キンメフクロウは、たき火をめがけ、寝床のまえにまっすぐ飛んでいきました。トンットゥは、びっくりぎょうてん。

「ヤレ ……　この辺りの森は、住むものもないと思っていたにょぉ。こんなに深閑と、しずかだものよぉ」

トンットゥは、そう言いながらみどりの目で、たずねるように、鳥を見つめました。

「ここは、だれも住まない森ではないぞ。ここには、わたしの仲間がいる。ほかには、だれもいないけど」キンメフクロウは、ふだんとちがう状況に、すこし息を切らして答え、そして、ことばをつづけました。「わたしたちの森には、禁じられていることがある。家のなかで、暖炉やローソク立てならいざしらず、ここで火をたいてはいけないのだよ。だからこうして監視しているのだよ。わたしたちの住む森を、あらゆる方法で守らなければいけないからね。もし森が焼けてしまったら、ちょうど今、このたき火が火元になって、そんなになったら、わたしたちは、もう、どこにも住む家がなくなるのだよ」

「おっしゃるとおり。この火によく用心しましょう。もうしんぱいは、いりません。わたしは、旅のとちゅうなので、空の下で、眠るつもりで、たき火を燃やしたかったのですよ」

小さなトンットゥは、おちついて答え、それから、やわらかいイラクサパンのかけらをかじりながら、すすけた小さなポットから、花模様の木のコップに、ゆげの上がったヤカラキノコのお茶をついで、いかにも熱そうに音をたてて飲みはじめました。

「あなたも、なにか食べなさい！ヤカラキノコのチーズでも、めしあがれ」

トンットゥは、ほほえんで、おおきくわけたチーズを一切れ、がんこな顔つきをしたキンメフクロウにすすめました。ラムは、よろこんで、おいしそうにチーズを食べ、みょうにうきうきして、トンットゥのそばに、すわりました。すぐに、むかしからの友だちのようになりました。ハイキングで、みんなでわになり、たき火であたたまるみたいにあたたまり、おしゃべりをして、おやつを食べて、その夜はたのしくすぎていきました。

夜がふけるころには、キンメフクロウは、トンットゥ、つまりニッラおじさんが語る、いろいろな話を聞きました。じぶんのことや、旅をしているわけを、ニッラは、ラムに話しました。その話というのは、森に住むものたちみんなが、あとで聞くことになりますが、こんな話です。

ニッラおじさんは、家にすむ老トンットゥで、人寂びたラップのおくふかく、愛川（レンメンヨキ）と銅川（ヴァスコヨキ）のあいだにあるペフコセン谷（クル）の原野に、丸太小屋をつくって住んでいました。ニッレは、夏は、小川の支流で、砂金を洗い、一人きりの平和と、茸山（ヤカラバア）と白い丘（ヴァルコヴァアラ）と離れ山（スキエッシマトゥントリ）の風景に、満足して暮らしていました。ところが、とつぜん、すべてがかわってしまいました。

街のさわがしさや、めまぐるしいいそがしさとは、遠くへだたっているラップランドの原野の、自然のきよらかさと、手つかずのうつくしさと、安全な平和が、観光客に見つかってしまったのです。おそろしく大勢の観光客が、外国からも、ぞくぞくとラップランドにやって来ました。しかも、伐採業者が、ものすごい音をたてる機械をつかって、樹木をきりたおし、あたりいちめんまるはだかにしてしまったので、つぎつぎと森が消えていきました。くさりのように川でつながった湖たちに、世界中のあらゆるごみがながれこみ、木の実の丘には、ショベルカーや電動ソリが、うなりをあげました。トンットゥは、こんなすべてに、うんざりしました。

それで、平和を愛するニッラおじさんは、かなしい気もちで、愛する丸太小屋の家をはなれて、人間がよごしたりこわしたりしていない、まだ平和な自然がのこる森に、新しい住まいをさがしにでかけました。こうして、ニッラは、もうなん週間も、ひっこしの旅をしていました。ラップランドのクウサモ地方にある魔の丘（ヘイデンヴァアラ）まで行っても、よい場所は、見つかり

そうもありませんでした。

　ニッラが、トナカイのほそみちを歩いていると、静脈島(スオンナンサアリ)生まれの按摩上手(キトカンヴィイサ)という名のマアヒネンの老人に、であいました。ニッラをお客として迎えいれ、ひろい湿地にとどまって、いっしょにくらそうとさそってくれました。まだかなり平和にくらせるとはいえ、そこも、すでに人間による破壊(はかい)の爪痕(つめあと)が見られました。魔(ヒイデン)の丘(ヴァアラ)の近くも、すでに、ほとんどの木が、なぎたおされ、森は山頂にわずかにのこるだけでした。こんどは、そこの番だろうか？トンットゥは、そこにとどまって見ているのは、しのびないので、マアヒネンの老人に、いとまごいをつげ、先へ先へと旅をつづけました。ニッラは、マアヒネンから飯山(イイオリ)の温泉水のビンづめを、おみやげにもらいました。ひとくち飲むと、あらゆる病気がすぐなおる秘薬でした。そのうえ、どんな長旅も、元気につづける力(ちから)がでました。

　こうして、ニッラおじさんは、ようやく湖の岸辺の小さな森につきました。湖のむこうの大きなブルーベリー山が、うっすら青く見えました。まるで、ふるさとのラップランドのまる山(トントゥリ)のようでした。土肥(ランナンマア)が、どちらの方角なのか、ニッラは、すぐには、わかりませんでした。けれど、この森は、すくなくとも、いまは平和で心地よい、家庭的な感じがしました。こんもりしたラップのまる山(トントゥリ)にそっくりなブルーベリー山が見えるのが、なによりでした。それでニッラおじさんは、そこにとどまって住むことにきめました。フクロウも、それには、まったく、はんたいしませんでした。それどころか、純粋な暮らしを大切に守る、そういう住人が森に住むのは気もちのよいことです。

　こうして、ラップのトンットゥは、いまなお清明で平和な森のおくに、フクロウのラムの巣がある木のそばのコケむした自然の山小屋を、新しい住まいにしました。ラップに住んでいたころとおなじ、丸太小屋の平和を、その原野で、ふたたびたのしむことができました。雄弁なしずけさと自分の物思いに、耳をかたむけ、冬の夜は、あたたかな小屋で、ランプのローソクの薄明りのもとで、山の小川でみつけた砂金をながめ、すぎさった日々を思いだしながら、くらしました。

　ニッラおじさんは、ラップのきれいな鳥クウッケリと、異変を知らせる妖精エティアイネンを、とても、なつかしがりました。そのほかは、生

活に、すっかり満足しました。

…。 *2　トンットゥのトピのこまった状況

森は冬。樹木は、氷の真珠のベールをかぶった花嫁のようでした。白く凍った森は、結婚式のように白銀の雪につつまれていました。

　一月です。凍える極北の闇夜でした。オーロラが燃え、雪のふきだまりに、白霜の真珠が、きらきら光っています。満月です。月の光りの下で、キツネたちが踊っていました。氷のような青白い月の光が明るく照らし、木々を透かして黒い影をえがいて、森のペイッコや、さまざまなふしぎなおそろしい影を、凍てついた雪だまりに映していました。トウヒの枝は、ピクリとも動かず、森はまっくらな極北の冬の眠りについていました。それでも近くで、キンメフクロウが星にむかってホーホーとなき、ウサギは、なれたように巣穴をめざし、せわしなくとびはねていきます。

　しかし、あれはなんでしょう？フクロウは、変しなことに気がつきました。しげったトウヒの下、ふかぶかとつもった雪の上に、森のトンットゥのトピがすわって身じろぎもしないで、こごえる夜の闇を見つめています。頬に涙がきらりと光り、あごひげをふるわせて。トンットゥのトピは、あきらかに泣いています。そばのトウヒの上の巣から、フクロウが、トンットゥのそばにまいおりて、たずねました。

　「いま時分、そんな寒いところにすわって、涙で目をぬらしているとはどうしたのだろう。トンットゥの家に、なにごとか起きたのかい？」

　「わたしには、わかりません。一日、留守にしていました。わたしは、なんと不幸なのだろう！トンットゥの家に帰るみちが見つかりません、一日中、吹雪がふきあれ、細道が雪のふきだまりにうもれてしまいました。村から、いとこのところへ行っているまに、ここで、わたしの道が雪だまりにきえていました。これからいったい、どうすればよいのだろう」

トンットゥは寒さに凍え、ことばをつまらせました。
　「友よ、かなしまないで！わたしの背中に、すわりなさい。すぐに、あなたをトンットゥの家にはこんであげよう。どんな天候でも、夜でも、そこへ行く道がわかりますから」
　フクロウは、なぐさめるようにいいました。それで、トンットゥのトピは悲しみからたちなおり、トンットゥの家にぶじにかえりました。
　フクロウは森に住むものたちのガードマン。目ざとく、かしこい救助隊です。
　人間も自然をたすけて守りましょうね。森は、たくさんのものたちが、つまり、あなたの友だちが住む家ですから。

*3　ペイッコのおじいさんの教訓

かがやく星は、空の上で平和をたたえていました。空には、天使のかなでるオルガンのように、風がそよいでいました。とびたつ野生の白鳥たちの声が、うすぐらい木の枝をふるわせました。月光が、流れのはやい小川のさざ波になり、星がそこで泳いでいました。岸辺では、黒髪のようにコケむしたした岩石が、水面(みなも)に映る影が流れにゆらゆらゆれるのを、しげしげとながめていました。結婚式をひかえた髪のながいみどりのマアヒネンのむすめのように、じぶんの姿を水鏡(みずかがみ)に映しているのでした。森の円屋根(まるやね)の下で、木々がささやきあっていました。トラフズクが、星にむかってホーホーないていました。ものみな眠る時季でした。
　洞穴(ほらあな)の岩のうす暗がりで、ペイッコのおじいさんが暖炉の火影(ほかげ)にすわり、男の子たち、なつき、かおりか、つぶやきに、夜のおとぎばなしをきかせていました。長老は、そうやって人生の知恵を、おしえました。ペイッコの子どもたちは、もうずっと小さなころから、正しい生き方や、人生でもっともうつくしいものを大切にすることを学んでいました。

「なにより、じぶんの心の声に耳をかたむけなさい。それが、いつも、正しい方角にみちびいてくれるからね。そうすれば、まちがった道に行くことはないよ。そして、自然 ― これは、私たちのいとしい森のことだが ― 自然を大切にしなさい。 そのうち、あなたたちの子どもたちも、きよらかなうつくしい森で、わたしたちのように安全にくらせるように。しかし人間は避けなさい！人間は信用できないよ。化けの皮をかぶって、よい人のふりをしているからね。わたしたち自然に生きるものや動物たちは、そんな化けの皮をみやぶれないのだよ」

「ねえ、おじいさん。いやな気もちになったら、どうすればいいの」
そのとき、なつきが、たずねました。

「わすれなさい。そうすれば、消えてしまうよ。それよりよい方法は、ないだろうね」

ペイッコのおじいさんは、あたたかく微笑んで答え、ことばをつづけました。

「人生は大旅行だよ。道とおなじだね、たくさんのふしぎをとおって、しまいに外に、星の森の方に、とおりぬけていくのだよ。子どもたちよ、いつも自分らしくしていなさい、これをよく覚えているのだよ。いつどんなときも！そして、ほかのものの役に立ちたい気もちをもって、やさしく親切で正直にしていなさい。そうすれば、悪はきっとこらしめられる。争いも避けるのだよ。そして悪い仲間も避けなさい。しかしさびしいものや弱いものをみすててはいけないよ。そういうものたちは、あたたかい友情を、だれよりも必要としているからね。そして、どんなささいなりゆうでも、いつも許すことと謝ることを覚えておきなさい。それから、ありがとうは、いつも使えることばだよ。ありがとうを言うと、気もちが満足して、もっと善良な、そしてもっと明るい心になるからね。心がかがやいている友だちがほんものの友だちだよ」

「おじいさん、愛ってほんとうになんだろうね」
かおりかが、つぎにたずね、夢みるように、ためいきをつきました。

「愛というのは、ほかのものを、ほんとうにとても好きになることだよ。ちょうどわたしがおまえさんたちを好きなように。生涯でもっとも大きく、いちばんうつくしいものだよ。愛は時空を超え、しかも山よりたか

く海よりふかいものだ」

　おじいさんは、まるでひとりごとのように、しずかに答え、心をしずめて祈るように、小窓から天空の暗い青をながめました。暗いしずかな空に、銀河の光の帯が、うっすら見えました。つぶやきは、もう眠たかったけれど、この子もなにかたずねたくて、心のなかでしつもんを考え、それを長老にたずねました。

　「ねェ、おじいさん。長い旅は遠いの？」

　「そうとも！遠いから長い旅だよ。そこにむかって一生歩きつづけても、目的地に着かないのだね。というのも、遠くというのは、無限の旅だからね。でも、たまに、いちばん遠い旅が、近くにあるかもしれないよ！なにが問題かによるね。答えがひとつということはないよ、あらゆる風がいろいろな答えをはこんでいるよ」

　おじいさんは、おしえさとすように答えると、イスから立ち上がり、レンジの方へ歩いていって、夜のお茶のしたくをはじめました。

　お話は、こん夜は、これでおしまい。

*4　あたたかな暖炉の火のそばの語らい

森のうしろから、月がのぼりました。凍った白銀の雪が、白い亜鉛(あえん)のような月の光りに、青鈍色(あおにびいろ)に光ります。湖岸の道はずれで、森ネズミの家族が、のんびり夜をくつろいでいました。朽ち果てた切り株のおくの家では、ちょうど、母ネズミが、家族のために、ハチミツパン、ドライベリー、そしてハーブティーと、白樺のキシリトールのスープの夕飯のしたくをしているところでした。節目模様の木のテーブルの上、陶器のローソク立てでローソクが燃えていました。明るくほのぼのと、あたりを照らしていました。家族の赤ん坊たち、サンナとマイヤは、もうすっかり眠っていました。夕飯を食べおわると、母は皿洗い、父はワラカゴ編みをはじめ、おばあさん

は編物をつづけ、おじいさんは、家の大きい子たち、トウヒナ、カイナ、ヒンム、ユウソといっしょに、暖炉の火のそばに、ゆっくり腰をおろして、楽しいおしゃべりをはじめました。

「おじいさん、カイサの言うとおり、月はほんもののチーズでできているんでしょう?」ヒンムが、たずねました。

「ふうむ、わしはまだ月に行ったことがないんだよ。しかし月は大きなランプで、暗い夜を、空から明るく照らしてくれるといえるね」
おじいさんが答えました。

「そこにも、ネズミがいるの?」つぎに、ユウソが、たずねました。

「住んでいるかも、しれないね。月は、とってもたかいところにあるから、わしらが見ることはできないが」

おじいさんは、微笑みながら、おしえてくれて、ひざでヒンムをゆらしました。

「聞いて、おじいさん、どうして星はとぶのでしょう?」トウヒナが、たずねました。

「星もたまには、あちこち、ひっこしたいのじゃろ。わしらがもう三回も、ひっこしたように」おじいさんが答えました。

「おじいさんは、どうしてそんなに、ものしりなんだろう」ユウソが、おどろきました。

「わしが、もう、とても年老いているせいだろう。ながいあいだ生きて、たのしいことも、かなしいことも、いろいろたくさん見たり経験したからね。老いたものは、だれでも、ものしりで、かしこいよ」

おじいさんは、しずかに答えて、ふかいためいきをつきました。

「おじいさん、風は、泣けるの?」それから、カイサが、考えながらたずねました。

「もちろん、風だって泣くさ。風には精霊がいないから、わしらと同じように感じるんだ。風がさびしげにうたうのを、わしはよく聞いたものだ。それに、ほんとうにかなしいときは、風は雨を降らせるよ。それに、風は、いつも場所が決まっているんだ」

おじいさんは、ひくい声で答えました。

「ねえ、おじいさん、お化けは、うちの小道を動けるの?」

こんどは、トウヒナが聞きました。
　「ここには来ないだろう。お化けは、霜でかたくおおわれた、岩がちな暗い場所にすみつくほうが、ずっと居心地がいいのだよ」
　おじいさんは、くちもとに、おちゃめな微笑みをうかべて、そう、うけあいました。ユウソが聞きました。
　「おじいさん、かみなりさまは、いじわるな神さまなの？」
　「そうさ、しかも、まっこと、いじがわるいよ！大気をゆるがす大音声で、雷をおとしながら、きむずかしい嵐の老人が、わしらの森の上を歩くときは、その炎の剣でやつざきにされないように、家にじっと隠れているのが、いちばんだよ」
　おじいさんは、真剣に言いました。ヒンムが、おじいさんの首に手をまわして、たずねました。
　「聞いて、おじいさん、月の妖精の羽は、月の光で織られているの？」
　「おそらくなぁ、はっきりしたことは言えないが。しかし羽のつくりは、まるで水面にかかる霜のヴェールみたいに、はかないね」
　おじいさんは、にっこり答えました。
　「森の妖精エミリアは、どうしてあんなに、きれいなの？」
　ユウソは、少し、はにかんで、あきらかにエミリアにあこがれて、たずねました。
　「そうか、とてもやさしいからだろうね。心のきれいなものは、それぞれにうつくしい。心のうつくしさは、微笑みと目の鏡にあらわれるよ。太陽の光りのように、心の炎は、あらゆるものに沁みとおるのだね」
　おじいさんは、しずかに説明してくれました。暖炉の炎が消えそうになって灰にゆらめくのを見つめたまま。そのとき、母ネズミがやってきて、こん夜はもうそのへんで、お話は、おひらきにしましょうと、あたたかく言いました。もう寝る時間でした。そうして、家族は、みんな寝床にもぐりこみました。心地よい疲れでした。ネズミたちは、しっかり目をとじると、あっというまに眠りにつきました。そうして、あっというまに夜もすぎます。
　月だけが夜を歩み、しまいに朝ぼらけの家路をかえって行きました。

*5　もっと大きな風景への旅立ち

真冬でした。太陽がのぼらないまっくらやみの世界は、青白い白霜のヴェールに、すべてがおおいつくされていました。凍ったダイヤモンドの庭のような雪景色。空の鍛冶場(かじば)では、北の老人がオーロラの火を燃やしていました。まっすぐな赤松を、釜に放り入れると、パチパチはじけて、かがり火のように、天に燃えあがりました。オーロラは光の彫像のように、ゆらめいて変化し、天使のオルガンのように、天たかく、スキャットを歌いました。

　原野の隠れ家で、つかれた老木が、永遠の眠りにつくところでした。呼吸は重く、もう休みたそうでした。老木のヒゲゴケについた真珠のような白霜が、月の光りにきらめく銀のかざりのように光っていました。老人は目をとじて、深い息をつきました。身じろぎもしない、わびしい雰囲気があたりにただよっていました。近くで、クマが凍えて爪をぎゅっとにぎりしめました。老木の生命の炎は、ほそぼそと消えかかり、よわよわしく色あせ、しまいにすっかり消えました。はるか遠くで、緑のマアヒネンが、氷の琴(カンテレ)を、カランコロンと奏でていました。星の緞帳(どんちょう)が、するするとおりて、幕をとじました。

　ペイッコの子どもたち、ホメロと若芽(ヌップ)とそわそわ(フムッパナ)は、うすぐらい部屋にすわり、服をぬらして、しくしく泣いていました。愛するおばあさんが死にました。きゅうにグウグウ眠りこみ、もう目ざめようとしませんでした。子どもたちには、まったくふしぎで、とてもこわいことでした。家のだれかが、こんなふうになったのは、子どもたちには、いままでにない経験ですから！　ペイッコの父と母さえ、すすり泣きをしていました。おじいさんも。おじいさんは小屋のコケむした木のイスにすわり、暖炉の炎をみつめて泣いていました。清らかな涙が、しわのよった頬に、きらり、きらりと、いくすじも小川のように流れ、ごましおヒゲがはえたあごを、ぶ

るぶるふるわせていました。深い悲しみでした。身近な人の死は、いつも悲しいものです。

　しかし、まるで奇跡のように、おじいさんの涙は、いつしか、微笑みにかわりました。というのも、さようならは、別れのことばではなくて、また会うための約束だと、おじいさんは、きゅうにそう感じたのです。死は、ひとつの世界から、もうひとつの世界への旅にすぎず、あの世で生命(いのち)がつづいています。あの世は、星のあるたかいところで、わたしたちはみんな、天使の翼にいざなわれて、いつかは旅立ち、そして、そこでふたたびめぐり会います。

　ペイッコのおじいさんは、こんなふうに考え、その考えにささえられて、思いのほか、はやばやとかなしみをのりこえました。家族のほかのものたちも、死について、おじいさんのおどろくような考えを、説明してもらいました。それからというもの、みんなにとって、生命のおわりは、こわいことではなく、そこなしのかなしみでもなく、生命にかかわる自然なことで、別れは、永遠につづくものでは、なくなりました。

*6　ネズミ一家の恐怖のとき

煌々(こうこう)と明るい冬の夜。青鈍色の天空(てんくう)が、目もくらむようなうくつしさでした。銀河は、青く、赤く、銀に、黄に、燃えていました。宝石をちりばめたように、星がきらめいています。おおきな満月も森を照らしています。白雪のきらめきのように、おとぎ話のように、銀色の月の光りが、きらきら光ります。しんとしずかでした。あたりは青鈍色に沈みかえっていました。森は眠り、森に宿るものたちもまた眠っています。森のさかいに近い木の切り株の、あたたかな巣穴で、ネズミの一家も平和な夜を眠っていました。家は、コケや枯草、樹皮や、樹脂や粘土で、内装されていました。ちいさな窓もついて、戸口は、ちょうどうまく雪の下に隠れていました。

233

真夜中、家族のいちばん小さな子が、のどがかわいて、きゅうに目をさましました。その子は、あたたかなコケの寝床から起きあがり、お母さんを起こそうとして、ふと、窓の外に目をやりました。そして、びっくりぎょうてん！　こねずみは、おおきな黒い怪しい影を見たのです。黒い影は、かたく凍りついた森の池の氷の上を、音もなく這って、まさにこちらにむかって、しのびよってきます。

　「お母さん」子ネズミが、おびえてさけびました。「あ、あれは、なに？」

　ショックで、小さな鼻がヒクヒクふるえています。母ネズミと父ネズミは、すぐ目をさまし、いそいで、窓から冬の夜を見ました。

　「あれは、お化けなの？」

　べつの子ネズミが、おそるおそるたずね、お母さんのうしろから、窓の外の暗闇に目をこらしました。しまいに、ネズミの家族全員が目をさまし、じわじわ近づく黒い影を、小さな窓から見つめました。

　「あれは、なに？」子ネズミたちが、くちぐちに言いました。

　「まだ、わからない」父ネズミが、小声で答えました。

　「しずかにしましょう、子どもたち」母ネズミが、なぐさめるように言いました。

　黒い影、未知の生物は、もう、森のこみちに近づいていました。あと、まもなくすると、森に住むものたちのすみかのそばにいるはずです。

　「こわいわ、あれは、ほんとに、なんでしょう」

　母ネズミは、ふるえながら、ささやいて、父ネズミの肩に顔をうずめました。父ネズミはひくい声でささやきました。

　「すくなくとも、足が四本あるのが見えるぞ。なんておおきなやつなんだ」

　「ぼくたちの方に、来るかしら？」

　いちばん小さなネズミが、泣きそうにのどをつまらせて、たずねました。

　「ここには来ませんよ。さあ、寝ましょうね」

　母ネズミはそう言って、なんとか平静をつくろいながら、子どもたちに布団をかけ、小さな六匹の子たちを、コケの寝床に寝かしつけました。

「ここには、来ないようだぞ。とまったぞ。や、や、もどって行くぞ。沼の方にむかっている。行ってしまった！行ってしまった！子どもたち、聞きなさい。ついに危機は去った。さあ、寝よう」

父ネズミは、ホッとしたように言うと、お母さんのそばに行って、綿毛の布団のなかで手足をのばしました。しかし眠れるものではありません。だれもが目が冴えて、異様なものが歩いていたことを、朝まで考えていました。

母ネズミは、昼間の森の市場で、ほかにも大勢、あのおそろしげなものが這いまわっているのを、見たという話を耳にしました。森のレンジャーのフクロウの長老が、夜じゅうずっとあの状況を監視していました。そして森の裏手の、人間の家の飼いネコのヤスカだと、すぐにみやぶりました。ヤスカは、どういうわけか、小さな森へ夜の散歩に出てきたのでした。しかし氷点下の凍える寒さに、とちゅうであきらめて、家に引き返したのは明らかでした。じっさい悪いことをたくらんでいたにちがいありません。そうでなければ、夜中に出てくるはずもなく、あんなふうに、まるで隠れるようにしのび歩きをするはずがありません。それで森に住むものたちは不安をつのらせました。

ありがたいことに、森の警備隊の鳥たちが、夜中も寝ずの番をしているので、もし、たいへんな危険がさしせまっても、警戒は万全です。フクロウも、つねに状況に備えていました。もしネコが襲撃してきたら、フクロウが警報を発令して、カラス部隊を召集し、悪いことをするものを、退治してくれたでしょう。平和は、こうして安全に守られ、悪いことは、起こりようもありません。ですから危険をしんぱいすることもなく、この小さな森で安心してくらしていられます。

…。 *7 　春の嵐

根雪のほかにもいろいろ苛酷な冬のあと、北国に春がやって来ました。春はいつも、生きるものなら、動物でも人間でも、わくわくたのしみに待ちのぞむ季節です。春は、夏のまえぶれですから。しかしときに春は、ほんとうにきまぐれで、はげしい嵐が吹きあれる、おそろしい季節でもありました。とりわけ、森に住む小さなものたちにとって。

　いまは、嵐。太古の湖のほとりの小さな森の隠れ家が、春の嵐の手に落ちました。暴風がふきあれ、ふしくれだった枝の指を、天にまきあげると、老木は狼のようなうなり声をあげました。ひきさくように風が吠え、乱暴な突風が、上へ下へ、右に左に、にくにくしげに渦まいて、森をきりきりまいさせ、木と木をぶつからせ、ウチワのように、すべてをあたりにまきちらしました。風が、おもうぞんぶん吹きあれ、ひゅーひゅーやかましい音をさせて吹きすぎるまで、午前中いっぱい嵐がつづきました。嵐の風のかかとは、雷神も動かしました。小さな森を下に見て、雲の館の床のハッチをあけ、バケツをひっくりかえしたような大雨を地上にふらせました。滝のように豪雨がうなりました。小道や岩のくぼみやコケむした洞穴から、こうしてついに根雪が消えました。雨の後にキノコがにょきにょき生えるように、雨水がたくさんのせせらぎになり、そうやって雨は一日中ふりつづきました。

　ようやく翌朝、嵐の雨もすぎ、雲ひとつない大空に、太陽が、また、燦然と輝くと、森に住むものたちは、ようやく家の外に出てきました。けれど、なんとおそろしいことでしょう！ふるさとの森は、めちゃくちゃでした。災難が起きていました。巣穴に住んでいたものたちは、ちりぢりばらばらになりました。子どももおとなも行方がしれず、足をくじき、羽はボロボロ、小道はどこもふさがれて、巣穴は洪水にのみこまれていました。

　いつも敏捷な鳥の救助隊だけは、もう動きだしていました。伝令は、すばやく行きわたりました。大きな動物たちは、すぐ瓦礫の撤去作業を、はじめました、小さな動物たちには、できない仕事です。それでも、だれもがなにかをして、救助活動が充分に行きわたると、生活は、また、ほぼふだんどおりに、すすみはじめました。森に住むものは、ひとつの大家族のようなもので、よろこびもかなしみも、いっしょに、わかちあいました。友だちがそばにいてなぐさめてくれると、かなしみにうまくたえられ

ます。今も、嵐の爪痕にたえるのが、ずっと、たやすく感じられます。大混乱のまっただなか、ひとりぼっちでは、ありませんから。森に住む、すべてのものたちは、あれやこれや、おなじ体験をしました。

　森に住むものたちは、生活がほぼもとどおりになるまで、一週間ほど、掘削（くっさく）や補修（ほしゅう）作業にかかりきりでした。そのまに、いつのまにか、ワタスゲやハゴロモグサが咲く時季になっていました。夏まっさかり！

*8　ネズミのレエタのインフルエンザ

大空で、雨がしずかに泣いていました。雨は、消えかけた氷のように青ざめていました。沼の精霊たち（スオンハルティヤ）のベールの世界のために、精霊たちが霧のベールを織っていました。松の天辺（てっぺん）にワタリガラスが止まっていました。ヤカラ苔が生えている石の上、サルオガセの室（むろ）に包まれて、キベリタテハ蝶が眠っていました。

　刻々（こくこく）と影がむきを変えます。影を透（とお）して、どこか遠くから、光が射して、うす暗がりの奥底を照（て）らします。雨がやみました。雲のうしろから、太陽が顔をだしました。突然、春の光が、かがやきをまし、岩がちの土地から ― 冬の巣穴から ― 妖精たちが、光のさざ波を舞い上がってきました。花々も、ほっそりした腕をさしのべ、太陽に顔を上げました。氷の風がつれてきた冬のペイッコたちは、凍った苔の毛皮もぼろぼろに、岩場の奥深くへ逃げ去りました。

　朝から晩まで、エリマキシギの求婚の啼き声が、森のクランベリー沼（カルバロスオ）に遠く谺（こだま）します。森ネズミのレエタは、ベッドで春のざわめきを聞いていました。レエタは、たちの悪いインフルエンザにかかっていました。もう長い間、咳き込んだり、鼻をすすったり。熱もありました。頭ものども痛みます。気分がわるくてだるいけど、毎日毎日、朝から晩まで、ベッドに寝ているのは、いやでした。ちょうど今、外で、よその動物の子たちと、

いっしょに遊んだら、なんてすてきだったでしょう。緑の大地の精霊の小道のはずれに、わくわくする遊び場を、みんなで見つけてあったのに。レエタは、もう三日も、ミズゴケのベッドで、トウヒの木に生える灰緑色の苔サルオガセの布団にくるまって寝ていました。ワタスゲのソックスをはいて、蝶の羽のように薄い五弁の白いヒッランクッカの花をあつめて織ったナイトガウンを着て。これはすべてレエタのために、おばあさんが作ってくれたものでした。レエタが病気になったのは、モグラのユハとかけっこをしていて、水かさの増したふかみに、ユハといっしょに、はまったからでした。幸い、ビーバーのサンットゥが近くにいて、助けてという叫び声を聞きつけ、急いで救助に向かい、子どもたちをぶじに引き上げてくれました。ユハは、かるい風邪ですみましたが、レエタは、ひどいインフルエンザになってしまいました。

　レエタのひどい高熱が下がらないので、母ネズミはしんぱいで泣いていました。おばあさんとおじいさんは、母をなぐさめようとしましたが、どうにもなりませんでした。家族のほかの子たちもおびえて、自分の部屋で、じっと息をひそめていました。ついに、父ネズミは、どこかに助けを求めることにしました。しかしそうはいっても、ワシミミズクの医者は、森の向こうはしに往診に出かけ、明日までもどりません。緑の大地の精霊の沼のわきにある、大きな古いトウヒにすむ世捨てリスに助けを求めるほかありませんでした。年老いた毛むくじゃらの物知りばあさんのサァラです。

　「なんということはない、今はしんぱいだろうがね」サァラは、父ネズミに言いました。

　「月の顔に、霧のベールがかかったら、レエタは、また元気になりますよ。はい、どうぞ。このビンのクスリのしずくを、朝と夜、五滴づつ、レエナに与えなさい。それにハチミツと松脂のかけら、花粉のケーキ、ブルーベリーのおかゆを食べさせ、ヤカラキノコとエリカの花のハーブティーを、よく飲ませるんだよ」

　父は、リスの助言に礼を述べ、手足のかぎりに走りに走って、いそいで家にもどりました。すぐに治療がほどこされました。翌日、レエタの熱は下がりはじめ、だんだん力がついてきました。その翌日には、レエタの

友だちが、花と小さなおみまいを持って訪ねてきました。マーモットのセルマが、モグラのユハ、トカゲのサム、ズアオアトリのハンナ、カタツムリのカッレ、シジュウカラのアキとつれだってやって来ました。つぎに、蝶のエミリア、光り虫(キイルトマト)のティイナ、カエルのインカ、バッタのシィリ、ミツバチのプッリが、おみまいにきました。妖精たち、巻き毛、月子、露の真珠(カステヘルミ)、森の星(メッツサタフティ)、霧の翼(ウスヴァシイビ)も、レエタを、みまいました。そして、おしまいが、ペイッコの男の子フンムとトゥイスクでした。

　つぎの夜、月の顔に霧のベールがかかり、レエタの家の庭では、きれいな紫の宝碇草(アアルテエンコウラ)が花ざかりでした。

　その朝、レエタは、元気一杯、顔色も良く目を覚ましました。気分がとても良い。インフルエンザは、じきに良くなるという、リスのサァラの予言は、レエタにぴったり的中しました。朝ごはんを食べてから、レエタは、あたたかな上着をきて、リスのサァラにクスリのお礼を言うために、初めて外出しました。クスリのおかげで、レエタはこんなに早く元気になりました。そのあと、レエタは、友だちのところへ行きました。レエタが、いっしょに遊べて、よろこびいっぱいの遊び場になりました。

　そうして今は夏まっさかり。夏がもたらすよろこびとかなしみを、レエタも、また、いっしょにわかち合います。

*9　新しい家

あるうつくしい夏の早朝、ハリネズミの家族は、もう動きまわっていました。せまいネズミ道を、森の沼のほうに、あとからあとから、火花のように、とびはね、テングダケの住宅地や、アリの建築現場や、キツツキのアパート、モグラのトンネル掘削現場、トカゲの運動場、リスの高齢者施設、ミツバチのハチミツ工場を、とおりすぎて行きます。ときどき、のどが乾いたことに気がつくと、草の葉から新鮮な露のしずくを飲みました。

太陽は、すでに暑くかがやいていました。暑い一日になりそうです。ハリネズミの一家、母と父、そして三匹の子どもたちは、これまで住んでいた家がせまくなったので、新しい家をさがしていました。そして森の沼の近くに、ちょうど手頃なすみかがあると聞いたのです。目的地に着くと、そこには、すでに他のものたちも、家さがしをしているのが見えました。ネズミの家族、二匹のモグラ、トカゲ、若いリスの夫妻、ひとりぼっちの老ウサギ、三匹のトガリネズミ、二羽のキツツキ、そして夏カゼをひいたカササギがいます。カササギは、くしゃみ、鼻づまりで、いつまでもクスンクスンしているのに、めずらしがりやで愛想よしでした。

　ついに、だれもが満足する住宅地のわりあてが決まりました。ワシミミズクの判事の監視のもと、くちげんかもほとんどなく、すべての入居申込者にふさわしい家が、池のほとりに見つかりました。ハリネズミの家族も満足でした。新しい家は、みごとなシダの茂みにかこまれた古い切り株のおくでした。切り株の根元に、青桃色のミスミソウの花、白いツマトリソウの花、青いワスレナグサと、リンネソウの白い花が咲きほこり、ようこそ新しい家へと、ハリネズミの家族を迎えてくれました。花々は、品のいい美しい顔をうなづいて、おたがいにささやきかわし、花弁に舞いおりて羽根を休める蝶々と、おしゃべりをしていました。

　夏の日は、やがてくれなずんでいきました。夕方も夜の腕のなかに寝しずまりました。森に住むものたちは、夏の夜の平和な眠りにつきました。

＊10　　トガリネズミの婚礼

夏の朝、太陽が目をあけると新しい日がはじまります。森の小道や、草の上や、花びらに、朝露が、雨の精霊の涙のようにかがやいています。猛暑の一日に、なりそうです。すでに空気が重くただよい、雷がなりそうです。みんな、なにもする気になれない気分です。日なが一日、ただじっと涼し

い日陰でくつろいで、猛暑がやわらぐ夜になると、ようやく動きだします。

　しかし今は、なまけているひまは、ありません。小さな湖の岸辺の森で、若いトガリネズミのカップルの婚礼があるのです。森の小動物たちはみんな婚礼に招待されました。もうなん日も前から、準備に取りかかっていました。近所の奥さんたちが、森の幸でいろいろなごちそうや飲み物をこしらえて、森の沼の岸辺へ、おいしげった野バラの茂みの根もとへ、おおいそがしで運んでいます。そこには婚礼の祝いの席がしつらえてありました。祭りのテーブルは木の切り株で、木の葉をしきつめた切り株の上に、婚礼のご馳走があふれるほどふんだんにならべられました。

　大空のもと、ようやく祝いがはじまるころ、青い空に、黒い雲がたちこめてきました。それで、婚礼の仲人をつとめるキンメフクロウのラムは、結婚式を早くはじめることにしました。お客たちは、もうみんな集まって、大きな野バラの茂げみの日陰にすわり、結婚する二人を見つめていました。新郎新婦は、花々が飾られた苔むした台に立ちました。花嫁は、恥じらいのあるかわいらしいトガリネズミの乙女でした。空色のワスレナグサの花のティアラをつけた頭の先から、クモの老婦人ティルダが織り上げた真珠のようなクモの糸のベールが、裾まで広がっていました。ワスレナグサの婚礼の花束も手に持っていました。一方、トガリネズミの美貌の花婿の祝いの装いといったら、ワスレナグサの胸飾りをつけているだけでした。フクロウのラムが、おごそかな顔つきで、結婚する二人の前に立ち、エッヘンと咳払いをすると、声たからかに唱えました。

　「では……愛する友のみなさん！　今は、自然がいちばん美しいときです、結婚するこの二人のように。　わたしは、今、よろこんで、二人にたずねましょう。ヨオナス・クッレルヴォ、あなたは死が二人をわかつまで、サイラ・ヴェンラントゥを愛しますか？」

　花婿のヨオナスは、鼻先が、かすかにふるえていましたが、うやうやしく言いました。「はい、もちろん、愛します！」

　つぎに、フクロウのラムは、おなじく、花嫁のサイラにたずねました。

　「はい、わたしは愛します」答える声は、きんちょうにふるえました。

　それから、誓いを立てた二人は、はれて夫婦になりましたと、ラムが宣言しました。宣言を聞くと、みんなは贈物をもって、できたてほやほや

の夫婦のまわりに走りより、すえながくお幸せにとか、お子さまにめぐまれますようにとか、くちぐちに祝いました。それから、ご馳走の宴席にうつりました。まず二人をたたえ、蜜酒で乾杯。ついで祝辞が述べられました。話すのは、もちろん、フクロウのラムです。テーブルから立ちあがって、言いました。

「はてさて。ヨオナスとサイラが、ともに道を歩みはじめることになりました。愛は、つらいときも、太陽のように照らしてくれると覚えておいてください。愛は、まるで ……」

そのとき、ピカリと光りました！ その直後、天も裂けよとばかり、ものすごい雷のごうおんが聞こえました。だれもかれもおおあわて、テーブルから結婚式のご馳走をかき集め、いそいで、森のトントゥ、トメラの家にかけこみました。まえにも、そこで、ちょっとしたお祝いや、重要な会議をしたことがあるし、それに家が広くて、居心地が良いのです。まさにみんながなかに入ったとたん、どしゃぶりの雨になりました。

「お祝いが、わかるのね」

花嫁の母がそう言って、やさしく娘を胸にだきよせました。そうしてようやく、きちんとしたお祝いになりました。食べ物も飲み物もたっぷりありました。いろいろな演芸もありました。トメラが詩を朗読し、妖精たちがダンスを踊り、ペイッコの男の子が音楽の世話をして、ハリネズミの子のウンタモとタルヴィッキとエェトウ、そしてモグラの男の子のウレルミ、スズメのミッラ、ミソサザイのヴェンラ、カエルのタル、蝶々のヤデが、合唱し、婚礼の招待客たちを楽しませました。

こうして二人を祝って、一日が過ぎました。ようやく夜になって、雷がやんだので、みんなは家に帰って眠りました。すてきな一日でした。ヨオナスとサイラもそう思い、そして二人の小さな家で、いっしょの生活をはじめました。森ネズミ夫婦のご近所として、湖の岸辺のこみちのわき、苔むした切り株のおくふかく。

*11　レッスとピエタが友だちになったとき

森はまるで、むかしのおとぎ話のようでした。夏の朝が、光の海にむかってひらき、太陽が、湖の上に金粉をまきます。リンネソウ、野生のローズマリー、スズラン、そして野生のバラが、しっとり湿った土ふかくから、つよく匂っています。樹脂の臭いのする地の精（メンニンカイネン）が、原っぱのこみちで、青い妖精と朝のジョギングをしています。小川の精（ブロンハルティヤ）は、野生の灯心草（イ・グ・サ）のかげで髪をとかし、木々は、たがいにニュースのおしゃべりをしています。風の乙女がとおりすがりに、青紫のシャジンの花をベルのようにチリリンとならします。

絹のような毛皮の小さなトガリネズミの男の子レッスもまた、巣穴の家から外へ出て、夏の朝を楽しんでいました。でも両親が、いけませんというので、家から遠くへはなれることはできません。それというのも洪水の多い春先に、兄弟のロオペとヴィッレが、増水した川におぼれてしまったからでした。いけませんと言われていたのに、二匹は、森のかげへ冒険にでかけたのでした。今、トガリネズミの家には、子どもは、レッスたった一匹なので、両親が心配するのも、むりはありませんでした。レッスは、家の庭に茂る草を眺めてすわっていました。そして、太陽がはちけるようなタンポポの明るい黄色に、うっとりしていました。タンポポは、やさしい夏のそよ風に、草の海原で、しずかにゆれていました。

「すてきな朝だなあ」

ひとりそう思いながら、数千という夏の香りがただよう空気の匂いをかいでいました。レッスは、とてもめずらしがりやで、冒険ずきでしたが、それとどうじに、まるで沼に育つ苔のように、感じやすく、おとなしく、そのせいでひとりで出かけられなかったのかもしれません。家の庭の遊び場だけでなく、よそも見てみたいのはやまやまだけど。

「大きな子になったら」

レッスはひとりごとをつぶやいて、甘い野イチゴをかじりました。そのときトガリネズミのお母さんが、外へ出てきて、ハムスターの店に行ってきますとレッスに言いました。トガリネズミのお父さんも用事で出かけ

ていたので、レッスは、しばらくひとりでおるすばんでした。お母さんは、なおも、くちすっぱく注意をくりかえしました。レッスは、言いつけを良く守り、どこへも行かず自分の庭で、おりこうさんにしていると、約束しました。

　お母さんが出かけたので、レッスは草の上を、ぶらぶら歩いて、小鳥や蝶々が、高く飛ぶのを眺めていました。いつしか目をとじ、まだ知らぬ森の小径（こみち）を、ひとりで歩いて行ったらどんなだろう、人間の国はどんなだろうと想像していました。人間の国は、森のうらの遠くにあり、スズメのレオが、ときたま、めずらしい話を聞かせてくれました。そうやって、のんびり歩いていると、レッスは、ふと、ひそやかな悲しみの声を耳にしました。どこか近くで声がします。後足で立ち上がり、レッスは耳をすませました。また、おなじ声がする！レッスは、母の言いつけを忘れ、声のする方へ走って行きました。声が、すぐそばで聞こえます。レッスは、小径のわきの大きな石のところで立ち止まりました。石の根元（ねもと）に、小さな鳥がよこたわっていましたから。ミソサザイの子が、かぼそく泣いていました。

「たいへんだぁ、きみは、だれも助けてくれないの？」

　レッスは大きな声をかけ、小鳥のそばにしゃがみました。小鳥はおどろいてレッスを見ると、シクシクすすり泣きました。

「孤児（みなしご）なの。お父さんは、タカに食べられ、お母さんも、いなくなったの。わたしは巣から出ようとして落ちたの。まだ飛べないの。羽根をけがしてしまったの。おなかがペコペコで、どこもかしこも痛いの」

　レッスは、小鳥の子が、とてもかわいそうになりました。小鳥をやさしく起き上がらせ、その子をささえて慎重に歩いて、家につれて行きました。レッスが自分のベッドに小鳥を寝かせ、あたたかくつつんであげているところに、トガリネズミのお母さんが買い物から帰ってきました。初めはびっくりしたお母さんがおちつくと、レッスは、ことのしだいを話しました。夕方、お父さんが家に帰ると、ミソサザエがいつまでもいられるように、養子（ようし）にしようと、両親は決めました。

「なんてステキなのだろう」

　レッスは、おおよろこびでした。こうして永遠の遊び仲間の妹ができました。そう、小鳥は男の子ではなく、女の子でした。その名はピエタ。

244

ピエタも、新しい家と家族ができて、もうずっと幸せです。やさしく看病してもらって、二週間もすると、飛べるようになりました。それに、羽根のけがは、もうめだちません。夏の間に、友情は、さらに大きく育ち、おかげで家の森のあちらがわに、なんども、いっしょに楽しい散歩に出かけました。その夏は、まさに彼らの冒険さがしの夏でした！

*12　カエルのシモに永遠の友ができたとき

夜明けごろ、夏の森の沼辺で、ひとりぼっちのカエルのシモが水を見つめてすわっていました。とてもしずかでした。わずかに、小鳥が二、三羽、木の枝で啼いているだけでした。やさしい風が、かろやかにシモをなで、いっしょに遊びましょうと、さそいました。しかしシモは、そんな気分ではありません。そのときは、とても悲しかったのです。おおつぶの涙が、ぼろぼろと頬をつたい、蓮の葉にこぼれおちました。とてもさびしい気もちでした。そんな気もちを、だれもわかってくれないでしょう。

「どうしたの」

とつぜん、蓮の花のあたりから、知らない声がしました。シモが、びっくりして水をのぞきこむと、うれしいことに、もう一匹のカエルが話しかけているのがみえました。

「ぼくは、ただ ‥‥‥ あの ‥‥‥ ここにすわって ‥‥‥ あの ‥‥‥ かんがえごとをしているの」

シモは、すこしびくびくしながら答え、あわてて 目から涙のつぶをぬぐいました。

「ここに、お水のなかにいらっしゃいな。そこにすわって かんがえているより、ここのほうが ずっと気もちがいいわ。そこでは かなしい顔しかできないでしょ」

カエルのシルは、そう言って、いっしょに水に飛び込んだり 泳いだり

しましょうと、陽気にシモをさそいました。それで、シモは行きました。シモが、水の中へ、シルのそばへ、蓮の花のまんなかへ、みごとに飛び込む水の音だけが聞こえました。シモは、よい気もちでした。幸せな気もちで、歌いたくなりました。それで蓮の葉に上がり、ケロケロと、できるだけじょうずに、カエルの歌をうたいました。蓮の葉の上で、はにかむこともありませんでした。シルは、シモが歌うのを、ほほえみながら見ていました。シモは、なんてよい声をしているのかしらと聞きほれました。歌がやむと、蓮の葉から蓮の葉へ、いっしょに泳ぎにでかけ、おひさまはだんだん たかくのぼって、新しい一日がはじまりました。

　　永遠の友ができて、カエルのシモのかなしみは、きゅうに、よろこびに変わりました。ひとりぼっちは、もう、かなしみの影もありません。

*13　ティイが幸せを見つけたとき

夏至の夜でした。森の池は空を映し、シダやワラビの花が咲いていました。さらさら葉ずれの音がする野生の小灌木のかげに、絹のような毛なみのトガリネズミの男の子がすわっていました。名前はティイ。きんちょうして鼻ヒゲをふるわせながら、沼にすむスオンハルティアのすばらしい歌声を聞いていました。花々にかこまれて、風が、うつらうつらしています。ヒヤシンスのような赤紫色の花のマアリアンカンメッカ、リンネソウの白い花、クロマメノキの青い花、クロクマコケモモのスズランのような白い花、7弁の白い花びらのツマトリソウ、赤紫のエリカの花、5弁の白い花びらのカタバミ、そして、ふんわりした苔。アニスのようないい香りは、古いヤナギの幹にだけ育つサルノコシカケのなかまのライダントゥオクスカアパの匂いです。木々は葉をしげらせ、ひそやかにささやきかわしています。シダの小径で、大地の妖精、緑のひとみのマアヒネンが吹いている白樺の樹皮で作ったフルートにあわせて、鬼火や妖精、それに妖怪たち

が踊っています。黄色いリュウキンカの花におおわれた、ゆたかな小川が、ゆるやかにまがりくねって、クリスタルのようにきらめく水のさざなみがさらさら流れるその先は、こんもりと暗い原生林。海のような草原には、数千もの花の香りがただよい、朝露のベールが、見わたすかぎりあたりいちめんきらめいています。ふさふさなヒゲ苔の老樹たちは、小鳥たちがさえずるニュースに、やさしい心で耳をかたむけています。神殿のようにたかくそびえたトウヒの青くけぶった木々のあいだから、夏の夜のすきとおった光が燐光のようにさしこみ、雨あがりの森を、古いおとぎ話のように、青鈍色にうかびあがらせていました。

　ティイは、隠れ家から用心ぶかく小径へ踏み出し、あたりをふしぎそうに眺めました。ミズゴケとスギゴケから、ブルーベリーとクランベリーの枝が、エリカとリンネソウ、そしてヤブヤナギと、なかよく顔をだしています。石や、木の切り株や、かわいた場所が、レースのようなヤカラ苔でおおわれています。ティイは、あちこち見まわし、だれも見ていないことをたしかめると、巣穴のある風景をぬけだして、小川にそった細道を、もっと広い、未知の世界へと、走りだしました。小さなティイは、家出の旅路につきました。お母さんが、あれはダメこれはダメと禁止したり、ああしなさいこうしなさいと命令する、いつもうるさい家が、いやになりました。

　「おりこうさんに、食べなさい！　上衣をどろんこにしないように、注意して遊びなさい！　お庭にいなさい！　おうちの庭からどこへも出てはいけません！　しずかにしなさい！　よその子をいじめては、いけませんよ！　すぐ寝なさい！　お行儀よくすわりなさい！　いちいちくちごたえをするものではありません！　お父さんお母さんの言うことを聞きなさい！　ていねいに話しなさい！」

　とても、やかましいのです。だから、ティイは、安全な家や、両親や、兄弟姉妹をすてて、どこかに自分の小さな巣穴を見つけに行きました。そこで、平和に、自分の意志で、暮らせるでしょう。命令したり、禁止する人は、もう誰もいないでしょう。自分だけの自由な暮らし、やりたいようにしていられるのです。でも、ティイは、いいしれぬ怖さを感じました。家庭の安全な雰囲気からはなれることを、悩んでもいました。もう二度と、

お母さんに会えないと思うと、ティイは、のどをつまらせ、ウッウッと泣きながら、走っていたのが、いつのまにか歩き足になっていました。それから小川の岸を外れ、小石にすわって休みました。そばに、露のおりたオオバコの葉がありました。ティイは、葉に手をのばし、露のしずくを飲んで、のどの乾きをうるおしました。とつぜん、草の下から、ぐふぐふいう声が聞こえました。あたりの草むらから、地下にすむ、ガラスのような目をしたハリネズミの、とても年とったおじいさんが、杖をつきながら出てきました。ティイを見て、ちょっとびっくりして、まがぬけたように、たずねました。

「だっ、だれだね、おまえさんは？」そして、つづけて言いました。

「うんにゃ、おまえさんはこのあたりでは、見かけない顔だ。このあたりに住んでおられるのかね？」

「ぼ、ぼくは、ティイです。幸せになりたくて、家出しました」息をはずませて、ティイは答えました。

「やれやれ、そうかい。それで今、幸せかい？」と、ハリネズミじいさんは、のんびり聞きました。

「もちろんです！ええと ⋯⋯ 少なくとも、ましです」

ティイは、おちついて答え、きゅうに泣きたい気もちになったのは、なぜだろうと思いました。ハリネズミじいさんは、じっとしらべるように、けれど、やさしくティイを見つめ、それから言いました。

「わしは、もう、としよりだが、わしにも若いころがあったし、世の中を見たいと思ったこともあるよ。今のおまえさんみたいに。そして、わしも一度、家を出たことがあるよ。幸福をさがしに出かけたのだ。幸福は、どこかよそにあると思ったのだね。さがしまわったあげく、なにも見つからなかった。幸福とは、心地よさで、だから、家で、身近なものたちのところで体験できると、しまいに悟ったのだよ。それで家にもどり、母のそばを二度と離れなかったよ。つれあいを見つけ、自分の家を建てるまではね。そういうものだ。みんなどこかにつながっていなければならない。そうでないと、安心してのんびりしていられないよ。まだ子どものうちは、家が、両親のそばだけが、いちばん幸福で安全にしていられるところだよ、ほかの場所ではないよ。家出していたら、どこにもつながっていない。そ

んなときは危険がまちぶせていて、自由といっても怖いことがいっぱいだ。よっこらしょ、わしはもう行かなくては。そうでないと、わしが散歩で道にまよって家にもどれなくなったと、かかァのティルタに気をもませることになるからね」

　そう言って、ハリネズミじいさんが遠ざかると、ティイはひとりぼっちになりました。ティイは、ほんとうにさびしくなりました。それでシクシク泣きだしました。それにお腹もすいてきました。とつぜん、むしょうに、こわくなりました。家出の旅路の初めより、もっとずっとこわい。孤独は、もう、バラの花のようにすてきには思えませんでした。それでもそのとき、ダメと言うお母さんの声や、命令口調を、また思い出し、勇気をふるって、さらに先へと旅をつづけました。

　旅の道すがら、ブルーベリーの茂みを見つけて、がむしゃらに歩いていたティイは、立ち止まりました。腹ぺこティイは、果汁たっぷりのブルーベリーのごちそうを、たらふく食べ、つかれて、苔によこになりました。ティイは、そのままぐっすり眠ってしまいました。どれくらいたったのでしょう。トガリネズミの坊やは、とんでもなくおそろしい体験をしました。

　　ティイが目を覚ましたのは、ティイが眠っていたブルーベリーの茂みを、大きなクマが、手でグイとつかんだときでした。ガォーッツ！ティイは、目をまわして、自分がブルーベリーといっしょに、クマの手の中にいることに気がつきました。そして怪獣が、するどい歯のはえたくちを、大きくあけました。

「ぼくを食べないで。ティイっていうんだ」

　ほんとうに小さなトガリネズミは、クマの注意をひこうとしました。なんて運がよいのでしょう！クマは、一瞬、くちをパクンと閉じ、おもしろそうに、てのひらを眺めました。ちょうど、てのひらをひっくり返して、山もりのおいしいブルーベリーを、腹ぺこのくちのなかに、あけようとするところでした。

「ぼくはブルーベリーじゃないよ。ティイだよ」

　ティイは、なおもチィーチィーないて、自分がいることを知らせながら、ブルーベリーをかきわけて、なかからはいだしました。

「ホッホ、おまえは、なんと、ちびっちゃいのだ。声は、まるで蚊の

ようではないか」

　クマは、なおもおどろいて、そう言いながら、てのひらに鼻先をつけるようにして、ブルーベリーと草のあいだに、ちぢこまっているティイをよくよく調べました。かわいそうにティイは、恐怖におののき、ぶるぶるふるえていたので、クマによく聞こえる声が、だせませんでした。

「ぼ、ぼくはティイです。やさしい怪獣さん、ぼくを食べないで。食べないでしょ」

　トガリネズミは、祈るように、チィチィなきました。

「あいや、わしは怪獣ではない。クマだ。食べたいのは、木の実やハチミツだけだよ」

　クマは、威風堂々と答えて、ティイを地面に降ろすと、頭をふりふり、小川の土手をのっしのっしと行ってしまいました。ティイの心臓は、まだ、はげしくどきどきしていました。そのとき、きゅうに、ティイは、ハリネズミじいさんのかしこい忠告を思い出しました。じいさんは、正しかったのです。ひとりぼっちの迷子には、森は危険なところでした。それでティイは、家へ帰ろうと心をきめました。自分だけの巣穴と幸せは、もっと年長さんになってから見つけよう。年長さんになったら、きっともっと勇敢に、もっと力もちになっているさと、自分をなぐさめ、ティイは家の方に、はるか小径をたどって行きました。

　道のりを半分くらい来たときに、ヒゲ苔をはやしたトウヒの老樹に出会いました。幹穴や枝に、だれも住んでくれないと、かなしんでなげいていました。ここなら、今、自分の家をもてるかもしれないと、ティイはかんがえましたが、家に帰りたい一心で、先へと進んでいきました。

「どこから来て、どこへ行くンだい？」

　ティイの家の近くで、黒いカラスが、ガァガァわめきました。

「答えたくなければ、答えなくていいンだよ」

　おなじ木の、べつの枝にすわっている、ふっくら耳のリスが、フサフサしっぽをゆらしながら、さけんでよこし、ティイをながめて、うれしそうに、にこりと笑いかけました。ティイは立ち止まり、ひなたで、うつらうつらしているカラスと、早口のリスを見て、言いました。

「自分の幸福をさがしていたよ、見つからなかったけど。それでお家

に帰るンだ。あの大きな石のうしろの切り株の巣穴に、両親兄弟姉妹といっしょに住んでいるよ」

「幸せをさがしにだって？」

リスはびっくりして、こう言いました。

「幸福は、さがさなくてもいいンだよ。幸せは、自分がいる場所にあるンだよ。ぼくの幸せは、あたたかな巣と、冬にたっぷりの食べ物がいっぱいつまった貯蔵庫さ。みんな自分の幸せがあり、みんなの幸せは、それぞれ、ちがうよ。幸せは、決して、いつもおなじではないンだよ。季節のように変わるよ、生まれたときから、しまいまで、年令につれて変わるよ」

「おてんとうさまがぽかぽか当たって、いねむりしてりゃぁ、あたしゃ、幸せだね」

カラスが答えて、あいかわらず、うつらうつら、のんびりトウヒの枝にとまっていました。

ティイは、いま聞いた言葉を、心にしっかりきざみつけ、敏捷な走りで、力いっぱい走って行きました。あっというまに、もう、家の庭にいて、外遊びをしている兄弟姉妹たちの仲間になっていました。ティイの帰宅は、ティイと同じくらい、家族たちにはおおよろこびでした。母は、うれし泣きをしました。ティイも泣きました。しかし、このすべてのなかで、いちばんだいじなことは、幸せとはなにか、そしてどこにあるのか、ティイが学んだことでした。

*14　人間の暗い心

八月の夜、小糠雨（こぬかあめ）がやみました。湖岸の森は、しばらくのあいだ、雨のあとのしずくが、ポタポタ音を立てていました …… 薄ぼんやりと紫煙（しえん）のようにかすむなか、夢をみているような森の池の岸辺、ふかいトウヒの森の隠れ家に、二羽の老いたカラスがとまっていました。木の枝で二羽は頬（ほお）と

頬をよせ、おなじ夢を見ようとしているように、ぴったりよりそっていました。さらにふかい暗がりに、光り虫(キイルトマト)が光っていました。森の小径や草原を照らす小さな夜のランプのようにチカチカまたたいています。夕ぐれが、しだいに暗くなり、しまいに夜の腕のなかに消えました。

　リスの子オッシは、どんなにしっかり眼をとじても眠れませんでした。そばには、家のほかの子どもたちノオラ、ヴイイヴィ、ヴァルッテリ、そして父と母がならんで眠っていました。オッシは、みんなをちらりとながめ、それからかんがえつづけました。もっとよく理解するために、かんがえなければいけない、いろいろなことが、心のなかにくるくる、うずまいていました。人生は、まるで巨大な、おそろしい森のようだと、オッシは考えました。しかし、森の小径の歩きかたを覚えれば、そのときは、もう迷うのを、こわがらなくてもよいはずです。オッシは、このごろ、人間の世界のことをよく考えるようになりました。それは湖の遠い反対側、ブルーベリー山のむこうにありました。そんなある日、父が、とてもおそろしいことを話したので、オッシは泣きだしてしまいました。しかし、父は、子どもたちに、人間に用心してもらいたかったのでした。父は、月がなんども満ち欠けしたうちには、人間におそろしい目に合わされたこともあったのです。

　父のことをかんがえながら、オッシは、リスの家の森に、まちがっても人間が迷い込むことが決してありませんようにと祈りました。そんなことになったら、森の平和と安全が、こなみじんに壊(こわ)されてしまいます。そうかんがえただけで、オッシはふるえました。人生でいちばん重要(じゅうよう)なのは、自然のどんな動物も、住みたい所で、自由に平和にくらす権利があるということだと、父が言っていたのを思い出しました。父リスには、人間のなすがままにされた経験がありました。父の恐怖の時のことを、オッシは、また思い出しました。

　オッシは、そもそものはじめから、すべてをできるだけあざやかに目にうかべることができるように、父の人生を心のなかでくりかえしました。

　父は、人間の家の庭のトウヒの木で生まれたと、子どもたちにかたりました。そこに古い鳥の巣がありました。その鳥の巣で、父リスと妹リス

が生まれました。家に住む人間たちにも子どもがいました。女の子と男の子でした。ある日、男の子が木に登ってきて、リスの子たちを巣からひっぱりだしました。リスの両親は、食べ物をさがしに出かけて留守でした。男の子は、リスの子たちをポケットに入れると、二人の友だちと待ち合わせしていた湖岸に出かけました。男の子がポケットからリスの子たちをひっぱりだしたとき、妹リスはショックで死んでいました。男の子は、妹リスを水に放り投げ、魚のカワカマスのエサにしました。それから男の子たちは、男の子リスを、かわるがわる手に取り、いじわるをして笑いころげました。ちびリスは、苦しさのあまり泣きながら、最後の力をふりしぼり、必死に身をよじって、かたくにぎった人間の手をふりほどきました。手が地面に着くや、猛ダッシュで、走って逃げました。気を失いそうになるくらい走りにはしって、やがて桟橋と湖で行き止まりになりました。男の子たちが近づいて、おどすようにせまってきます。もう水に飛び込むほかありません。そうしないと男の子たちにつかまってしまう。リスは、跳躍し、前へ前へと水をかきはじめました。

近くの灯心草から、野ガモのイィサッキが、こちらに泳いできました。すばやくリスの下にもぐりこみ、背中にリスをのせて水面に浮きあがりました。それから、すいすいひろいほうに泳いでいって、湖の遠くの岸辺の森の、安全な砂地まで、子リスをはこんでくれました。以前も、動物を人間から助けたことがあると、野ガモはリスに言いました。人間は、よくばりで、ずるがしこく、しかも動物よりずっと残忍だと、野ガモも思っているのだと子リスは知りました。

人間は、自然を破壊し、動物を殺し、あらゆる方法で苦しめ、自由を奪い、檻に閉じこめる。こんなことを、ただの楽しみや、人間のつごうや、満足のためにしています。人間は、自然と調和して生きることができないのでしょう。しかも仲間とも、仲間でない人とも、なかよく調和してくらすこともできないようです。だから人間は、自然の価値や自然の決まりがわかりません。それで人間は、動物のことがぜんぜんわからないのです。

こうして、リスは、新しい人生をはじめました。やしない親と新しい家にめぐまれました。そしてやがて自分の家族と家を持つことになりました。こんないろいろなことを、オッシは今、涙をうかべてかんがえていま

した。父にとっては、つらいことでした。人間は、動物になんてひどいことをするのだろうと、いまさらのようにおどろきました。

「人間の心は、きっと闇夜のように暗いのだろう」リスは、ひとり、そう思いながら、ふかい眠りにつきました。

朝の光は、もう、うっすらと地平線を、明るくしていました。

*15　ペイッコの子の夜の冒険

ある夏、八月の夜、月の光のなか、二人の小さなペイッコの子が、しずかな森の小道を、二人きりでトコトコ歩いていました。花々が香り、空気はあたたかく、とてもいい気もちでした、というのも、おとなに連れられないで、家の庭の外に、森の池の反対側へ、夜の冒険に出られたからです。兄と妹は、緊張に胸をどきどきさせながら、手をつないで、お家をこっそり抜け出しました。お化けのモルクや、ほかの動く変なものがあらわれて、おりこうさんの二人のペイッコをこわがらせたら、もちろん、冒険の旅は、めちゃくちゃ、とちゅうで旅をあきらめて、家に、安全な父と母のもとへ、おおいそぎで走って帰り、暗い毛布の下に隠れないといけません。幸い、お化けのモルクに出くわすことはありませんでした。それで二人は、歩いて歩いて、小道の右や左に耳をすまし、目をこらし、家のそばには、ないものを、たくさん見ようとしました。

しかし、なんということでしょう！　知りたがりやのペイッコの子たちは、旅のとちゅうで、眠たくなったことにおどろいてしまいました。はじめての旅のとちゅう、つかれきって、トウヒの下に行って、そこにすわり、小鳥の子のように、二人まるまって眠りこみました。朝になり、太陽がのぼり、明るい光をなげかけると、ぼさぼさ髪の冒険者たちも、目をさましました。そして、二人はかんがえました。かれら、勇敢な冒険者ペイッコたちを、おどろかせた眠りが、どうしてきゅうにやってきたのだろう。

そして、ペイッコの子どもたちは、お父さんとお母さんの許しをもらって、すぐ、また、新しい冒険の旅に出ようときめました。

もしかしたら、明日の晩にでも。

あるいは、もっと大きくなって、銀の月の光りが照らすときから、太陽がのぼるまで、ずっと起きていられるようになったときにでも。

＊16　ペイッコのムッリがすねたとき

湖岸の小さな森は、はじけるような夏の朝に、めざめました。夜に、はげしい雷雨があり、それからはじまったどしゃぶりで、どこもかしこも、ずぶぬれでした。しかし夏はありがたい。灼熱の太陽に、雨のなごりは、あとかたもなくかわきました。

朝早く、森の妖精アメリィニが、精霊（ハルティヤ）と、ジュニパーの茂みをジョギングしていました。いっしょにならんで、森の小道をゆっくり走り、行く先々で立ち止り、路傍（ろぼう）の花たちと、昨夜、荒れ狂った雷雨のことを、おしゃべりしました。幸い、雷の嵐で無惨に壊れたものは、ありませんでした。立ち枯れの数本の木が地上になぎ倒され、その一本が小川に倒れましたが、すぐ、森にすむものたちが、あしげくわたる便利な橋になりました。

ペイッコの子のムッリも、すでに行動していました。ズボンのポケットに両手をつっこんで歩き、目の前にころがっている小石があると蹴って道からどかしました。小川に来ると、小川の上にせり出している木にのぼり、枝にすわりました。眉間にしわをよせ、くちをへの字に曲げて、むっつりすわり、クリスタルのようにきらめく小川の流れを見つめていました。

夏の朝は、なんてうつくしいのでしょう。フルートのようにさえわたるナイチンゲールの啼き声が、耳をやさしくなでてくれます。何千もの夏の香りが大気にただよいます。あたたかく、そして森の木の実も、いつで

も摘めるほどに熟していました。しかし、ムッリは、そういうものに少しも興味がありません。つらい失望の気もちで、心がいっぱいで、それが、ほかのすべてをおおっていました。ムッリは、ふかくうらぎられた気がしていました、しかも自分の誕生日に。

　じつは、お父さんペイッコが、ムッリがほしがっていた鏡(かがみ)のかけらを、もし見つかったら、誕生日のプレゼントに買ってあげようと約束してくれたのです。さて、昨日は、ムッリの誕生日でしたが、大きな望みは、かないませんでした。なぜならお父さんは、ムッリのために人間の国の鏡のかけらを買えなくて、かわりに自分で作った釣(つ)り竿(ざお)をくれたのでした。カササギのシィリの雑貨店では、もうだいぶ前に鏡のかけらは売り切れて、シィリは、人間の国へ出かけて、通りや庭をずいぶんさがしましたが、まだ新しい品を仕入れることができませんでした。

　ムッリは、釣り竿には目もくれず、怒ってすみに投げとばし、目に涙をうかべて、外へ、青くけぶる夏の夜へ、とびだしました。その夜は一晩、家に帰らず、石を投げればとどく距離にある自分の遊び小屋で眠りました。ムッリが家に帰らなかったのは、夜中にふりはじめたはげしい雷雨のせいではありませんでした。その晩は、勇敢にも小屋のすみで、枯れ草の下にまるまって眠り、それから夜明けの太陽がのぼると、とぼとぼと小川のほうにやって来ました。もうぜったい家には帰らないと決心しました。そして今、小川のそばの木の切り株にすわっていても、その決心は強まるばかり。まず、ふさわしい場所を見つけて、それから、できるだけ早く自分の家を建てよう。自分の家というかんがえが気に入って、いやな気分が、しばらく消えました。

　けれどムッリがちょうど歩き出そうとしたとき、うしろから、お父さんペイッコの大きな声がしました。

　「おまえは、こんなところにいたのかい！　あちこちさがしまわっていたのだよ。お母さんも、おまえの友だちのところにさがしに行ったが、昨日から、誰もおまえを見かけていない。朝になっても、おまえが家に帰らないので、わたしらはもう、ほんとうにしんぱいでしんぱいでたまらなかったよ。どうしておまえは、こんなに怒っているのかい、小さなムッリ坊(ぼう)よ」

「ぼくは、もう小さくない」

くちごたえして、ムッリは、ふてくされた顔つきで、お父さんを見ました。そのとき、お父さんは、ムッリがどうしてこんな態度をとるのか、理由がわかりました。

「おまえがかわいいんだよ、おまえは、誕生日のプレゼントに、欲しがっていた鏡のかけらをもらえなかったから、怒っているのだね？ しかし、おまえは、そういうのがどこかで、もし見つかったら、買ってあげようと、わたしが言ったのを覚えていないのかい。見つからなかったのだよ、だからわたしに怒っても、しようがないだろう、だいじなムッリ」

お父さんは、やさしく答えて、弁当の入ったナップサックをせおったまま、２本の釣り竿を手に、切り株に、ムッリのそばに、すわりました。ムッリは、なにもしゃべりません。くちをへの字にまげて、ひたいにしわをよせ、あいかわらずむっつりして、目の前の小川の流れを見つめていました。自分が癇癪をおこしたことを、後悔しているそぶりを、これっぽっちも見せないようにして。それから、お父さんがたずねました。

「言ってごらん。どうしてそんなに鏡のかけらが、だいじなのかい？」

「だってさ」

ムッリは、小さく答えると、きゅうに、びっくりするほど、のどがしゃくりあげ、目から涙がぼろぼろこぼれました。それに、ちいさなあごがふるえ、泣きながら、いやな気分が、外に流れだしました。両手で顔をおさえたムッリは、心もはりさけそうに、お父さんの肩でしゃくりあげました。お父さんは、しずかにムッリを腕にひきよせ、ぼさぼさ髪をなでながら、いろいろ話して聞かせ、なぐさめて、それから、涙にぬれた男の子の顔を、やわらかいハンカチでふいてあげました。

「どうだい、おちついたかい？」お父さんが、やさしくたずねました。

「う、うん …… まあね」

ムッリは、まだふるえる声で、とぎれとぎれに答えました。

「さあ、あのなあ …… わたしといっしょに、釣りに行かないか？ さっき湖の岸辺に行こうとして、ふと、おまえが、こんなところに、小川のそばにいるのが見えたのだよ」お父さんは、話をつづけました。

「きっとお腹がすっかりすいているだろう。ちょうど弁当がある。た

っぷり二人分あるぞ。弁当を、いつもより、すこし多めに持ってきたのだよ、だって、この辺りか、もしかしたらむこうの、あの岸辺で、おまえが見つかるような気がしたからね。そして、そのとおりになったよ」

泣くだけ泣いてしまうと、ムッリは、まるでべつの男の子のようでした。いやな気分は、なにかふしぎな力で、吹きとんでしまいました。かわりに、うきうき楽しい気分でした。ムッリは、おおよろこびで、お父さんといっしょに出かけました。魚のシチューの食材を、お母さんにもち帰ってあげよう。岸辺の小道で、ムッリは、ふてくされてごめんなさいとあやまり、キツツキのティモが、鏡のかけらを見ると魔法の絵が見えると言ったから、ほしかったとうちあけました。すると、お父さんが、微笑みながら、鏡のかけらを見ると自分の姿が見えるだけだよ、ふしぎはないよと話しました。水面を見るのと同じだよ。水面は、鏡のように、自分の姿が見えるから、人間が発明した鏡という物体と、まったくおなじだよ。

ムッリは、お父さんの話しを信じました。それで、鏡のことは、もう、ひとことも言いませんでした。自分の家をたてることは、もう気にしなくなりました、お父さんとお母さんと妹ミンナがいるところが、けっきょく、世界でいちばんよい場所ですから。

*17 友の援け

まぶしい夏の日のなかを、さらさらと、小川が楽しそうに森をぬけて流れています。小川のはじまりは、ふかい地下、クリスタルのようにきらめくわき水が、ぶくぶくと、たえまなく上に吹きだしていました。森の小道と、小川の土手、沼や湖の岸辺、そして森の原っぱに、花がうつくしくかがやいています。青い5弁のワスレナグサ、青紫のシャジン、マーガレットの白い花、白い7弁の森の星ツマトリソウ、青紫のスミレ、黄いろい5弁の花をつけすらりとしたミヤマキンポウゲ、すてきな香りがする薄青いレフ

トシニラトヴァの花、ピンクのスイバの花、白雪のしずくのようなスノウドロップ、スズメノケヤリともいうワタスゲ、うつむいたリンネソウの赤紫小花、大きな黄色い花のキショウブ、まっ白なスズランのいい匂い、ほかにもたくさんの花々が、そして木も草も、太陽にむかって顔を上げ、日光がくれる力とあたたかさ、しっとり湿った土の滋養を、ぐんぐん吸いこんでいます。そして森の小さいものたちも食物あつめにおおいそがし。長い冬にそなえて、たくさん食物をあつめて倉庫をいっぱいにするためでした。もう朝早くから、親たちは子どもをつれて仕事に出かけました。

　リスのネストリは、もうずいぶん年よりのおじいさんですが、リュックサックを背負い、自分と妻のために冬のたくわえをさがしていました。ゆっくり歩き、やぶにかがんで木の実をさがし、背中がつかれると、杖によりかかって一休みしました。そのうえ、ネストリは、ひざがまだ少し痛みました。とがった枯れ枝で、ひざを傷つけたことがあったのです。そのときは、家で、老妻リスのカロリィナが、オオバコの葉に松脂をくるみ、クモの糸で結んで、すぐに傷薬を用意してくれました。ネストリは、まだひざをかばって、動くときは片足を引きずるようにして、むかしのようにピョンピョンとびはねることもなく、まえかがみのそろそろ歩きで充分でした。それでもほかのリスたちと同じように、しんぼうづよく冬の食物をさがしました。

　「カロリィナが、今、いっしょにいてくれるといいなぁ。ハイキングみたいに、いっしょに歩いたら、さぞかし、たのしいだろうなぁ。しかし、おまえはどうしたものか、朝から頭が痛んで、休んでいるしかないものなぁ」

　ネストリはひとりごとを言い、しばらく草むらに、すわりこみました。おりよく、そばをとおりかかった家族が、ネストリに気がつきました。家族は、じいさんリスを援けることにきめ、ネストリが家にもって帰れるように、ひろいあつめた森の幸をわけてあげました。それにはどんなにおどろき、よろこんだことでしょう！　ほとんどことばにならないくらい、涙がでるほど感動しました。それというのも、ネストリは、これほどだれかに援けてもらえるなんて、期待も望みもしていませんでしたから。これまで、必要があっても、こんなに親切にされたことは、ありませんでした。

そのころは、森のむこうに住んでいて、この森のように、こんなに親切な住民は、いませんでした。

　こころざしのあるものが、それぞれ自分のぶんをわけたので、リスのネストリは、リュックサックが、はちきれそうにいっぱいになっていることに気づきましたし、それにバスケットにも半分入っていました。それで、ネストリは、心あたたかな森のものたちに、すばらしい支援の礼をうやうやしく述べることしかできませんでしたが、それから、うれしい気もちで、巣穴の家に帰って行きました。役に立ちたいという友が、二、三匹、つきそったのは、いうまでもありません。

…。 ＊18　ネズミのミキが、おかあさんからはぐれたとき

大きな悲しげなひとみが、どこかを見つめ、頬に涙が光っていました。泣いているのは、小さな森ネズミの坊やでした。木の実狩りのとちゅう、お母さんと、はぐれたのです。そして今、大きな赤いテングダケの下で、緊張して、おびえながら、鼻ヒゲをおろおろふるわせ、かなしそうにすわりこんでいました。

　「やあ、坊や。きみはどうしたンだい？」

　そばのジュニパーの茂みから、明るい声が、そうたずねました。それは、羽を休めに休憩していた森のレンジャー、シジュウカラのティティトゥゥで、かなしいこの状況を、ぐうぜん目にしたのです。ネズミの子は、敏感に顔を上げ、涙でくもった目で、シジュウカラを見上げ、ジュニパーのやぶの小枝にいる鳥を、いぶかしげにながめました。

　「ぼ、ぼく …… は …… は、はぐれちゃって、ウェーンウェーン。どっ、どこにもお母さんが見つからなくて、エーン」

　小さなネズミのミキは、そう答えると、心がはりさけそうにしゃくりあげ、泣きながら小さな体をふるわせました。シジュウカラは、ネズミの

子をしげしげと見つめ、小さなはぐれ子ネズミを、ひどくかわいそうに思いました。事態を解決しなければ、それもすぐにと、ティティトゥウは、かんがえました。

「さあ、おちついて。ちょうど、わたしがここにいたから、もう大して心配は、ないよ。さあ、問題を解決しよう。まず、きみの名前を聞かせておくれ」

なだめる声で話しながら、この状況をいちばんうまく解決するには、どうしたらよいか、鳥は思案しました。

「ミキというの」ネズミの子は、小さく答えました。

「よし、それでは、どこに住んでいるの」

ティティトゥウは、ほかにもくわしい情報を知るために、たずねました。

「よ、よくわから、なーいんだよー」

ミキは答えて、また大泣きに泣きだしました。

「さあ、もっと、なにか話してごらん。きみの家があるのは、どんな場所だろうね」

鳥は、しんぼうづよくたずねました。小さなネズミのミキは、かんがえはじめました。よくよくかんがえているうちに、泣くこともわすれてしまいました。それから答えました。

「ぼくんちの近所には大きな木があって、おおぜいのキツツキが、その木に、何階建てもの巣のお家を造っていると、すくなくとも、お母さんが、そう言っていたよ」

それで、シジュウカラは、ミキの家がどの辺りか、すぐわかりました。鳥は、安堵してほっとため息をついて言いました。

「ここにじっと、おりこうさんに待っておいで。すぐもどるから」

そして、飛んでいき、木から木へ、石から石へ、森の沼近く、キツツキの新築現場へ飛び、若い松の木のてっぺんに止まって、あたりを見まわしました。ふいに、シダの茂みに視線がとまり、シダの根元に、なにかが動くのが見えました。ハリネズミ一家の清掃日で、掃除をしているのだろうと、鳥は考えました。ハリネズミの一家が、ちょうどそのあたりに住んでいるのです。かれらを訪ねて、聞いてみたらどうだろう、ネズミのミキ

がどこに住んでいるか、おそらく知っているにちがいない、鳥はつづけて考え、シダの茂みの根元におりました。しかし、ティティトゥウは、そこで何を見たでしょう。グレイの服を着た森ネズミが、地面にしゃがみ、カゴをわきにおいて、しくしく泣いているではありませんか。

「なんてことかしら、なんてことかしら、わたしのかわいい坊や。わたしのミキ坊や。どこにいるの？ きゅうにいなくなって、ああ、なんということでしょう、もう、どうしたらいいのでしょう」

そう言いながら、かなしんでいたので、すぐにはシジュウカラに気がつきませんでした。鳥はじっと耳をかたむけ、ネズミの母のかなしみを近くで見ていました。

「子を見失ってしまったのかい？」

ティティトゥウが、そうたずねながら、地上に、ネズミの母のもとへおりました。母は、びっくりして鳥を見て、とつぜんの出現に、ひどくおびえました。

「そうです …… あの子が …… わたしのミキ坊やが、わたしからはぐれてしまいました。朝、木の実のところで。どこにも見つからなくて。はじめは、いっしょにいたのに、それがどこにもいなくなって。かってなほうにきょうみをひかれて、知らぬまに、そちらへ行ってしまったのかもしれません。子どもというのは、そういうものですから。わたしたちは、この森に越してきたばかりです。どこがどうだか、まださっぱりわかりません。それで、こんなことになってしまって」

ネズミの母は、せくように質問に答えるあいだも、鼻をすすりあげ、つかれきった目から、涙をぬぐっています。

「そうか、そうですか。しかし、お母さんは、すぐミキをさがしに行くとか、どこかに助けを求めるべきだったのではありませんか」

ティティトゥウは、つぎに、そうたずねました。

「わたしは、自分も道に迷ってしまうんじゃないかとこわくて、それさえできませんでした。私は方向音痴なんです。助けてくれそうなものに出会いそうもなかったし。わたしはひとりぼっちですから、じっとしていました。わたしにはミキしかいません、ほかに子どもはありません。ミキの父親は死にました。わたしたちがまえにくらしていた、あの大きな森で、

大きな獣に食べられてしまいました。おそろしかった！ 大きな野良猫でした。そこにいるのがとてもこわくて、それで、子どもをつれて引っ越してきました。それなのに、あの子まで死んでしまった。もう死んだにちがいないわ。ああ、かわいそうな、ミキ」

母ネズミは、なげきました。

「そんなことはありません！ おちついてください、お母さん。ミキは、生きていますよ。元気で、まだそこに、このすぐ近くの安全なところにいます。ほんのすこしまえに会いましたから。日がくれないうちに、すぐそこへ行ったほうがいいでしょう。ついていらっしゃい、お母さん」

鳥は、言うが早いか、飛び立ちました。母ネズミは、びっくりして鳥を見ていましたが、立ち上がり、シジュウカラの飛ぶあとをついて行きました。小道つたいに小走りに走っていると、さっきとちがい、こんどは、森に住むいろいろな小動物たちに出会いました。しかし、母ネズミは、立ち止まって、だれかと知り合いになるひまもありません。ミキがいるところに、ひたすらいそぎました。鳥は、音もなく、木から木へ飛びながら、そのまにも、母ネズミがついて来ているか、下の地面を走っているか、気をつけていました。母ネズミは、がんばっています。

とつぜん、目のまえにテングダケがあらわれました。そして、お母さんは、もう、遠くから自分の子を見つけました。この子は、枯草であんだちいさな木の実カゴをわきにちょこんとおいて、キノコの下に、おりこうさんにすわっていました。ミキのほうも、だれがこちらに来るのか気がつきました。

「お母さん」子は、澄んだ大声で叫びました。

「坊や」母ネズミは、息を切らせて答えながら、ミキのそばにかけより、いとしそうに息子をだきしめました。

「さあさあ、かわいいミキ坊は、もう大丈夫。もう泣かなくていいのよ。きっとお腹がぺこぺこで、つかれているでしょう。すぐ、お家に帰りましょうね」

母ネズミは、あたたかく話しかけ、涙でぬれたミキの顔を、赤いエプロンでぬぐいました。すると、ミキも、にっこりしました。ちいさな星のように、ひとみがかがやいていました。顔いっぱい幸せそうで、うれしそ

263

うで、ティティトゥウが、これまで見たこともないほど、みちたりたようすでした。ネズミたちが、もう迷わないように、巣穴へもどるいちばんの近道をおしえてあげてから、鳥も自分の巣に帰りました。

「たいへんおせわになりました、お礼を千遍申し上げます」

鳥にあいさつをして、母ネズミは、ミキをつれ、細道をとおって、巣穴にむかって歩いて行きました。

「また近いうちに会いましょう」

ティティトゥウは声をかけ、自分の巣へ、トウヒの幹穴のかげに、みちたりた気もちで飛んでいき、この出来事もまた、森のレンジャー部隊の隊長の、老いて不抜なる賢者キンメフクロウに報告しました。

…。 *19　こわいとき

月のうつろな目が、早朝の秋を見つめていました。花々が霜の布団によりそって眠っています。グレイの絹のような小川の精霊ブロンハルティヤが、空をまう落葉を、さびしそうにながめていました。長く暗い冬が、ふたたびやって来るのです。森の池は、もうすでに、蝶々の羽の銀粉のように、うっすら霜のヴェールにおおわれていました。氷の真珠のベールにつつまれた木々が、花嫁のようにみえました。森の小道のここそこのわかれ道や、こんもり白霜に彩られた苔に、赤いツルコケモモの実が、まるで血の真珠のように、つややかでした。自然のすべてが、色彩のシンフォニーになり、赤や黄の炎をあげて燃えさかっていました。それは、去りゆく夏への、さよならパーティーでした。今、紅葉のとき。

氷の老爺が、いそぎ足でどんどんやって来ます。雪の精霊の到着まで、まだもっとたくさんの場所に、凍える寒さをまいて歩かないといけません。湖の岸辺の森で、氷の老爺が、大きな袋から、氷柱や、ぴかぴか光る氷の真珠や、きらめく霜の星を、ここそこにまきちらすと、風景はきらめ

くおとぎの世界になりました。ネズミの家の小さな窓にも、凍える寒さが、白霜のブラシで、氷の花を描きました。

　森に住むものたちは、すっかり冬のそなえをしていました。倉庫を食べ物でいっぱいにして、住まいを修繕し、隙間にびっちり泥炭(トルフェ)をつめました。これで、凍える冷たい風が、いつ雪だまりに吹きつけても大丈夫でした。

　さえわたる秋の朝明け、森にすむものたちは、いつものように目をさまし、いそいそ働きはじめました。

　薄暗い夜明けのなかに、とつぜん、光りがさっとさしました。あれはきっと、角灯(カンテラ)のローソクの灯り。それが湖の岸辺の小道を、森へ近づいて来ます。あの湖のかなたから。ブルーベリー山のやまおくにすむ大精霊が、角灯を手に、森の警備隊のフクロウにきゅうを知らせに、いそぎ足でやって来ました。この不意の訪問のわけは、フクロウのラムのところで、すぐあきらかになるでしょう。大精霊は、大変な危機を警告に来たのです。北からやって来たはぐれ狼、ひどく性質の悪い腹ぺこのアリュが、今頃のよい季節、森をうろついているのです。小鳥の知らせによると、狼が、こちらにむかっているのは、あきらかでした。それで、大精霊は、ラムに、すぐこのことを森にすむものたちに知らせるようにたのむと、またつぎの森へ、いそいで去っていきました。

　ラムは、精霊に警告の礼をのべると、合図の口笛で、鳥の自衛隊を召集しました。小鳥たちが到着すると、ラムは事情を話し、森は、一週間、夜間外出禁止(やかんがいしゅつきんし)にすることを指示しました。小鳥たちは、すぐさま森にすむものたちへ知らせに飛び立ちました。トントゥのトメラは、告知を聞くとすぐ、一匹の狼をそんなにこわがることはないと言いましたが、それでも、告知におとなしくしたがうと約束しました。

　大精霊の訪問から、三日後、それは起きました。おそろしい狼アリュが、湖の岸辺の森に姿をあらわしました。夜になりそめるころ、大きなおそろしげな黒い物体が、原っぱのはずれから、森にしのびこみました。幸い、小さなものたちは、告知にしたがって、まさにそのすこし前に、家に入っていました。数羽の監視の鳥だけが、外にいて、隠れた樹木の安全な枝にとまり、あたりをしっかりみはっていました。森のまんなか近くで、

毛むくじゃらの狼アリュが、道の地面や、そのまわりを嗅ぎまわっていました。強い前肢で、切り株や、苔地や草地、やぶのなかや、岩の穴など、そこいらじゅうをひっかき、ほじくりまわしました。食べる物がなにも見つからないので、うなり、怒りに吠え、そのまにも、メラメラ燃える炎のような赤い眼で、憎々しげにあたりを睨みつけました。あきらかに腹ぺこでした。小さなリスやネズミや、野生のウサギを見つけて食べようとしていたのです。でも、それは、むだでした！

シジュウカラのティイウが、さいしょにアリュに気がついて、するどく叫びました。すぐ、すべての鳥たちがつぎつぎと配置につき、けたたましく警報をさえずりました。その声は、森中にひびきわたり、小さな住民たちは、隠れた家のなかで、それを耳にしました。知らせを受けたものたちは、守りをかため、狼に察知されないように、家の巣穴の中で、できるだけひっそり息をひそめていました。たいへんな危機がまちうけていたのは、トガリネズミの一家でした。巣穴のすぐそばを、狼が、獲物をさがしてがむしゃらにほっていたのです。

しかしアリュは、なぜか、ほじくるのをやめました。なぜかわかりませんでしたが、ありがたいなりゆきになりました。狼は、きゅうに頭を上げ、ぶるぶる耳をふるわせ、空気のにおいを嗅いで、三回、とおぼえすると、森の小道を、北にむかって、稲妻のように走り去って行きました。

危険は去ったと、小鳥たちは、さえずりました。それで、森にすむものたちは、ほっと安堵の吐息をついて、巣穴から外へでて来ました。恐怖のときは、いつしか過ぎるものです。そのうれしさに、お祭りをすることになりました。翌日、お祭りがひらかれたのは、丸岩で守られた洞窟のなか、トンットゥのトメラの泥炭造りの広い家でした。そして大精霊が、主賓に招かれました。

その夜、秋の角灯が消え、天空と大地に吹雪がふきあれました。北の地は、ふたたび冬に閉ざされました。

*20　月から銀がこぼれるとき

クリスマス・イヴでした。八才の少女、サンナは、おじいさんとおばあさんの、百年をこえる古いログ・ハウスで、クリスマス休暇を過ごすため、両親につれられて、ラップランドの小さな山村にやってきました。サンナのお母さんは、ラップのサーメ人でした。サンナは、大きな都会をはなれて、田舎のおじいさん、おばあさんのところで、山やトナカイにかこまれて過ごすのが、いつもたのしみでした。おじいさん、おばあさんは、サンナに、とてもやさしく、とくに、おじいさんは、毎晩、暖炉の火のそばで、ワクワクするようなラップランドのおとぎ話を、サンナに聞かせてくれたし、冬は、電動ソリのドライブにつれていってくれたし、夏は、自然のなかをいっしょにハイキングしました。

　クリスマス・イヴのまっくらやみの天空には、数千という星がきらめき、オーロラが燃え、満月がかがやいて、クリスマスを祝っていました。木々は、花嫁のように、白霜の真珠のヴェールをかぶっています。零下四〇度の寒い庭の吹きだまりに、まるいグラスのローソクがてんてんと灯り、小さな松明（たいまつ）のように、黒い闇を照らしていました。

　サウナをつかい、ごちそうを食べ、プレゼントをもらい、もう夜もふけていましたが、サンナはすこしも眠くありません。フロアのクマの毛皮の頭にすわり、おじいさんにもらったプレゼント、フィンランドの民族的叙事詩「カレワラ」の大きな本の挿絵を見ていました。ハーブティーやコーヒー、クリスマスのごちそう、いろいろなクリスマスのお菓子や、クリスマス・ケーキ、クリスマス・ツリー、ヒヤシンスの花やキャンドルの香りが、居間にあふれていました。サンナにとって、クリスマスは、昔のおとぎ話のように、神秘的で、心ときめくものでした。

　「月が、古びた銀をこぼすとき、たくさんの星が、下界に、ふかい雪だまりに、ふるとき、オーロラが、天使のオルガンのように、生けとし生けるものの肩に吐息のような歌声をひびかせるとき、凍てついた氷の琴（カンテレ）が、ポロンポロンと、冬の天穹（てんきゅう）に谺（こだま）するとき、霧氷（むひょう）でまっ白になった老樹のヒゲ苔につつまれて、茶色の羽根に黄のふちどりのある大きなキベリ

タテハ蝶がまどろみ、眠るフクロウの子たちを枝いっぱいにまとった木々が、ささやくように語りあうとき。そんなとき、きっとなにかが起きるよ。とりわけ、こんなクリスマスの夜は」

　サンナとおしゃべりをしながら、おじいさんが言いました。暖炉の火が燃えさかり、居間の食卓におかれた土器のつぼやランタンに、ローソクが灯り、外の薄明りが、しずしずとクリスマスの夜に近づいていました。サンナのお母さんは、食卓でおばあさんとおしゃべりして、お父さんはラップの民新聞を読んでいました。おじいさんは、ゆりイスにどっしりこしかけ、サンナを見つめて、トナカイ犬のサメリをなでていました。サンナは、本のページをめくる手をとめて、おじいさんに、おとぎ話をせがみました。

　「おじいさん、またなにか、すてきなお話をして。このお家の屋敷わらしコティトンットゥとか、緑の地老仙マアヒネン、沼の魔女スオノイダ、予知する妖精エティアイネン、人の姿をした老木や巨石のセイタ、山彦トゥントゥリンハルティヤ、それとか妖精ケイユのお話をして、ねぇねぇおねがい」。

　おじいさんは、白いあごひげをしごき、微笑みながら、サンナを見つめて言いました。

　「それではこんどは、気分をかえて、去年の秋に、わたしが見たことを話してあげよう。サウ・カァレプ・ヴェルホつまりポール・キャベツの魔法使いという場所を、あちこち旅していたときのことだった。木々の緑のランタンの灯りは、すで消えてしまっていたよ。妖精たちも、冬の寝床で眠っていた。しんしんと雪にそまる時節だった。湖の下まですっかり凍り、白氷になっていた。北風が吹きすさび、樹氷は、いっぱい白霜の真珠をつけていたよ。野生の雁やスズガモ、ヒョウタンカモや白鳥、それにイソシギも、もう、みんな、南に旅立ってしまったンだね。花も、白霜の布団の下で、眠りについていたよ。満月だった。やれやれ夕飯にしようと、いぶる火のそばで、トウヒの枝をしきかさねた上にすわり、弁当を食べていたんだ。すると、とつぜん、きれいなアカオカケスという鳥がやってきて、わたしの肩にとまり、「つるこけももの池カルパロスオを見てごらん」と言って、飛び去った。あわてて、そちらを見ると、こんなことってある

かしら！　月の光のなかに、ぽっかりひらいた池に、白い月のトナカイと、黒いクマと、銀色オオカミが、いっしょになって、うっとり踊っていたのだよ。その瞬間、雲が月を隠し、ふたたび月があらわれたときには、つるこけももの池は、もう、しんと静まりかえっていたんだ。月のトナカイのなかよし祭りは、かき消したように、なくなっていたよ」

　サンナには、おじいさんの話しは、とくにその月のトナカイの話しが、ふしぎで感動的でした。いつか、そういうものに会いたいな。おじいさんといっしょなら、きっとねがいがかなうかもしれないと、サンナは思いました。それから、眠くなってあくびをしました。もっとなにかおじいさんに話してもらいたかったでしょうが、おじいさんは、そのかわりに、サンナを腕にだきかかえ、寝室に、寝かせにつれて行きました。おやすみ、うつくしい夢を見なさいと言って、おじいさんは、また明日の晩、おとぎ話を聞かせてあげるよと、サンナに約束しました。

　サンナは、夢をたのしみに、ベッドによこになり、ときどき窓外に目をやって冬の夜をながめていました。夜空はダイヤモンドの庭のようにきらめいていました。ラップの目印、ルイヤの山頂が、きらきらかがやいていました。そそりたつ赤松が、燃えるように地平線をいろどっていました。北の長老が、夜のかがり火を燃やしています。それが、北フィンランドの湖沼地帯の丘陵アアパヤンカや、なだらかな丸山トゥントゥリの上空を、多彩な色いに、明るくそめていました。はるかとおくでホッキョクギツネが、ヒョンヒョン雪に弧を描き入れると、キツネの冷たい足もとに、冬の白霜の真珠が、クリスタルのような雪煙になってまい上がりました。ライチョウが、雁と押し合いへしあい、ひしめき合って、グァグァないています。若いトウヒが森の境を守る警備隊のように立ち、フクロウが雪をはねかえして雪の沐浴をしていました。月が、大理石のような雪に影絵を描きました。オッレソカの地や、ヒルヴァス＝ラッシのカルフヴァアラ雪原で、北風の吹きすさぶなか、血に飢えたオオカミの群の遠吠えが、いつまでも歌うようにつづいています。極北の夜は、霧氷の黒く冷たい炎の舞いに焔々(えんえん)とのみ込まれていました。

　ようやく、ふかい眠りについたサンナは、とてもふしぎな体験をしました。ほんとうに、まざまざと感じたので、サンナは、それが、夢か現(うつつ)か、

わかりませんでした。とつぜん、銀色にかがやく白い月のトナカイが、サンナのもとにあらわれ、背中に乗りなさいと、女の子に言いました。サンナは、おどろいて、トナカイを見上げましたが、すこしもこわくありませんでした。トナカイが、ここにまたつれもどしてくれると約束してくれたので、サンナは、勇気をだして、パジャマのまま、トナカイの背にのりました。

「あなたは、わたしを、どこへつれていくの？」サンナが、聞きました。

「すぐにわかるよ」トナカイが、答えました。

みなれた部屋は、あっというまに霧のようにぼやけ、サンナが見たのは、ただ茫漠としたひろがりと、星のまたたきでした。銀河をわたり、星雲をぬけ、考えるより速く飛び、ついにオーロラ仙女レヴォントゥリハルティヤの地に、舞いおりました。月のトナカイはサンナを銀の山、月の城に連れてきたのです。そこには、おじいさんにもらったクリスマス・プレゼントの本「カレワラ」の主人公、老いて不抜なるヴァイナムイネン、大気の娘でこの世の創造者イルマタルの息子、生まれたときから老人の、太古の吟遊詩人で英雄の、まさにヴァイナムイネンその人が住んでいました。

ヴァイナムイネン「されば処女よ。乙女子よ。真珠の白き、いとうるわしき。いかなる炎の館より来たれるや？」

サンナ「そこから来たのじゃないわ。地球から、遠い北の国からよ」

ヴァイナムイネン「さればいとはるかより！ 草ふかきジュニパーしげる、いとみすぼらしきあばら家より、岩がちの暗き歌なる辺地より。されば永久になつかしくとも、末永く暮らさんとして」

サンナ「ちょっと訪ねて来ただけよ。かしこい知恵をさずかりに」

ヴァイナムイネン「汝れがおとづれ来たれしは、いと歓迎さるべし。星のふるさとへ。我れの語るを、聴き得べし。されば宝を埋めるべし、汝れの心にしっかりと。夜の上界、星たかく、つねにたかきへのぼるべし、荒ぶる潜みへよらざるべし、悪なる掌へおちいらざるべし。嘲りの光をやどす目に近よらざるべし。深雪をとかし、唇に祈りをそえるべし。いと若きムギワラのごとく、しなやかなれかし、されば嵐の下で折れぬべ

し、霜の荒野で枯れぬべし、されば穀物 ｛人生のこと｝ は、豊穣の鐘を
ならすなり」

　サンナ「ここは明るいのね、どこもかしこも光がひらめいているわ」

　ヴァイナムイネン「されば、天には七重（ななえ）の虹の扉、数千なる星の庭園、
永遠の地のすみかなり。あれなる低きは地球なり。北極星の下界、雲にお
おわれしかた、風凍（かぜこお）みる靴、石の顔、雪と氷におおわれたる細き道。流浪（るろう）
の者の旅路は重し」

　サンナ「けれど、私のお家が、あそこにあるの」

　ヴァイナムイネン「われの銀、われのむすめよ、夢がはこびしわれの
妖精、かの地球はすべての下界に、いと遠きにあり。すべての顔に風の刻（しる）
したるや。唇にかなしみの調べあり、されば天使が招く角笛の音なるまで。
それより汝れの心にぞ、天は触れうべし、花の咲きほこり、細き道にあふ
れるなり、それより汝れは、かならずやのぼらざるなきなり」

　サンナ「わたしは、どうしたらいつも正しい道がわかるでしょう、ど
こかへ、迷子になってしまわないかしら？」

　ヴァイナムイネン「星のひとみぞうつくしき。風から風へかぐわし
き香りうつろう、さればすすみ行くべし。風の祈りを聴くなり、木々の鬱蒼（うっそう）
たる語りを聴くなり。すべて汝れの魂の目で見るべし。汝れの魂の本能に
したがうべし。鋼鉄と煉瓦のごとく硬くあるべし、悪（あく）の誘惑には、真珠の
冷たさを。つねに光の本道を歩くべし、夜の魔法使いは、日中の肩へ逃げ
るなり。尖り口の知らせを求めるなかれ。暗き宿屋（やど）に住まざるべし。鳥の
ごとく、自らの友の群の営巣する樹木を求めるべし。心気高くあれぞかし。
良心の火を、心に燃えたたせるべし。嘘と捏造のネットの罠にかからざる
べし、憎悪の棲まう人間を避けるべし。覚えておくべし、だれにも心をひ
らく人たちを、どの方角にもひらく扉を、そして宮殿にみちびく本の表紙
を」

　サンナ「わたしの幸せは、どこで見つかるの？」

　ヴァイナムイネン「月の魂、我れの花よ、荒野の地にては、汝れの生
命は幸せならず、汝れの家こそ尊ぶべし。心に太陽さえあれば、綿のあふ
れるあたたかな鳥の巣、窓辺に平和の角灯（ランタン）ともり、口唇に花の微笑み、さ
ればなり、霜はよその地へ、狼はペイッコのかかとに、蛇の舌は蛇の群れ

に、嵐は狂乱のなかに。結婚もいとよし。ふるき聖書に書き記されし、すばらしき夏の夜に、花香る野原にて、汝れも、婚約者とめぐりあうなり。そろいて二人よりそうなり。されば風も汝れの心の芯をやすらぐるなり」

サンナ「賢者よ。よきヴァイナムイネンよ。友だちは、どこで見つかるの、私の心に共鳴する友だちは？」

ヴァイナムイネン「わたしの銀よ、小鳥よ！水のさざ波に耳をかたむけ、雲の小径を見やるべし。大気の乙女たちこそ、いとかわいらしけり、いとふさわしき歌を歌うなり。夜になり月がきて、夜中は月光が灯台になると、風の娘は風の館に、水のニンフは岸辺にあり、森のニンフは森の小道に、花の妖精は原っぱに、夏の夜の薄闇のなか、共鳴しあうものたちは、たがいのそばにあり。

覚えておくべし！魔法使いの歌い手、黒ガラスは逃げ去るなり。沼の花嫁のベールがおおう地は、遠まわりして避けるべし。マアヒネンの森にはまることなかれ、霜の精の視線を避けるべし。破壊の力には距離をおくべし。悪の根の張る魔女の地に近づくなかれ。黒き心の奥底で、大戦禍のマムシが咬むなり。平和は、暗き道筋にはあらず、血の唇が叫ぶ苦痛にあらず。ここで学ぶは宝なり、人生の小道を照らす松明なり、心の炎を明るくきらめかせるなり。永遠のあこがれがあるとき、涙が頬をつたうとき、胸いっぱいに石が詰まって変な音がするとき、はじける火の粉のような聖なる『カレワラ』を読むべし」

サンナが、ヴァイナムイネンの賢い教えに、ひざをかがめて優雅に礼をすると、月のトナカイが、また、さきほどのように、サンナのもとにあらわれました。不抜のヴァイナムイネンのすみかへの、訪問はおわりました。出立の時、サンナが、もう月のトナカイの背にすわっていると、ヴァイナムイネンが、丸い月の石がかざりについた銀の指輪を、思い出に、少女の指にはめてくれました。サンナが、石を近くで見ると、生き生きとしたヴァイナムイネンの顔がそこに見えました。まるで水の膜のなかの霜のヴェールのように、オーロラ模様をとおして、かすかにうきでていました。サンナは、贈物にとても魅了されました。しかし、お礼を言うひまもありませんでした。というのは、たちまち、すべてが銀の霧につつみこまれてしまったからです。そしてサンナとトナカイは、ふたたび天を飛び、きら

めく星の庭をとおって、オーロラの滝をぬけ、月の架け橋をわたり、地球へ、サンナのおじいさんの家にもどりました。そのとき、サンナは目をひらいて、自分がベッドの中にいることに気づいて、ほんとうにびっくりしました。あたりを見まわしても、月のトナカイはどこにもいません。ヴァイナムイネンもいませんでした。でも、指輪があります！ その指輪は、ヴァイナムイネンの月の城を、たしかにサンナが訪れたしるしに、ちゃんと指にありました。けれど！ その指輪は、とても特別で、ヴァイナムイネンのところを、サンナが訪れたことを、ほんとうに信じる人にだけ、真の姿が見えるのでした。そうでない人たちには、その指輪は、安物のおもちゃの飾りで、ついている石は、ただのプラスチックのビーズにしか見えません。

　サンナが、朝のコーヒー・テーブルで、不思議な訪問のことを話し、ほんとうのお話しなの、と指輪を見せると、みんなは、まるで、サンナが今しがた見た夢とか、子どものおしゃべりに微笑むように、愉しそうに、サンナに笑いかけるのでした。けれど、おじいさんだけは、そうしませんでした。おじいさんは、指輪を見たとき、サンナの旅路は真実と、わかりました。というのも、おじいさんは、サンナとおなじように銀の指輪が見えたからです。その石には鏡のように、ヴァイナムイネンの生き生きした、そしてふかい賢者の光をはなつ顔が映っていました。おじいさんはサンナを見つめ、そうさ、わかっているよと、うなずいて微笑みました。サンナは、すぐ、それに気がついて、うれしくなりました。

　それからというもの、サンナとおじいさんは共通の宝物をもち、それをとおして秘密の世界につながる道ができたのでした。

*21　森のトンットゥ　ヌプ

12月の青灰色は、すでに、その日も、おおいつくしていました。太陽が冬

の眠りについて、半年は昼も夜もない、暗夜の時季でした。ちいさな森は、しんしんとしずまりかえった平和な感じがしました。たまに、なにかがちょこっと動いて、どこかへ出かけては、すぐ、あたたかい巣穴にもどってきます。

　老いたキンメフクロウが、ちょうどおそい朝ごはんを食べおわり、外の天気をちらと見たとき、眼下の地上に、なにかが動くのに気がつきました。雪のなかに、赤いものがちらりと見えて、ほの暗い光がちらちらしています。

　「立ちどまった …… あのあたり …… いまごろ、なんのため ……　それでは …… 法の名のもとに」

　フクロウは、巣の窓から、するどいさけび声をあげました。

　「ホーホー、おまえは、なんの生き物だ」

　できるだけ怖そうに言いながら、法の番人として、影響力がありそうに、強そうにみえるように、羽根をさかだてました。

　「あれ、びっくりしたなぁ！ は、わたしは、トンットゥのヌプ。家族でひっこしてきました、それで、妻とふたりのこどもといっしょに、昨日、ここに、あなたたちの小さな森に、たどりつきました。それまでわたしたちは、ここから二日の旅のところにある、大きな森に住んでいました。けれど、その森は、あまりにも平和でなくなり、こわいところになってきました。森林伐採者や、木を切りたおす機械の怪獣が、森の野生動物たちを邪魔にして、森を汚染させたので、引っ越さないといけませんでした。もうひと家族、ペイッコたちが、たぶん明日、到着するはずです。一週間前、むこうの森を訪れたアオガラが、ぐうぜん、わたしたちと出会い、アオガラの巣のある木の下に、わたしたちにぴったりの、あたたかい洞穴があると、おしえてくれました。それで、引っ越すことにきめました。そうして、ここにいるわけです、気もちのよいところですね」

　トンットゥのヌプは、うれしそうに、ひっこしのわけを話しました。

　「ホウ、なるほど、そういうことか、ホウ」

　フクロウは、少し当惑したように答えました。フクロウは、それまでいちども、森のトンットゥのような生き物に、出会ったことがありませんでした。まるで人間そっくりなのに小さくて、動物のことばがわかります。

「そのペイッコというのは、どんなものかな、いったいなんだろう」

トントゥのヌプを、じっと見ながら、フクロウは、心のなかでかんがえました。

トントゥは、もう、いそがしそうに、フクロウに言いました。

「わたしたちは、明日、新しい家で、ちょっとした引っ越し祝いをします。この森に住むものたちを、家におまねきしたいのです。あなたもどうぞ、いらっしゃい。あなたが来たら、大歓迎」

そうして行ってしまいました！ ふわりふわりと雪をまきあげながら。赤い帽子、ごましおのふさふさのひげ、そして小さなローソクの角灯(ランタン)を、走り去る歩調にあわせて、せかせかゆらしながら、雪だまりを、トントゥがむかう先は、ハリネズミの家でした。

「引っ越し祝いか。明日！ トンットゥの家で ……。ふーむ …… かんがえておこう、かんがえておこう」

キンメフクロウは、ひとりつぶやきながら、昼寝をしに巣にひっこみました。

「わしがいなくては、どうしようもないだろう。この森の法の番人は、このわしじゃ。わしがいるところ、秩序がたもたれる。行かねばならぬ。それが、わしの役目だから。それに明日は、たしか、ペイッコも、越してくるとか。わしらの森の子どもたちが、こうふんしてさわぐだろう。行かねばならぬ。それしかなかろう！ ホッホーッ 少なくとも …… 食べものもあるだろう、それがなくては、村になど（あくびをする）行かないし。さて、いろいろな生き物がいるものだ。動物たちはほんとうにいる。人間も、まぁわかる。しかしトンットゥやペイッコなど、だれが知るかね。わしの老いた目が、なにを見るか、わかったものではない、時の流れにつれて …… ホッホーッ、ほんとうにつかれた ……（あくびをする）」

フクロウは、眠たそうにつぶやくと、こっくりこっくり昼寝をしました。

-終わり-

275

あとがき

フィンランドの妖精の話をしましょう。フィンランドの人々は、日常生活にさまざまなお化けや妖精がいるのを、たのしんでいます。

エティアイネンは、ラップランドの俗信で、なまえもラップ語に由来します。宙をただよう見えないユウレイで、家になにかがおこりそうなとき、家の人々に、その異変をまえもって知らせてくれます。

ケイユは、かわいらしい妖精です。2センチから6センチの大きさで、背中のうすい羽根で、とびまわります。花の妖精はクッカケイユです。

トンットゥは、親指とか長靴くらいの大きさの妖精で、長いあごひげのあるトンットゥもいます。サンタクロースの手伝いをして、子どもたちへのクリスマスのプレゼントをつくるのが、ヨウルトンットゥです。コティトンットゥは、日本民話のざしきわらしとか、やしきわらしなどに似ています。

ネイトは、ケイユより少し大きく、150センチぐらいです。きれいでやさしい水のニンフ（水精女）や、森のニンフがいます。人間の男と恋をしたり、子どもを産むこともあります。ネイトがいると、あたりはよい香りがして、きもちのよいメロディがきこえます。

ノイダは、白雪姫の魔女とおなじです。よいこともわるいこともします。スオ・ノイダは、沼にすむ妖怪で、おおくは女です。

ハルティヤは、よい精霊です。きまったばしょにいて、そこで起きるできごとを手引きしたり、しっかり見ています。スオンハルティヤは沼にすみ、トゥントゥリハルティヤは山にすみます。サウナにいると信じられているのが、サウナハルティヤです。オーロラの精が、レヴォントゥリハルティヤです。オーロラが空を染めるとき、ハミングやスキャットの歌声が天空にうつくしくひびきわたります。

ヴィルヴァトゥリは、日本の鬼火や狐火とおなじで、トンットゥがあやつると信じられています。

　ペイッコは、地下や洞窟にすみ、とても大きなペイッコも、小さなペイッコもいます。トーベ・ヤンソンの物語の主人公ムーミンがペイッコです。

　ヘンキは精霊。ハッランヘンキは霜の精霊です。

　マアヒネンは、森の大地の精霊です。男も女もいて、マアヒスウッコが男です。緑のながい髪をして、顔も緑色で、しわだらけ。ながい爪をして、怖い姿をしています。地面にしゃがみこむようにしているのを、よく見かけます。

　ムルクは、子どもがこわがる黒や茶色のお化けです。

　メンニンカイネンは、地下にすみ、地中の宝をまもる地の精霊です。マアヒネンより大きくて重いクマのような風貌をして、よく歌います。

　フィンランドの妖精やお化けの世界が、ほんとうらしいのは、現実にキイルトマトがいて、セイタとかナァヴァなどがあるからです。

　キイルトマトは、光り虫です。暗い夜に、冷たく光るアオムシを想像しましょう。日本にもいますよ。

　セイタは、トナカイとくらすサーメ人のことばで、人間の姿に似た、自然のふるい巨石や岩、あるいは樹木です。ラップ人は、セイタを崇拝しています。

　ナァヴァは、トウヒなどのふるい巨木の幹につく、ながい髪の毛のような灰緑色の苔で、ヒゲゴケともいいます。日本で、四国の山奥に見られるサルオガセは、そのなかまの苔です。冬になると、老樹は、霜や氷でまっ白になったナァヴァにつつまれ、白いひげのおじいさんのように眠ります。トンットゥは、ナアヴァで織った布地で仕立てた服をきています。

おしまいにキホヴァウフコネとナッキのお話をしましょう。

キホヴァウフコネは、日本の河童のような妖精です。ナッキは、そのおつ

きの水の精です。年配のフィンランド人は、キホヴァウフコネが、おとぎばなしや民間信仰の精霊のひとつと思い当たりますが、知らない人もいます。南太平洋ポリネシアのツモアツ民話にも、キホという精霊がいて、キホ-ツムは、最高神です。

　フィンランドの建築学博士マルッティ・ヤアティネン氏に、キホヴァウフコネについて教えてもらいました。それによると、フィンランド語の「キホタ」は「のぼる」という意味で、怒ると頭に血がのぼるなどと使います。しかし、その単語自体、少し否定的な役割を担っているそうです。つまり自分が他の人より優れていると思って自慢する、ある種のボス的な人で、人間を評価する尺度にもなります。「ヴァウフコ」は「わめきちらす、恥ずかしがり、または臆病」で、すぐ怖がって、走って逃げたり、暴れたりして、手がつけられなくなる人です。そういうことが、いつも起こるのが「ヴァウフコネ」（きかん坊）です。したがって「キホヴァウフコネ」は、いつも不条理なことをする自制心のない人と解することができます。さらに重要なことは、妖精物語では、ふつうのヴァウフコネより、慾張りで、悪い意味になります。

　キホヴァウフコネは、日本の河童とは少し違うかもしれません。河童は、頭に湿った皿があり、背に甲羅があって、岸辺をとおりかかった人の尻を食います。しかし水かきがあり、人を水に引き込むおとぎばなしのキャラクタとしては、日本民話の河童に似ています。水の精ナッキも、キホヴァウフコネも、子どもが水辺に近づかないように、親が子に諭す教材として発生した教育的妖怪と考察されます。フィンランドには、キホとかヴァウフコネという姓をもつ人もいます。

　ナッキは、悪い精霊だったり、善い守護精霊だったりします。川や沼や井戸にすみ、形がなかったり、水草のかたまりだったり、トカゲやカエルに似ていることもあります。よく人をからかいますが、さらうこともあります。うつくしい青年や乙女になって、なにも知らない人を誘惑して、ふかい水の中にひきずりこむこともあります。

ユハニ・アホの「おぼえているか ー ?」のお話から.

1900年初めのフィンランドの作家、ユハニ・アホは、子どもの頃、両親に無断で、ひとりで湖の岸辺に行ったことがありました。けれど、つぎの民話を思い出して、きゅうにこわくなり、走って、家に逃げ帰りました。

　》 赤いヒレの大きな魚の群れが、ふかい湖底から上に泳いできました。魚たちは人になれていて、岸辺近くまで泳いできます。魚たちの背が水面にでて、がんばって地上に上ろうとしているようにみえます。もしかしたら、水の精ナッキにつかまった子どもたちかもしれません。子どもたちは、親に無断で、自分たちだけで湖岸に行くと、ナッキが子どもをつかまえて城にさらい、魚に変えてしまうとおしえられています。魚たちは、ふいに、はげしくはねると姿を消してしまいました。魚たちが、お父さんに知らせに行ったとしたら？　私は、あわてて桟橋から走って逃げました……　あの河童のキホヴァウフコネというのが、湖にいると聞いたので。それは、人間みたいだけど、岸まで来ると向きをかえてむこうに泳いでいくのではなく、湖の底を歩いて、反対側の地上に出るのです。両手足の指の間に水かきがあります。魚は、みんな、それを知っています。キホヴァウフコネは、水の精ナッキの黄金の城に住んでいて、教会船ほども長いカワカマスという魚を見ています。そして、いそぐときは、カワカマスの背に乗って行きます。》

［註］ お話にでてくる教会船とは、日曜日や祝祭に、湖や川をつないだ水路を通って、人々を教会に運ぶ船です。長さ10メートルぐらいで20人ほどの村人や家族が乗れます。そんな長さのカワカマスが、湖にいるでしょうか。　［参照：　目莵ゆみ「フィンランドのパワースポット　覚えているかー？」2012、85頁、234－235頁］

ラップランドの妖精の話

TRANSLATOR'S NOTES

Fairy Dictionary, Keiju Sanakirja, Fée dictionnaire, 妖精辞典 Yōsē'jiten

Headings of words appear in Finnish, with English French, and Japanese words, and are explained in English. The four languages English, Finnish, French, and Japanese are hereinafter called EN, FN, FR, and JP, respectively. Vocabulary is arranged as follows : Keijut, Fairies, Fées, 妖精 Yōsē ⇒ Kasvit, kukat ja sammal; Plants, flowers and mosses; Plantes, fleurs et des mousses, 植物と花と苔 Shokubutsu'to hana'to koke ⇒ Hyönteiset, Insects, Insectes, 虫 Mushi ⇒ Matelijoita ja sammakkoeläimiä; Reptiles and amphibians; Reptiles, amphibiens 爬虫類と両生類 Hachūrui'to ryōsērui ⇒ Linnut, Birds, Oiseaux, 鳥 Tori ⇒ Eläimet, Animals, Animaux, 動物 Dōbutsu ⇒ Suomen vuoret, Finnish mountains, Montagnes finnois, フィンランドの山々 Finlando'no yamayama ⇒ Muut paikannimet, Other place names, Autres noms de lieux, その他の地名 Sonotano'chimei ⇒ Muut sanasto, Other vocabulary, Autres vocabulaires, その他の語彙 Sonota'no'goi.

Keijut, Fairies, Fées, 妖精 Yōsē

ETIÄINEN   The etiäinen is an invisible spirit floating in the air, and based upon the local beliefs among the indigenous people in Lapland. Otherwise it is believed as the similar-looking spirit of the deceased. The etiäinen informs the family members of something unusual or a sudden change beforehand when it is likely to occur in the house. The word itself came from Lappish etymologically, and so, it is unfamiliar to modern urban Finnish.   [No name found in EN, FR, and JP]

HALTIJA   The haltija is a male and the haltijatar a female. The haltija is the supernatural beings and protector spirit, which exists in the wild or domestic world. Precisely, the haltija remains in a specific location and is often named in combination with the location such as the suon (swamp) haltija, metsä (forest) haltija, sauna haltija, and others. They guide the events which occur there, and keep a watchful eye on the course of events. The haltija, sometimes, relates to natural phenomena; the lumihaltija is the sprite of snow. The revontuli haltijatar is the sprite of aurora or northern lights, and sings by scat singing and humming, which sounds beautiful in the sky while she appears in the sky. In England the hobgoblin was a helpful sprite or spirit like the brownie and was also known as Robin Goodfellow or Puck.   [Genie or sprite in EN; un elfe, un esprit, un génie, un lutin in FR; 精霊 harutiya in JP]

HENKI   The henki is the spirit. The hallanhenki is the frost spirit.   [Spirit in EN ; esprit ethnographie in FR ; 精 sei or 霊魂 rēkon in JP]

KEIJU   The keiju is a fairy, and is lovely and fragile human-like spirit. Fairies have thin and feeble wings on their backs to fly. The kukkakeiju is the flower fairy.   [Fairy in EN ; une fée in FR ; 妖精 yōsē in JP].

MAAHINEN   The maahinen, or the ground gnome, are human-shaped creatures. The maahisukko is a male. The maahinen has green wrinkled skin and green long bushy hair. So many Finnish folk tales refer to the maahinen. In actuality, children are scared when they go outside to the sauna hut in the dark winter evening. They run quickly as far as the other side of their home yard towards the sauna hut, because the maahinen might be crouching on the snow crust in the shadow.   [Maahinen gnome in EN and

FR ; マァヒネン maahinen in JP]

MENNINKÄINEN　　The menninkäinen is larger and heavier than the maahinen, and looks like a bear, and often sings. In another theory, however, they are small or very small, and live like devils or the forest people. They live in solitary places, far away from the people, although they usually are indulgent to people. They may peep from the outside through windows or behind the tree trunk, or sit in a group on the rocks while staring at people. They willingly prepare for a feast, where people eat, drink and dance. Shiny objects are their favorite.　　[A goblin in EN and un gobelin FR ; メンニンカイネン menninkainen in JP]

MÖLKÖ　　The mölkö is black or brown, and something causing superstitious fear, a bogey. Children are told that the bogey is an evil character, which scares them. Some people think that children become wiser if scared. The mölkö sometimes appears in Tove Jansson's comic, Moomin.　　[A bogey, a hobgoblin in EN ; le croquet-mitaine or le lutin in FR ; ムルク、お化け muruku or obake in JP]

NEITI　　The neiti or neito is a nymphe, a little larger fairy than the keiju. The metsanneito is the forest nymphe. The vedenneito is the water nymphe, and is translated as 水精女 mizuwame by Morimoto Kakutan, the translator of the Kalevala, the 19th-century epic poetry compiled by Elias Lönnrot.　　[Nymphe in EN ; Maiden, Nymphe, Jeune fille in FR ; ニンフ ninfu in JP]

NOITA　　The noita or Noida is a specter and often female, and is evil like the witch in the Snow White tale. Suonoida is the wizard in the swamp.　　[Wizard or witch in EN ; un sorcier ou une sorcière in FR ; 魔女 majo in JP]　　(See Velho)

PEIKKO　　In Finnish mythology, the peikko-troll is a variety of ugly and nasty, big or small human-like creatures and sometimes has a long beard and even body hair, appearing in stories and at the particular places such as the underground or rocky caves. The main characters in Tove Jansson, "The Moomins," are the Moomintroll or peikko family members. The peikko is well described in the novel, Johanna Sinisalo, "Ennen Päivänlaskua ei voi," 2000, Tammi. 「天使は森へ消えた」目莵ゆみ邦訳、2002、サンマーク出版。[Peikko troll in EN and FR ; ペイッコ peikko in JP]

SEITA   Seita (Siedi in Sami languages) is a Sami sacred place, a sacrificial site, or natural objects that Sami people worship. The Sami people is Lapps or Laplanders, and are indigenous Finno-Ugoric people. The seita is, for example, unusual rock formations, giant rock piles, large natural stones or erected stones, or trees that are carefully hollowed out into human figures.   [No words in EN, FR, and セイタ in JP]

SINIPIIKA   Sinipiika is a hand floor cleaning cloth which was invented and is manufactured in Finland. Sinipiika, a blue maid, however, in the fairy tale is a blue colored fairy.   [A blue fairy in EN ; une fée bleue in FR ; 青い妖精 aoi'yōsē in JP]

TONTTU   The tonttu is a small human-like good-willed creature living in a house or around the house in Nordic folklore. The tonttu often appeared in a skinny old figure with the long beard. The joulutonttu works as an assistant for Santa Claus at Christmas. The metsätonttu lives in the forest. The kotitonttu usually lives in someone's house and works for the sake of the family members. Particularly, old farmhouses have their own protector fairies in the sauna, mill, barn and stables, shed, and many places inside their houses. For the reward, the tonttu requires a little food, a right of residence, and the last steam in the sauna. In Japan, the Zashiki-warashi, which literally means the room child, acts the same as the tonttu.   [The tomte in EN ; Nisse in FR ; トムテ tomute or トンットゥ tonttu in JP]

VELHO   The velho means the people dominating supernatural magical powers.   [The velho closely resemble the noita in FN ; witch, wizard, magician, mage, sorcerer or shaman in EN ; Sorcières or sorciers in FR ;　魔法使い mahō'tsukai or 魔女 majo in JP]

VIRVATULI　　The virvatuli is the faint light flame sometimes seen in the marshy land, or on the water surface. In some cases, the tonttu manipulates the virvatuli along the path in the forest as written in this book. In *Higuci Ichiyō*'s novel, "Turbid Bay," the similar phenomenon is described as follows:　»It's wonder enough that the grudge would not fade away. It's not known whether it was a spirit of the dead or not, but some atmospheric light was sometimes seen to appear from a hill called 'the temple's mountain,' and floats, drawing a soft luminous stream in the sky, not far from the ground, as told for a long time, afterwards.»　[ref : p. 127 in Mei Yumi's Japanese Literature, 2014]　　Will-o'-the-wisp in EN ; un feu follet in FR ;　鬼火 oni'bi or 狐火 kitsune'bi in JP]

Kasvit, kukat ja sammal; Plants, flowers and mosses; Plantes, fleurs et des mousses;　植物と花と苔 shokubutsu'-to hana'to koke

AARTEENKOURA　　Aarteenkoura is one of the traditional midsummer magic flowers to foresee a future groom, and the plant is connected to the beliefs of treasure. The aarteenkoura literally signifies treasure in a fist, one reason of which relies upon the invisibility of the seeds or the seeds carriers, according to Dr. Klintberg. The flower shape suggests a magpie toe or chicken leg, which also describes the plant aptly. The treasure fist is directly related to the belief to grasp the possible treasure hidden under the white griffins. The etymology is unknown.　[The treasure grapple in EN ; trésor grappin in FR ; no name in JP, so　宝碇草 ārutēnkoura is applied for this plant in the story]

HILLANKUKKA   The hillankukka is a plant with thick serrated-edge leaves in dark green. The 5-thin petals of white flowers resemble butterfly wings in shape. Details unknown.   [No names in EN, FR, and JP]

JUOLUKKA   The juolukka (*Vaccinium uliginosum*) is a genus lingonberries (Vaccinium) and the heather plant belonging to the Ericaceae. The shrub-type flowering plant grows in swamps. The dark blue-black berry is 0.20 to 0.31 inches in diameter, edible and sweet when ripened in late summer.   [The bog bilberry, bog blueberry, northern bilberry or western blueberry in EN ; La myrtille des marais in FR ; クロマメノキ kuromamenoki in JP]

JÄKÄLÄ   The jäkälä (*Lichenes*) is a gray lichen which grows on cliffs. It is an important food for reindeers in winter. In winter, in the snowdrift, considerably many reindeers hit their legs and stumble on the stumps of felled trees and are injured, while looking for this lichen. The jäkälä-lichen in the rocky forest is the stage set inevitable in the fairy tales from Lapland. On the rocky mountains with cliffs, jäkälä glow and the peikko-trolls live.   [Lichen in EN ; les lichens or champignons lichénisés in FR ; no specific name in JP, and so, referred to as ヤカラ yakara in this book]

KÄÄPÄ   Kääpä (*Polyporaceae*) is yellow and tends to grow on tree trunks as the wood-rotting fungi or a parasite.   [Bracket fungi in EN ; les polyporacées in FR ; サルノコシカケ saruno'koshikake in JP]

KAISLA   Kaisla (*Scripsu*) is a plant genus belonging to the sedge plants. Kaisla is any grass-like plant of the genus Juncus, having pithy or hollow stems, found in wet or marshy places. Villikaisla is a wild rush.   [Reed or rush in EN ; roseau in FR ; カヤ kaya in JP]

KAISLIKKO   Kaislikko (*Juncus effusus* L. var. *decipens* Buchen.) is the soft rush.   [Common rush in EN ; le Jonc épars in FR ; イグサ

igusa or 灯心草 tōshinsō in JP]

KARHUNSAMMAL   Karhunsammal (*Polytorichum*) is a soft-grass-like moss of 11.8 inches in length, which feels good when you lie down on it. It is one of the important stage sets in the fairy tales from Lapland.   [Haircap moss or hair moss in EN ; no names in FR, so referred to as *Polytorichum* in this book ; スギゴケ sugigoke in JP]   (See Sammal).

KARPALO   Isokarpalo (*Vaccinium oxycoccos*) is a species of flowering plant in the heather family. The karpalo is the evergreen shrub of red floral and red berries, belonging to lingonberries (*Vaccinium*). [Cranberry, small cranberry, bog cranberry, swamp cranberry in EN ; canneberge in FR ; ツルコケモモ tsurukokemomo in JP]   (See puolukka).

KÄRPÄSSIENI   Kärpassieni (*Amanita*) has a scarlet cap with white warts and white gills. It is a woodland fungus found worldwide, and is poisonous, but rarely fatal.   [Amanita in EN ; Amanite in FR ; テングタケ tengutake in JP]

KANERVA   Kanerva (*Calluna vulgaris*) is a perennial shrub belonging to the heather plants. This plant is used in folk medicine therapy and herbal tea.   [Common heather, ling, or simply heather in EN ; La Callune (*Calluna vulgaris* Hull.) in FR ; ヒース hīsu or エリカ erika in JP]

KASTEHEINÄ   Kasteheinä has small green flowers and is good for health and beauty. Any various rosaceous plants of the N temperate genus *Alchemilla*. The kasteheinä has many different names in Finland : hiirenhame, huoranhame, juomakuppi, kannusruoho, maarianvaippa, marianruoho, Neitsyt marian viitta, plaastarlehti, ryppylehti, röijyheinä, vanhanpiianheinä.   [Lady's mantle in EN ; alchémille in FR ; ハゴロモグサ hagoromo'gusa or レディスマントル redīsu'mantoru in JP]

KATAJA   Kataja (*Juniperus communis*) is a shrub or small coniferous evergreen tree, and is often seen on lakeshores. The juniper is used instead of a fir tree for decoration during the Christmas season and smells good in the room. Juniper is used to give flavor to gin spirits, and for the folk medicine and therapy.　　[Common juniper in EN ; le Genévrier commun in FR ; セイヨウネズ sēyō'nezu or ジュニパー junipā in JP]

KETUNLEIPÄ　　Ketunleipä *(Oxalis acetosella)*, otherwise called as käenkaali, has a 5-petal small white flower with pink streaks. [Wood sorrel or common wood sorrel in EN ; l'oxalide corniculée, l'oseille des bois, l'oxalide des bois, l'oxalide petite oseille in FR ; カタバミ katabami or スイバ suiba or ギシギシ gishigishi in JP]

KIELO　　Kielo *(Convallaria majalis)* is fragrant and has a raceme of 5 – 15 bell-shaped white flowers on every stem apex, with a good fragrance.　　[Lily of the valley in EN ; le muguet or muguet de mai in FR ; スズラン suzuran in JP]

KISSANKELLO　　Kissankello *(Campanula rotundifolia)* is the perennial 3.9 to 23.6 inches tall grass of the Campanulaceae family. The purple or light purple flower of 5 petals with the pointed tips. [Harebell in EN ; la Campanule à feuilles rondes in FR ; シャジン shajin in JP]

KURJENMIEKKA　　Kurjenmiekka *(Iris pseudacorus)* is a large bright yellow flower with the typical iris form with the thick rootlike subterranean stem, and grow to 23.6 to 47.2 inches high.　　[Yellow flag, yellow iris, water flag in EN ; Iris des marais, iris faux acore, ou iris jaune in FR ; キショウブ kishōbu in JP]

KUUSAMA　　Kuusama *(Lonicera)* is a species of honeysuckle Honeysuckle (Lonicera) is from the Caprifoliaceae family which comprises about 180 species, and is planted as the ornamental shrub in the garden. Is used as folk mecedine and therapy. [Honeysuckle in EN ; Les chèvrefeuilles or camérisier in FR ; スイカズラ suikazura or ニオイニンドウ nioirindō *(Lonicera japonica*is)]

KUUSI　　Kuusi (*Picea abies*) or metsäkuusi, also *näre*, is an evergreen coniferous tree belonging to the pine plants (*Pinaceae*) family.　　[Norway spruce in EN ; l'épicéa in FR ; オウシュウトウヒ in JP]　　(See Näre)

LEHTOSINILATVA　　Leftosinilatva (*Polemonium caeruleum*) is a perennial and very fragrant, garden and ornamental plants of 11.8 to 31.5 inches high. The flowers are frizzy-edged five-petal and cup-shaped, white or lavender-colored.　　[Jacob's-ladder or Greek valerian in EN ; la polémoine bleue or valériane grecque in FR ; no word in JP, so referred to as 花葱 hana'negi]

LEMMIKKI　　Lemmikit (*Myosotis*) < (*Boraginaceae*) are blue five-petal flowers.　　[Forget-me-not in EN ; Myosotis in FR ; ワスレナグサ wasurenagusa in JP]

LUMIKELLO　　Lumikello (*Galanthus nivalis*) is a bulb plant of 5.9 to 9.8 inches high. The pendulous, bell-shaped white flowers of 3 petals begin to bloom in early spring.　　[Snowdrop in EN ; Galanthus nivalis or une perce-neige in FR ; no other word than スノウドロップ sunō'doroppu in JP]

LUMPEENKUKKA　　Lumpeenkukka (*Nymphaea alba*) or isolumme is an acuatic flowering plant of the family Nymphaeaceae. It grows in water and likes large ponds and lakes.　　[European white waterlily, white lotus, white water rose or nenuphar in EN ; Le nénuphar blanc ou nénufar blanc ; 水蓮 suiren in JP]

MAARIANKÄMMEKKÄ　　Maariankämmekkä (*Dactylorhiza maculata*) literally signifies Mary's hands, and can be found throughout Europe except in the south-eastern part, and in Siberia. The strip-like leaves have wine red spots. The flower stem is 3.9 to 11.8 inches long. The hyacinth-like red-purple flowers bloom in June and July.　　[Dactylorhiza maculata in EN and FR ; no word in JP, so referred to as マリアノテ mariano'te which means Mary's hands]

MÄNTY　　Mänty (*Pinus sylvestris*) is a conifer. The pine, mänty, has other names like 'honka' in the western dialect and 'petäjä' in the eastern dialect in Finland, where the honka means the old dried-up upright pine, and the petäjä largely increased pine. Finnish people like the mäntysaippua, the pine soap, which wash off stains well and is fragrant and eco-friendly. The pine oil is fragrant, and has refreshing and energizing effects in aromatherapy. It will detoxify your body, raises your potentiality and vitality.   [Scots pine in EN ; le pin du Nord, le pin sylvestre in FR ; ヨーロッパアカマツ yōroppa'akamatsu in JP]

METSÄTÄHTI   Metsatähti (*Trientalis europaea*) literally means the forest star, and is a plant in the Primulaceae family. It is a small herbaceous perennial plant of 1.96 to 7.87 inches high with obovate leaves. The 7-petal solitary white flowers of 0.39 to 0.79 inches in diameter bloom in midsummer. It grows in Europe, Siberia, as well as Japan.   [Starflower, Arctic starflower, chickweed-wintergreen in EN ; un trientale d'Europe in FR ; ツマトリソウ tsumatorisō or ハコベ hakobe in JP]

MUSTIKKA   Mustikka (*Vaccinium myrtillus*) is a shrub with edible fruit of blue color, and is easy to grow in a garden. [Bilberry, whortleberry, European blueberry in EN ; Myrtille ou Airelle in FR ; ブルーベリー burū'berī in JP]

NAAVA   Naava (*Usnea*) is a genus of mostly pale grayish-green lichens that grow all over the world like tassels anchored on bark or twigs. Fairies, mainly tonttu-tomtes, weave the naava-beard lichen into cloths and tailor their garments.   [Beard lichen, tree's dandruff, woman's long hair, tree moss, old man's beard, or beard lichen in EN ; les usnées barbues in FR ; サルオガセ saruogase in JP]

NÄRE   The näre is a young spruce.   [Young spruce in EN ; l'épicéa jeune en FR ; 若いトウヒ wakai tōhi in JP] (See Kuusi)

NIITYLEINIKKI   Niityleinikki (*Ranunculus acris*, syn R. "*acer*") is a 5-petal yellow flower on slender stems with fragrance.

[The meadow buttercup, tall buttercup and giant buttercup in EN ; le bouton d'or or la renoncule âcre in FR ; 深山金鳳花 miyama'-kinpōge (*Ranunculus acris* var. *nipponicus*) in JP]

NIITTYVILLA   Niittyvilla, Suovilla (*Eriophorum*) is cottongrass, cotton-grass or cottonsedge in EN ; la linaigrette des Alpes in FR ; ワタスゲ watasuge in JP.

ORVOKKI   Orvokki (*Viola*) is a viola that often grows in the garden as ornamental flowers.   [Viola in EN and FR ; スミレ sumire in JP]

PÄIVÄNKAKKARA   Päivänkakkara (*Leucanthemum vulgare*) is a perennial herb of 1 to 3 feet high, and blooms from late spring to autumn. A small flower head of 2.0 inches consists of about 20 white ray florets which surround a yellow disc at the top of the unbranched stem with dark green leaves on both sides.   [Oxeye daisy in EN ; la marguerite or marguerite commune in FR ; デイジー deijī or マーガレット māgaretto in JP]

PAJUPENSAINEN   Pajupensainen is a bush willow.   [Bush willow in EN ; un saule d'buisson or un saule arbustif in FR ; ヤブヤナギ yabu'yanagi in JP]

PUOLUKKA   Puolukka (*Vaccinium vitis-idaea*) is an evergreen shrub of 1.96 to 11.8 inches high in the heather family and bears edible fruit, native to boreal forest and often grows in the moor. [Lingonberry or cowberry in EN ; airelles in FR ; ツルコケモモ tsuru'kokemomo or クランベリー kuranberī in JP]   (See Karpalo).

The national epic of Finland, Kalevala compiled by Medical doctor Elias Lönnrot from the indigenous folklores during the 1800s, refers to this berry in the fiftieth poem as follows : The lingonberry shrieked from the hill, in the moor / »Come to pick me up ……/ so the holy maid tugged a cane from the moor and knocked off the berry with it. …… / the berry climbs her sash, to her chest, to her jaws, to her lips; from the mouth, from her tongue, the berry slumped to her stomach. / Marjatta's belly grew, and finally she gave a birth to a boy in a sauna near a horse inside the stable. [ref :   Kalevala Viideskymmenes Runo : Kirkui marjanen mäeltä, puolukkainen kankahaltaä / »Tule, neiti, noppimahan, punaposki, poimimahan ⋯⋯ / Tempoi kartun kankahalta, jolla marjan maahan sorti. ⋯⋯ / Nousi siitä vyörivoille, vyörivoilta rinnoillensa rinnoiltansa leuoillensa, leuoiltansa huulillensa; Siitä suuhun suikahutti, keikahutti kielellensä, kieleltä keruksisihin, siitä vatsahan valahti. / ⋯⋯ Marjatta, korea kuopus, tuosta tyytyi, tuosta täytyi, tuosta paksuksi panihe, lihavaksi liittelihe. / ⋯⋯ Marjatta, matala neiti, pyhä piika pikkarainen, kylpi kylyn kyllältänsä, vatsan löylyn vallaltansa. Teki tuonne pienen poian, latoi lapsensa vakaisen, heinille hevosen luoksi, sorajouhen soimen päähän.]

PYSTYHONKA   Pystyhonka is a high upright red pine with a branchless knot-free straight trunk.   [Upright red pine in EN ; pin rouge in FR ; まっすぐな赤松 massuguna'akamatsu in JP]   (See Mänty).

RAHKASAMMAL   Rahkasammal (*Sphagnum*) is commonly knows as peat moss.   [Peat moss in EN ; la sphaigne in FR ; ミズゴケ mizugoke in JP]

RAIDANTUOKSUKÄÄPÄ   Raidantuoksukääpä (*Haploporus odorus*) grows only in the old goat willow, raita (*Salix caprea*). The raidantuoksukääpä is a rare perennial fungus, and its fruiting body is wedge-shaped and hard. The creamy white color of the upper surface changes to brownish over time. The underside tube bank is white. The cap-like flesh is also white. It is known for its pleasant, characteristic and intense anise-like aroma even if it is fresh or dried. Carl von Linné described raidantuoksu- kääpä for the first time in his book, "Travel in Lapland." Kääpä at the time was a popular gift item. Linné told how the young men before leaving for wooing hung the kääpä from his sash. It also was used to give a good scent and chased moths from the linen cupboards. Raidantuoksukääpä almost disappeared from the southern and central Finland and it is not at all common in the north. It grows in Russia, Vepssky protected forest areas on the south side of Lake Onega. It is classified as an almost endangered species.　[The polyporaceae in EN ; les polyporacées in FR ; no word in JP, so it is referred to as ニオイサルノコシカケ nioi'saruno'koshikake in this book]

RAITA　　Raita (*Salix caprea*) is quite a short-life tree and rarely lives for more than 50 years, and is a main food source for many insects.　The goat willow, also known as the pussy willow or great sallow in EN ; le saule marsault ou saule des chèvres (*Salix caprea*), sometimes called as le marsaule or le marseau in FR ; no word in JP, so it is referred to as 黄花柳 ōka'yanagi which is similar to ネコヤナギ neko'yanagi in this book.

RATAMO　　Ratamo (*Plantago asiatica*) is the ōbako or the plantago, the similar word 'plantain' belongs to the different genus. The ōbako is rarely seen today, although it grows well on farm roads where the cows, horses and wagons pass. This plant is used as folk medicine in Japan.　[Plantago asiatica in EN and FR ; オオバコ ōbako in JP]

RENTUKKA　　Rentukka (*Caltha palustris*), marsh marigold, is a yellow-flowered plant which grows in marshes and blooms in early spring to late summer. The yellow flowers are 1–2 in diameter, with mostly 5 petal-like sepals and many yellow stamens. Its stems are hollow and 31 inches tall. The leaves are round kidney-shaped, 1.2 to 7.9 inches in diameter, with the bluntly serrated edge and the texture is thick and waxy.　[Marsh-marigold and kingcup in EN ; le populage des marais in FR ; リュウキンカ ryūkinka (*Caltha palustris* var. *Nipponica*) in JP]

RIEKONMARJA　　Riekonmarja (Arctostaphylos alpine) is a shrub in the heather family Ericaceae, and has lily-of-the-valley-like white flowers. A leaf is 1.2 inches, and changes colors from green to red. A cranberry-like berry of 0.5 inches is green-red, which turns black when ripen. The berry is glossy and juicy. [Alpine bearberry, mountain bearberry, or black bearberry in EN ; le Busserole des Alpes or Raisin-d'ours des Alpes (*Arctostaphylos alpinus*) in FR ; ベアベリー beaberī in JP]

SANANJALKA   Sananjalka (*Pteridium aquilinum*) is a species of ferns growing in subtropical regions in both hemispheres. Japanese willingly eat young stems as sprouts in spring to early summer, although the raw sprouts need to be detoxified by the traditional recipe before eating. The Chinese, who are said to eat anything, have never eaten this plant. The starch, as called the *warabi'ko* or *warabi* flour, is produced from the rhizome, and is used to make Japanese cakes.

In the British folk belief, small blue flowers of ferns bloom in the eve of the summer solstice, and immediately make seeds to drop on the ground in the middle of the night. The seeds are gold and orange in color. When you get three seeds, you can handle any animal at your will. When you wear the seeds, your body will be transparent.   [Bracken, brake, or common bracken, or eagle fern in EN ; la Fougère-Aigle or Grande Fougère in FR ; 蕨 warabi in JP]

SAMMAL   Sammal (*Bryobionta*) is tufted moss, and is often referred to as 'sammalmätäs,' which is formed by vegetation in a somewhat slightly raised ground like the dense moss, or the moss bog.   [Bryophyte in EN and FR ; moss in EN ; mousse in FR ; 苔 koke in JP]

SANIAINEN   Saniainen (*Pteridophytina*, aiemmin *Filicophytina*). [Fern in EN ; les fougères in FR ; シダ shida in JP]

SIENI   Sieni (Fungi).   [Fungus in EN ; fungi in FR ; 茸 kinoko or 菌類 kin'rui in JP]

SINIVUOKKO Sinivuokko (*Anemone hepatica*, *Hepatica nobilis* ; *Hepatica triloba*) is a kind of the hepatica. The above-ground part looks withered in winter. In early spring, the 6-petal flowers bloom in blue or pink; the shape of the leaf is reminiscent of the liver. [Common Hepatica, liverwort, kidneywort, pennywort in EN ; l'anémone hépatique, hépatique noble, hépatique à trois lobes (*Hepatica nobilis*) in FR ; ミスミソウ misumisō in JP]

SUOPURSUT Suopursut (*Ledum*) is in the family of the rhododendron (alppiruusu in Finnich), in the family Ericaceae. Suopursut or the wild rosemary are evergreen shrubs, native to cool temperatures and the northern subarctic regions, and commonly used as the Labrador tea. The Labrador plant grows from the moss in a boggy area with plenty of moisture and moss in the evergreen forest. Labrador is named after a region in Canada.   [Ledum or wild rosemary in EN ; le lédon (*Ledum*) in FR ; エリカ erika or ヒース hīsu in JP]

TILITUKKA Tilitukka (*Verbascum*, *Verbascum nigrum*, *Verbascum phlomoides*, *Verbascum thapsus*) literally signifies the fire flower, and is biennial or perennial, growing to 1.6 to 9.8 feet tall, which is a flowering stem. The flowers have 5 petals in yellow, orange, red-brown, purple, blue, or white. The densely hairy leaves are spirally arranged. It is the best medicinal plant for an earache, and is also an important plant for respiratory diseases, and skin diseases. It is also used as a torch and for dying. July is the best season to collect these flowers.   [Mullein in EN ; molènes in FR ; ゴマノハグサ科モウズイカ属 gomanoha'gusa'ka mouzuika'zoku in JP]

TUPASVILLA Tupasvilla (*Eriophorum vaginatum*) is a sedge and grows in marshes overall in Europe and North America. The full extent of the plant stem is 15.8 to 27.6 inches high and about 0.6 inches thick.   [Hare's-tail cottongrass, tussock cottongrass, sheathed cottonsedge in EN ; la Linaigrette vaginée ou Linaigrette engainée in FR ; カヤツリグサ科ワタスゲ kayatsurigusa'ka watasuge or スズメノケヤリ suzume'no'keyari in JP]

VALKOKVUOKKO　　Valkovuokko (*Anemone nemorosa*, syn. *Anemonoides nemorosa*) is an early-spring flowering plant in the *Ranunculaceae* family, and is a perennial growing 2.0 to 5.9 inches tall. It is wide spread in Europe. They grow from an underground root-like stems and the foliage dies down by mid-summer (summer dormant). The flower is 0.79 inches in diameter, with 6 or 7 tepals, petal-like segments with many stamens. The flowers are white, pinkish, lilac or blue in color, and often have a darker tint on the back of the tepal.　　[Wood anemone, windflower, thimbleweed, and smell fox in EN ; l'Anémone sylvie, Anémone des bois or Sylvie in FR ; キンポウゲ科イチリンソウ属アネモネ kimpōge'ka ichirinsō'zoku anemone in JP]

VANAMO　　Vanamo (*Linnaea borealis*) is a small evergreen shrub, and is one of the remaining plants from the Ice Age. The flowers are paired on the ascending stems of 5.9 to 23.6 inches high, and are pendulous, five-lobed, pale pink in color and fragrant; and flowers in summer. Its fruit is spherical, but seedless in Japan.　　[Twinflower in EN ; la linnée boréale in FR ; リンネソウ rinnesō in JP]

VILLIKAISLA　　Wild reed [Wild reed in EN ; un jonc sauvage, un roseau sauvage in FR ; 野生の灯心草, 葦 in JP]

VOIKUKKA　　Voikukka (*Taraxacum officinale*), where 'voi' means butter and 'kukka' flower, is a weed-like perennial plant with bright yellow flower heads.　　[Dandelion in EN ; un pissenlit in FR ; タンポポ tampopo in JP]

Hyönteiset, Insects, Insectes, 虫 mushi

ETANA　　Etana (Helix pomatia).　　[Snail in EN ; escargot in FR ;

カタツムリ katatsumuri in JP]

HÄMÄHÄKKI　　Hämähäkki (*Araneae*).　The spider weaves the pearly cobweb veil.　[Spider in EN ; les araignées in FR ; クモ kumo in JP]

HEINÄSIRKKA　　Heinäsirkka (*Caelifera*) is usually a plant-eating insect, and has long back legs.　[Grasshopper in EN ; le sauterelle in FR ; バッタ batta in JP]

KIILTOMATO　　Kiiltomato (*Lampyris noctiluca*) is a beetle, which glows in the dark through their system resulting from a chemical reaction. The female directs its light for males to join her. Apart from that, in Japan, a glimmering earthworm (*Microscolex phosphoreus*) was found in 1934 in Kanagawa and Kagoshima Prefectures, and also in many other prefectures afterwards till 2010. Its body length is 1.2 inches long for adults. Its tail glows a green-yellow color like a firefly, so, this earthworm is called the firefly earthworm ホタルミミズ hotaru'mimizu in Japan.　[Common glow-worm in EN ; le lampyre in FR ; no name in JP, so called as 光り虫 hikari'mushi in this book]

MEHILÄINEN　　Mehiläinen (*Anthophila*) is a flying insect. [Bee in EN ; aveille in FR ; 蜂 hachi in JP]

PERHONEN　　Perhonen (*Rhopalocera*) has thin and light large wings, which flutters in flight.　[Butterfly in EN ; le papillon in FR ; 蝶 chō in JP]

SURUVAIPPA　　Suruvaippa (*Nymphalis antiopa*) is a large butterfly with dark brown yellow wings. It overwinters as an adult. Wintered butterflies begin their flight in the spring; the first butterflies in March and infirm individuals found still up in June. [The mourning cloak in North America, the camberwell beauty in Britain ; le Morio in FR ; 黄縁立羽 kiberi'tateha in JP]

Matelijoita ja sammakkoeläimiä, Reptiles and amphibians, Reptiles et amphibiens 爬虫類と両生類 hachūrui to ryōseirui

SAMMAKKO Sammakko is a frog. An adult frog has a stout body, protruding eyes, cleft tongue, limbs folded underneath, and no tail. [Frog in EN ; grenouille in FR ; 蛙 kaeru in JP]

SISILISKO Sisilisko (*Zootoca vivipara*, aiemmin *Lacerta vivipara*) can live up to 10 years of age. [Viviparous lizard in EN ; le Lézard vivipara in FR ; コモチカナヘビ属トカゲ komochi'-kanahebi'zoku tokage in JP]

Linnut, Birds, Oiseaux, 鳥 tori

HANHI Hanhi (*Anserinae*) is a goose, and the subfamily of the ducks (*Anatidae*). [Goose in EN ; les ansérinés in FR ; ガチョウ gachō in JP]

HARAKKA Harakka (*Pica pica*) is a magpie, and is in the crow species, 15.7 to 20.1 inches long, with the tail of 7.9 to 11.8 inches long. The coloring magpie is a black and white bird with a green shimmer tail. [The Eurasian magpie, European magpie, or common magpie in EN ; la pie bavarde in FR ; カササギ kasasagi in JP]

HAUKKA Haukka (*Accipitridae*) preys on birds. [Hawk-eagle in EN ; faukon in FR ; タカ taka in JP]

HEINÄSORSA Heinäsorsa (Anas platyrhynchos) or Sinisorsa is a kind of duck. It is often seen in Europe. [Mallard in EN ; Le canard colvert, colvert or canard mallard in FR ; マガモ Magamo in JP] (See SORSA).

HELMIPÖLLÖ Helmipöllö (*Aegolius funereus*) in Finnish

literally means pearl owl or February owl, which is 8.8 to 10.6 inches long. Its back is brown with white blotches in the summer, and the body color changes completely in white in winter. In Europe, this owl is typically known as Tengmalm's owl after the Swedish naturalist Peter Gustaf Tengmalm, or Richardson's owl after Sir John Richardson. Its Japanese name, the kinme'fukurō means the golden-eye owl for its specific eye colors. Its courtship call is soft, pu-pu-pu-pu. The vocal tone and tempo is individual variation. A short call tone resembles a squirrel. [The boreal owl in EN ; la Nyctale de Tengmalm or Chouette de Tengmalm or Chouette boréale in FR ; キンメフクロウ kinme'fukurō in JP]

HÖMÖTIAINEN Hömötiainen (*Paecile montanus*) is a bird of approximately 5 inches long. Its cap and bib are black, its cheek is white, its back is gray and its belly is lighter gray. Its wings and tail are dark. Light panels stand out on its wings. [The willow tit in EN ; la Mésange boréale in FR ; コガラ kogara or シジュウカラ shijūkara in JP]

HUUHKAJA Huujkaja (*Bubo bubo*) is one of the large owl species, and the largest in Finland. The eagle owl has been protected during the breeding season in Finland since 1966, and all year since 1983. [Eurasian eagle-owl in EN ; le Hibou grand-duc or Grand-duc d'Europe (*Bubo bubo*) in FR ; ワシミミズク washi'mimizuku in JP]

JÄNKÄLINTU Jänkalintu, where 'jänkä' is a wide or open forest mire-type bog or fern in the northern Finland, and has a spirit. You may be able to see the spirit when you go to observe the bog in the cold autumn evening. The jänkälintu is the small wading birds that live in the vast marshes of northern Finland. The spirits may look like such wading birds. [No words, however, a swamp bird in EN ; l'oiseau de marais FR ; 渉禽 shōkin JP]

JOUTSEN Joutsen (*Cygnus*), swans are aquatic birds and have a long neck and usually have white plumage. In Finland, it is believed that swans come along the river to meet people from Tuonela, the Hades or the underworld.   [Swan in EN ; Cygne in FR ; 白鳥 hakuchō in JP]

KORPPI   Korppi, kaarne (*Corvus corax*) or a raven is a large black bird of about 27.6 inches long, and belongs to the crow family. It is omnivorous, and lives everywhere in Finland. [The common raven, or the northern raven in EN ; le Grand Corbeau in FR ; ワタリガラス watari'garasu in JP]

KUUKKELI   Kuukkeli (*Perusireys infaustus*) is a beautiful bird with a shade of reddish, brown, and gray, and is the smallest in the crow family, about 11 inches long with a wingspan of over 18.5 inches, and its weight is about 13 Ibs. Kuukkeli is found in North Eurasia. In Finland, it lives in the coniferous forest zone of Kuusamo and Lapland.   [Siberian jay in EN ; le mésangeai imitateur in FR ; アカオカケス akao'kakesu in JP]

PEIPPO   Peippo (*Fringilla coelebs*) is 6.5 inches long. The male sings in lusty and strong simple verses, and is brightly colored with a blue-gray cap and rust-red underparts, and so, is more colorful than a female who is much duller in color. Both sexes have two contrasting white wing-bars and white sides of the tail.   [Common chaffinch in EN ; le Pinson des arbres in FR ; ズアオアトリ zuaoa'tori in JP]

PEUKALOINEN   Peukaloinen (*Troglodytes troglodytes*) is a warbler of about 3.9 inches long, with a short and usually upright tail. Its back is reddish-brown and the belly is brownish white with dark thin stripes. It is found in Europe, and in Asia from northern Iran and Afganistan, and in Japan.   [Eurasian wren in EN ; le roitelet or le Troglodyte mignon in FR ; ミソサザイ misosazai in JP]

RIEKKO   Riekko (*Lagopus lagopus*) is a medium-sized bird of approximately 14.6 inches long and 17.6 – 28.2 oz in weight, and lives in the northern regions. The male is slightly larger than a female. In northern Finland, the male is reddish-brown in summer and is mottled white in winter.   [The willow ptarmigan or willow grouse in EN ; le tétras du saule or le lagopède des saules in FR ; カラフトライチョウ karafuto'raichō in JP]

SARVIPÖLLÖ　　Sarvipöllo (Asio otus) is an owl having erect blackish ear-tufts. The body length is about 12 to 16 inches, and its wingspan is 34 to 39 inches. The weight is 11.30 oz around. Its life is more than 17 years long, but it is a protected species in Finland. It sings in 'peh-uv / hoo' sound and repeats evenly for 3 seconds; the warning voices are nasal sounding 'vrak, vrak-vrak' like tapping. The mating call is a weak and very low one-piece nasal sound of 'uh.'   [The long-eared owl or horned owl in EN ; le Hibou moyen-duc in FR ; 虎斑木菟 torafu'zuku in JP]

SATAKIELI　　Satakieli (*Luscinia luscinia*) belongs to the sparrow and is uniformly gray-brown to light gray in color, and is about 6.7 inches and 0.8 to 1.06 oz in weight. It lives in Europe and Asia, and is known by its singing. The bird sings mostly at night, and the vocals are the most active in May and early June. The life is 7 to 8 years long.   [Thrush nightingale in EN ; le Rossignol progné in FR ; サヨナキドリ sayonakidori in JP]

SORSA　　Sorsa   (*Anatidae*) refers to the biological family of birds that includes ducks, geese and swans. The length and weight vary with the kinds of bird from 10.5 inches to 6 feet, and 5.8 oz to 38 lb. The wings are short and pointed, and supported by strong winged muscles that generate rapid beats in flight. The male is more brightly colored than the female.   [Wild duck or goose or swan in EN ; Les oies, les cygnes, or les canards in FR ; カモ kamo in JP]

SOTKA　　Sotka (*Aythya*) is a water bird belonging to the family of ducks. Three types of sotka build their nests usually in Finland. [Ducks in EN ; Fuligule in FR ; スズガモ suzugamo in JP]

SUOKUKKO   Suokukko (*Philomachus pugnax*) is a medium-sized shorebird, which attracts attention especially during their courtship dancing. They are seen on swamps and shore meadows. The species is highly endangered in Finland. This bird is linked to the myth of Memnon in Greek mythology.   [Ruff in EN ; le Combattant varié or Chevalier combattant in FR ; エリマキシギ in JP]

TAIVAANVUOHI   Taivaanvuohi (*Gallinago gallinago*) lives everywhere in Finland, and are seen on the natural stone beach near meadows. They are better known by their bleating than their appearance. Their body is plump with short legs, the body length 9 to 11 inches, and the wingspan 15 to 17.7 inches. Their beak is about 2.8 inches long. Their body color is the mottled brown with vertical stripes on their back. In spring, the male tail feathers are colorfully decorated.   [Common snipe in EN ; La Bécassine des marais in FR ; タシギ tashigi in JP]

TALITIAINEN   Talitiainen (*Parus major*), otherwise called as talitintti, is a distinctive bird with a black head and neck, prominent white cheeks, olive upperparts and yellow underparts, with some variation amongst the numerous subspecies. Many live and usually wintering in the broad-leaved forest zone, and move twice a year. [The great tit in EN ; la mésange charbonnière in FR ; No Parus major, but 11 species of the *Parus minor* live in Japan, and are called シジュウカラ shijūkara in JP, in the same way with the tiainen as shown below]

TIAINEN   Tiainen (*Paridae*) is a passerine bird, quite small in size, beautiful in color, and omnivores.   [The tits, chickadees, and titmice in EN ; mésange in FR ; シジュウカラ shijūkara in JP]

TIKKA   Tikka (*Picidae*) varies in size from a smaller 2.8 inches to a larger 23.6 inches, and has a long straight beak and colorful feathers.   [Woodpecker in EN ; un pic vert, les picidés, or le pivert in FR ; キツツキ kitsutsuki in JP]

VARPUNEN Varpunen Varpunen (*Passer domesticus*) is 5.6 inches long and 1.1 – 1.2 oz in weight. The male is slightly larger. [House sparrow in EN ; moineau domestique in FR ; スズメ suzume in JP]

VILLIHANHE Villihanh. Hanhet (Anserinae) is a subfamily in the waterfowl family Anatidae, and includes the swans and true geese. Villi means wild. [Wild geese in EN ; bernaches or cygnes in FR ; 雁 gan in JP]

Eläimet, Animals, Animaux, 動物 dōbutsu

HIIRI Hiiri is a mouse, and metsähiiri, the wood mouse or the big wood mouse (Apodemus flavicollis) is the European mouse species. [Wood mouse in EN ; souris, mulot à collier, mulot à collier roux or mulot fauve in FR ; ネズミ nezumi in JP]

HIIRULAINEN Hiirulainen is a mouse. [Mouse in EN ; souris in FR ; 小ネズミ ko'nezumi in JP]

MAJAVA Majava (heimo *Castoridae*) is primarily a nocturnal, large, semiaquatic rodent. These beavers are known for building dams, canals, and lodges (homes). [Beaver in EN ; castor in FR ; ビーバー bībā in JP]

MYYRÄ Myyrä (Talpidae, Arvicolinae) or määmyyrä is a mammal subfamily. [Mole in EN ; taupe in FR ; モグラ mogura in JP]

NAALI Naali (*Vulpes lagopus*, aiemmin *Alopex lagopus*) lives on mountains above the tree border in Scandinavia and Finland, and is classified as critically endangered in Finland. Their winter fur is pure white. [Arctic fox in EN ; Renard arctique or Renard isatis in FR ; ホッキョクギツネ hokkyoku'gitune in JP]

PÄÄSTÄINEN Päästäinen (*Soricidae*) is about the size of a fingertip, and is a mole-like insectivorous mammal with a long pointed snout and tiny eyes. Their black brown fur is smooth as velvet. This animal often appears in fairy tale. [Shrew or shrew mouse in EN ; Une musaraigne or soricidès in FR ; トガリネズミ togari'nezumi in JP]

SIILI　　Siili (*Erinaceus europaeus*) is an insect-eating mammal which has spiny hairs on its back and sides. [The European hedgehog in EN ; Le hérisson commun in FR ; ヨーロッパ・ハリネズミ yōroppa'hari'nezumi in JP]

Suomen vuoret, Finnish mountains, Montagnes finnois, フィンランドの山々 Finland'no yamayama

AAPAJÄNKÄ　　Aapajänkä is a wide swamp in Nothern and Central Finland. アアパヤンカ

TUNTURI　　Tunturi is a soft-shaped mountain with a rounded ridge above the tree border, and has a high and barren landscape feature, such as a mountain range or moor-covered hills. Santa Clause is said to live in tunturi. トゥントゥリ

VUORI　　The vuori is a mountain area in the whole topography; in other words, the mountainous areas and hills that surround the peak like Chomolungma. [Mountain in EN ; Une montagne in FR ; 丘陵地帯 kyūryō'chitai in JP]

Muut paikannimet, Other place names, Autres noms de lieux, その他の地名 Sonota'no chimei

HIRVAS-LASSI　　Hirvas-Lassi is a place name in Lapland. ヒルヴァス-ラッシ

KARHUVAARA　　Karhuvaara is a place name in Lapland.　　カル

フヴァアラ

KUULINNA　　Kuulinna literally signifies the moon castle, and is the name of the silver mountain.　月の城

ORRESOKKA　　Orresokka is a place name in the Pyhä-Luosto National Park, where Vuojärvi is to the east and Pelkosenniemi is to the west.　オッレソッカ

POHJOLA　　Pohjola signifies the Nordic region. In Pohjola lives Louhi, who is an old woman with magical powers and is the main character in Kalevala, which is the national epic of Finland, and in Lappish mythology. So, most part of the storyline relates to Pohjola. ポホヨラ

Muut sanasto, Other vocabulary, Autres vocabulaires, その他の語彙 Sonota'no goi

HAUKI　　Hauki (Esox lucius) is the predatory fish living in the inland and coastal waters mainly in the Northern Eurasia and North America. In Finland, it is the second most important after the perch in terms of weight of the total catch in recreational fishing.　　[Nothern pike in EN ; Le brochet in FR ; カワカマス kawakamasu in JP]

HUNAJA　　Hunaja is a natural sweet substance produced by the honey bee (Apis mellifera) from the nectar of plants or from secretions of living parts of plants or honeydew aphids.　　[Honey in EN ; le miel in FR ; 蜂蜜 hachimitsu in JP]

HUNAJASIMA　　Hunajasima, where the sima was originally a mead, an alcoholic beverage produced by brewing a solution of honey and water. Huhajasima is a water, brown sugar and lemon drink made with yeast, which is ingested especially on the May Day. [Sima in EN ; Le sima or l'hydromel ; 蜜酒 mitsu'sake in JP]

KANTELE　　Kantele is a traditional plucked string musical instrument native to Karelia, Finland, and is placed horizontally for playing, in the same way with the Japanese *koto*. The number of strings varies with the types of the kantele from original 5 to 39 for the concert kantele.　　[No EN ; Kantele in FR ; カンテレ kantele in JP]

KOTA　　Kota is an upper-end conial tent-like hut in Lapland, and is covered with birchbark and reindeer fur.　コタ

KULTAHIPPU　　Kultahippu is the place name in Ivalo, Finland. In Lapland, some watercourses concentrate gold nuggets and finer gold in placers. The tourists in a hands-on tour would find gold particles while rinsing them out of the mud and sand.　クルタヒップ

LAAVU　　The laavu, sometimes called as the kovus, is an ancient off-road accommodation. This type of Lappish hut is made of tree branches and is suitable for moving. The traveler sleeps by the bonfire burning outside.　　[No name in EN, FR and JP ラアヴ]

LOUHIKKO　　The louhikko is the soil type and consists of boulders and pubbles.　　[Boulder soil in EN ; boulder sol in FR ; 砂壌土 suna'dojō in JP]

MÄTÄS　　Mustikkamätäs, sammalmätäs in FN ; a wet tussock or a bog of blueberries or of mosses in EN ; une mouillère de myrtilles ou de mousses en FR ; ブルーベリーや苔等の湿った茂み in JP.

NUTUKKA　　The nutukka is a traditional Sami footwear with an upward-warped toe, made of the reindeer fur. The fur is softened, cut into shape and is sewn by hand. The leather of reindeer's skull was sometimes used in old days.　ヌトゥッカ

NOTE:　On February 1, 1999, the temperature was about minus 30 degree C. in Helsinki, and minus 56 degree C. in Lapland.

Translator's Notes

©Mei Yumi & Hjosui Publishing 2016
ISBN-13: 978-1532862991
ISBN-10: 1532862997

Mei Yumi's Fairy Tales from Lapland

21 Fairy Tales in English, Finnish, French, and Japanese
Translator's Note

Author   Anne Pajuluoma   アンネ・パユルオマ
Translator & Writer   Mei Yumi   目莵ゆみ

© Mei Yumi & Hjosui Publishing 2016
The first edition issued :   April 21, 2016

Hjosui Publishing
1548-6 Iiyama, Atsugi, Kanagawa, Japan 243-0213
hjosui@gmail.com   http://www.hjosui.com/

冰水パブリッシング

2016

Printed in Great Britain
by Amazon